Knaur

Von Claudia Kaufmann ist außerdem erschienen:

Dein Leben für meines

Über die Autorin:

Claudia Kaufmann hat an zahlreichen Film- und Fernsehproduktionen mitgearbeitet. 1998 erschien unter dem Pseudonym Claudia Mann der Roman *Männer al dente,* den sie zusammen mit Claudia Friedmann geschrieben hat. Heute lebt sie als freie Autorin in München.

Claudia Kaufmann

Albertas Geheimnis

Roman

Knaur

Besuchen Sie uns im Internet:
www.droemer-knaur.de

Originalausgabe Februar 2000

Redaktion: Gisela Menza
Umschlaggestaltung: Agentur ZERO, München
Umschlagabbildung: Jeanloup Sieff
Satz: Ventura Publisher im Verlag
Druck und Bindung: Ebner Ulm
Printed in Germany
ISBN 3-426-61380-8

2 4 5 3 1

1

Sorgfältig schüttete Markus ein Häufchen des weißen Pulvers auf das silberne Tablett und formte daraus eine Linie. Er nahm den bereitliegenden Geldschein und rollte ihn fest zusammen. Während er sich ein Nasenloch zuhielt, sog er mit dem anderen das Pulver ein. Dann legte er sich zurück auf das Bett und wartete auf die wohltuende Wirkung des Kokains, die in Kürze einsetzen würde. Er liebte diese erste Empfindung, die gleich einer Explosion in seinem Kopf begann und sich anschließend in seinem Körper ausbreitete und ihn mit dem Gefühl der Euphorie und Tatkraft erfüllte. Einen Moment blieb er noch mit geschlossenen Augen liegen und genoß diese Stimmung, in der alles möglich schien und er in seinen Phantasien der Realisierung seiner neuesten Pläne schon wesentlich näher war als in Wirklichkeit.

Entschlossen sprang er aus dem Bett und machte sich fertig, um ins Büro zu fahren.

»Immer noch Jetlag?« fragte seine Sekretärin und hielt ihm eine Tasse Kaffee unter die Nase.

»Nachts wach zu sein hat auch seine Vorteile«, sagte Markus mit einem anzüglichen Lächeln, von dem er wußte, daß es ihr gefiel. Es war ein altes Spiel zwischen ihnen, dieser kleine unverfängliche Flirt am Morgen, und er achtete darauf, daß nicht mehr daraus wurde, was durchaus in ihrem Sinne gewesen wäre, wie er genau wußte.

»Irgendwelche Anrufe?«

»Liegt schon alles in Ihrem Büro.«

Damit war klar, daß nur die Sachen, um die er sich unbedingt selbst kümmern mußte, dort lagen, den Rest nahm sie ihm wie immer ab.

»Verbinden Sie mich bitte mit Wolfgang Kleine.«

Gleich darauf hatte er seinen Steuerberater in der Leitung. »Hallo, Markus, wie war's in L. A.?«

»Ich habe ein paar ganz interessante Kontakte geknüpft. Die Amerikaner sind neuerdings sehr interessiert an europäischen Koproduktionen. Ich habe mir einen amerikanischen Anwalt zugelegt, einen Mann, der über ausgezeichnete Verbindungen in der Branche verfügt und das Treatment dort einigen Leuten zeigt. Er hält es für sehr aussichtsreich. Aber das ist noch Zukunftsmusik. Wichtiger ist, daß ich schon fast alle Partner in Europa habe.«

»Gratuliere, das klingt ja toll.«

»Ist es auch. In Deutschland sendet es Tele 3. Von denen haben wir eine feste Zusage.«

»Gut, und was soll ich dabei tun?«

»Es gibt noch ein Problem. Die Organisation. Die Serie umfaßt dreizehn Folgen, die in dreizehn verschiedenen Ländern gedreht werden. Jedes Land produziert eine einstündige Sendung und bekommt dafür die anderen zwölf Folgen gratis geliefert. Du kannst dir vorstellen,

was für eine umfangreiche Vorbereitung das erfordert. Und was alleine die Organisation kostet.«
»Was kostet sie denn?«
»Schätzungsweise eine Million.«
»Was ist mit den Banken?«
»Die finanzieren mich natürlich. Das Problem ist, daß ich das Geld erst bekomme, wenn ich die unterschriebenen Verträge vorlege, und das ist in diesem Fall zu spät. Ich habe daran gedacht, einen privaten Investor aufzutreiben. Der bekäme seine Einlage mit zwanzig, dreißig Prozent verzinst, ein todsicheres Geschäft. Du kennst doch genügend solvente Leute. Natürlich gibt es eine anständige Provision.«
»Das wird nicht so einfach sein, ganz ohne Sicherheiten. Laß mich darüber nachdenken, Markus. Ich melde mich wieder bei dir.«
Die Stimme seiner Sekretärin war laut und deutlich über die Sprechanlage zu hören: »Da ist schon wieder diese Mona.«
»Welche Mona?«
»Sie hat Ihnen letzte Woche ihre Fotos geschickt, und seitdem ruft sie ständig an.«
»Schmeißen Sie sie raus.«
»Das habe ich schon versucht, erfolglos.«
Markus erinnerte sich dunkel an die Fotos einer ausgesprochen hübschen Blondine. »Na gut, ich gebe ihr fünf Minuten.«
Er taxierte das Mädchen unverhohlen, als es den Raum betrat. »Sie sind Schauspielerin?« fragte er, während er sie mit einer Handbewegung zum Sitzen aufforderte,

und beobachtete, wie ihr Rock, der nur notdürftig ihren Hintern bedeckte, noch etwas höher rutschte.

»Ja«, sagte sie und zog langsam ihre Lederjacke aus. Sie trug keinen BH, das konnte man durch das enge T-Shirt deutlich erkennen, aber sie brauchte auch keinen.

»Was haben Sie schon alles gemacht?« fragte er, sie weiterhin abschätzend ansehend.

»Bis jetzt nur winzige Rollen, und momentan arbeite ich für so einen Home-Order-Kanal. Ich versuche den Zuschauern irgendwelche Sachen aufzuschwätzen, die sie nicht brauchen.« Sie lachte. »Aber davon kann ich natürlich nicht leben, zumindest nicht gut, und außerdem möchte ich als Schauspielerin arbeiten.«

»Sie sind bei mir an der falschen Adresse. Ich produziere Sendungen, die Besetzung macht eine Casting-Agentur.«

»Aber Sie treffen doch sicher die letzten Entscheidungen.«

»Um die kleinen Rollen kümmere ich mich nicht.«

»Wie wär's dann mit einer großen?« Sie befeuchtete langsam mit der Zunge ihre Lippen und lächelte. »Ich würde Sie gerne von meinem Talent überzeugen, wenn Sie mir die Möglichkeit dazu geben.« Ihr Blick ließ keinen Zweifel darüber, wie sie ihn überzeugen wollte.

Eine richtige Schnalle, dachte Markus, aber wenigstens ehrlich, und hübsch. Die meisten Frauen, die sich ihm sonst mehr oder weniger unverhohlen anboten, taten dies auf etwas subtilere Weise. Wenn er sich darauf einließ, wurde von ihm erwartet, daß er Interesse heuchelte und die Rolle des Eroberers übernahm. Das war

lästig und anstrengend und meistens nicht der Mühe wert.
Markus erhob sich. »Ich habe Ihre Nummer. Wenn sich etwas ergeben sollte, melde ich mich.«
»War nett, Sie kennenzulernen. Sie können mich jederzeit anrufen.«
Sie stand langsam auf, darauf bedacht, ihre Vorzüge noch einmal zur Geltung zu bringen, und ging zur Tür.
Seine Sekretärin kam mit einem Stapel Papieren herein.
»Na, mal wieder einen Star entdeckt?«
»Eher ein Verkaufsgespräch«, sagte Markus und vertiefte sich in die Papiere.

Das unter einer dünnen Neuschneedecke verborgene Glatteis brachte Hermann Kassners schweren Mercedes gefährlich ins Schlingern. Er verlangsamte das Tempo, als er in die Zufahrt seines Betriebs einbog und das Tor mit dem unauffälligen Schild »Land-Ei« passierte. Er parkte seinen Wagen auf dem Stellplatz, der durch seine Autonummer gekennzeichnet und als einziger noch nicht belegt war. Beim Aussteigen wanderte sein Blick automatisch über eine Reihe langgestreckter grauer, fensterloser Gebäude, die in ihrer Trostlosigkeit das düstere Bild der endlosen Felder unter dem bleiernen Himmel noch verstärkten. Ein gewohnter Anblick für ihn, und er schenkte ihm keine weitere Aufmerksamkeit. Es war wieder empfindlich kalt geworden, und er steuerte mit energischen Schritten das Bürogebäude an, welches sich von den anderen Baracken dadurch unterschied, daß es über Fenster verfügte. Sonst war kein übertriebener Luxus zu erkennen, nichts deutete auf den Umsatz hin, der hier gemacht wurde. Schon im Flur wurde Kassner aufgehalten.

»Kann ich Sie kurz sprechen, Chef?« fragte sein Farmleiter.

»Kommen Sie rein.« Er hielt die Tür auf und zeigte auf den Stuhl gegenüber seinem Schreibtisch. »Was gibt's?«

»Wir haben einen Milbenbefall. Der Tierarzt hat es gerade festgestellt. Er schlägt vor, die Ställe zu räumen und alles gründlich zu desinfizieren.«

»Der macht es sich wieder mal einfach. Wo sollen wir denn die Viecher inzwischen unterbringen? Das ist zuviel Aufwand und bedeutet Verlust. Wer weiß, ob wir die Milben damit wirklich wegkriegen. Es ist doch mit Sicherheit effektiver, die Hühner gleich mitzubehandeln.«

»Nur sind alle Mittel, die in Frage kommen, mehr oder weniger giftig.«

»Na und?«

»Wir sollten vorsichtig sein. Seit dieser Grüne im Gemeinderat sitzt, hagelt es Anfragen ohne Ende.«

»Sie sehen Gespenster, ein spinnerter Linker kann hier gar nichts ausrichten. Immerhin bin ich der größte Steuerzahler in dieser gottverlassenen Gegend, und das wissen die Leute ganz genau. Diese Anfragen werden doch nur pro forma behandelt, die meisten Gemeinderäte sind auf meiner Seite. Wir versprühen Nikotinsulfat.«

»Auf die Hühner?«

»Ja.«
»Das ist bestimmt verboten.«
»Sie haben doch hier einen ganz guten Job, oder?«
»So habe ich das nicht gemeint, ich halte es nur für riskant.«
»Zerbrechen Sie sich nicht meinen Kopf, dafür werden Sie nicht bezahlt. Und nehmen Sie für die Aktion die Türken, die fragen nicht soviel. Sonst noch was?«
»Nein. Ich werde alles Nötige veranlassen.« Der Farmleiter ging mit einem knappen Gruß aus dem Raum.
Hermann blickte aus dem Fenster auf eine endlose weiße Fläche, über der ein schwerer grauer Himmel hing. Die Häuser des Dorfs waren von hier aus nicht zu sehen. Mit Bedacht hatte er sich in ziemlicher Entfernung davon angesiedelt. Er hatte dem Gemeinderat schon signalisiert, daß er weiter expandieren wolle, und damit gedroht, daß er, falls man ihn hier nicht genügend unterstütze, die nächste Farm woanders eröffnen werde. Mit der Vergrößerung lohnte sich auch ein eigenes Eierverarbeitungswerk, und das bedeutete wieder neue Arbeitsplätze, und das war das Zauberwort. Wer in den Zeiten der Rationalisierung Arbeitsplätze schuf, hatte von vornherein gute Karten und konnte mit großzügiger Unterstützung von behördlicher Seite rechnen.
Es klingelte auf seiner persönlichen Leitung. »Herr Kleine«, verkündete seine Sekretärin und stellte das Gespräch durch.
»Herr Kassner«, sagte der Steuerberater, ich wollte Ihnen eine hochinteressante Investition vorschlagen. Sie können noch einen Teil der Vorjahresgewinne unter-

bringen, und die Rendite ist außergewöhnlich. Ich würde Ihnen das Projekt gerne persönlich erläutern, wenn wir uns sehen. Wann haben Sie Zeit?«
»Heute nachmittag, ich muß sowieso nach München.«
»Gut, sechzehn Uhr?«

Fassungslos knüllte Alberta das Papier zusammen und versuchte es wieder zu glätten, um es erneut zu lesen. Dabei kannte sie die wenigen Zeilen längst auswendig.
»Liebe Mama«, stand da. »Sei nicht böse, aber ich möchte die Osterferien gerne bei einem Freund in Österreich verbringen, der mich eingeladen hat. Besuch würde mich im Moment nur stören, weil ich noch eine Menge nachlernen muß. Viele Grüße, Robert.«
Er hatte ihr nicht verziehen. Die langen Briefe, die versuchten Erklärungen, alles umsonst. Sie hatte ihn verraten, war wieder einmal zu feige gewesen, sich gegen Hermann durchzusetzen.
»Mama, sag doch auch etwas dazu«, hörte sie noch deutlich die Aufforderung ihres Sohnes. Ihr leiser Protest war in Hermanns Gebrüll untergegangen.
»Das Internat ist beschlossene Sache, und es gibt keine weiteren Diskussionen!«
Robert war still in sein Zimmer gegangen, und als er eine Woche später im Internat abgeliefert wurde, sagte er immer noch nichts.
Alberta vermißte ihn schrecklich. Das Haus war wie ausgestorben ohne Robert und die Freunde, die er oft

aus der Schule mitbrachte. Sogar seine Unordnung fehlte ihr. Wie die Leere in dem zu groß gewordenen Haus spürte sie die Leere in ihrem Leben, dessen Mittelpunkt Robert gewesen war. Er hinterließ ein Vakuum und schien Albertas Dasein auf einmal so sinnlos zu machen.

Durch die verglaste Front im Wohnzimmer sah man auf den parkähnlichen Garten, der von einer hohen Mauer umgeben war, um ungebetenen Besuchern oder Spaziergängern keinen Einblick zu gewähren. Der immer noch fallende Schnee hatte eine anonyme weiße Fläche entstehen lassen. In Sichtweite gab es kein anderes Haus. Um ins Dorf zu kommen, mußte man zehn Minuten auf dem holprigen Feldweg zurücklegen, und Hermanns Betrieb, den Alberta in all den Jahren nie gesehen hatte, war noch weiter entfernt. Jeden Tag hatte sie Robert dieselbe Strecke zur S-Bahn gefahren und die kleine Unterhaltung am Morgen genossen. Jetzt mußte sie sich zwingen, überhaupt aufzustehen. Sie machte zwar jeden Tag das Frühstück für Hermann, aber oft dauerte es bis zum Mittag, bis sie selbst fertig angezogen war. Manchmal ertappte sie sich dabei, wie sie im Bademantel dasaß und einfach zum Fenster hinausschaute oder vor sich hin starrte. Wenn sie auf die Uhr sah, war schon wieder eine Stunde vergangen, ohne daß sie das geringste getan hätte. Meine Blumen werden erfrieren, dachte Alberta und fing an zu weinen. Als die Putzfrau kam, stand das Frühstücksgeschirr noch auf dem Tisch, und Alberta weinte immer noch. Sie genierte sich vor der dicken Bauersfrau, die sie sicher für hysterisch hielt, und floh in ihr Zimmer, wo sie den ganzen Nachmittag abwechselnd weinte und vor sich hin starrte. Als Hermann abends heimkam, saß sie im Bademantel in ihrem Zimmer, ohne das Licht eingeschaltet zu haben.

»Was ist denn los?« fragte Hermann, während er mit einer Handbewegung ihr verheultes Gesicht in unbarmherzige Helle tauchte.

»Robert will in den Ferien nicht heimkommen, und er möchte auch keinen Besuch.« Sie hielt ihm das zerknitterte Stück Papier unter die Nase.

»Das ist doch prima! Jetzt wird er endlich selbständig. War auch höchste Zeit, daß er aufhört, an deinem Rockzipfel zu hängen. Du hat ein richtiges Muttersöhnchen aus ihm gemacht.«

»Er kommt nicht heim, weil er nichts mehr von mir wissen will.«

»Unsinn, in seinem Alter ist es normal, daß man die Ferien mit einem Freund verbringen möchte. Auf jeden Fall ist es kein Grund, hier im Dunkeln herumzusitzen und Trübsal zu blasen. Fahr morgen nach München, und mach einen Einkaufsbummel, das bringt dich auf andere Gedanken.«

Alberta schwieg. Es hatte doch keinen Sinn. Wie immer begriff er überhaupt nichts, war aber sofort bereit, ihr die Schuld an allem zu geben. Natürlich war es ihr Fehler, daß sie eine so enge Beziehung zu ihrem Sohn aufgebaut hatte und er so an ihr hing. Sie haßte Hermann um so mehr, weil sie jetzt tatsächlich anfing zu zweifeln, ob die Entwicklung von Robert durch ihre Zuneigung

behindert wurde, er vielleicht in ihrer Umklammerung nicht mehr die Luft zum Atmen gefunden hatte.
Er riß sie aus ihren Gedanken. »Was hältst du davon, wenn ich ins Fernsehgeschäft einsteige?«
»Du machst Witze.«
Er lachte. »Das ist kein Witz, sondern die Idee meines Steuerberaters, und ich muß sagen, ich finde sie gar nicht so schlecht.«
Alberta war wirklich verblüfft. »Erzähl schon.«
»Kennst du Markus Tomani?«
»Ist das dieser dunkelhaarige Schönling, der immer mit irgendwelchen Schauspielerinnen in den Klatschspalten auftaucht?«
»Genau der. Er plant eine internationale Fernsehserie, was mit Drogen, glaube ich. In Deutschland hat er sie schon an einen Fernsehsender verkauft, und sie wird insgesamt in dreizehn Ländern in Europa gedreht. Er sucht einen privaten Investor, um die ganze Vorbereitung und Organisation zu finanzieren.«
»Klingt aufregend. Nur hast du keine Ahnung von dem Geschäft.«
»Was soll da schon anders sein als bei jedem anderen Geschäft. Außerdem verleihe ich bloß Geld, das ich mit einer zwanzig- oder dreißigprozentigen Verzinsung wiederbekomme.«
»Oder auch nicht.«
»Du bist immer so negativ. Du kannst sicher sein, daß ich mir die Sache genau ansehe, bevor ich eine Mark rausrücke!« Hermann ging zum Kühlschrank, um sich ein Bier einzuschenken.

»Übrigens gehen wir Freitag abend mit ihm essen!« rief er über seine Schulter zurück.
»Mit Tomani?« fragte Alberta, aber er war schon aus dem Zimmer und hörte sie nicht mehr.

Suchend sah sich Hermann in dem Lokal um. Ein Kellner eilte zu Hilfe, aber er hatte schon Wolfgang Kleine an einem der Tische entdeckt. Mit großen Schritten ging er auf ihn zu, und Alberta hatte Mühe, ihm zu folgen. Wolfgang erhob sich, um die Anwesenden vorzustellen. Ein großer dunkelhaariger Mann stand ebenfalls auf, um sie zu begrüßen.
»Ich freue mich, Sie kennenzulernen«, sagte er mit einem routinierten Lächeln und gab Alberta die Hand. »Das ist Mona«, er deutete auf seine Begleiterin, die willkommensmäßig strahlte. Er rückte für Alberta den Stuhl neben sich zurecht und wies Hermann den Platz neben Mona zu. »Einen Aperitif?« fragte er zuvorkommend.
»Gerne.« Etwas zu trinken half vielleicht, ihre Verlegenheit zu überspielen. Wie so oft fühlte sie sich in Gegenwart Fremder unsicher und wußte nicht, was sie sagen sollte.
Wolfgang erklärte, daß er sich sehr über dieses Treffen freue und hoffe, daß Hermann sich an Tomanis Vorhaben beteiligen werde. Er schlug Markus vor, sein Projekt noch etwas näher zu erläutern.
»Es ist die Geschichte von Harry Lime junior.« Markus

machte eine kleine Pause. »Ich weiß nicht, ob der Name Ihnen allen geläufig ist?«
Hermann nickte, aber ein kurzer Blick auf ihn sagte Alberta, daß er noch nie etwas davon gehört hatte.
»Dieser Name«, fuhr Markus fort, ist durch den Film *Der dritte Mann* weltweit bekannt geworden und erregt Aufmerksamkeit. Der Protagonist ist also dadurch, daß er diesen berühmten Namen trägt, aus der Anonymität herausgehoben und weckt sofort Neugier. Unser Harry Lime, der Sohn des legendären Harry, den Orson Welles gespielt hat, ist Boß eines Drogenkartells in Kolumbien. Von dort aus organisiert er seine schmutzigen Geschäfte und verkauft Heroin in die ganze Welt. In unserer Serie spielt jede Episode in einem anderen Land und wird auch in dem jeweiligen Land produziert. Nur die Hauptdarsteller bleiben dieselben, sonst werden namhafte Schauspieler aus dem entsprechenden Land genommen, wie bei Koproduktionen üblich. Jeder, der das Treatment bis jetzt gelesen hat, war begeistert. Mein Anwalt in Los Angeles hat es Mel Gibson gegeben, und sogar der war äußerst interessiert. Es ist nicht ausgeschlossen, daß sich die Amerikaner auch beteiligen, aber vorerst konzentrieren wir uns auf die europäischen Koproduzenten.«
Er dozierte noch weiter über das sinkende Niveau im deutschen Fernsehen und über herausragende Filme wie *Der dritte Mann*, die auch eine Verpflichtung darstellten. Alberta schickte einen prüfenden Blick zu Hermann, um herauszufinden, was er von allem hielt, aber er hörte offensichtlich gar nicht zu und war ganz in

den Anblick von Mona versunken, die ihn kokett anlächelte. Neben der aufgetakelten Mona kam sich Alberta ziemlich unscheinbar vor, obwohl sie Hermanns Rat befolgt und in München einen neuen Blazer gekauft hatte. Der gefiel ihr allerdings genausowenig wie ihr Aussehen insgesamt. Immer hatte sie gedeckte Farben bevorzugt, weil sie es haßte, aufzufallen, während Mona in ihrem leuchtend roten Kleid, das ausgesprochen kurz und ausgesprochen tief ausgeschnitten war, es offensichtlich darauf anlegte. Mit großem Erfolg, denn die Blicke der anwesenden Männer waren nicht zu mißdeuten.
Alberta nahm einen tiefen Schluck aus ihrem Glas. »Ich finde, es klingt interessant, und die Drogenproblematik ist sicher für alle Länder aktuell«, sagte sie und hatte gleichzeitig das Gefühl, sich ungeschickt auszudrükken.
Markus wandte sich ihr zu, wobei sie genau sehen konnte, daß er die Hand auf Monas Oberschenkel hatte.
»Ganz richtig, es dürfte keine Schwierigkeit sein, genügend spannende Geschichten zu erfinden. Natürlich brauchen wir erstklassige Autoren, gute Drehbücher sind die erste Voraussetzung, aber ich sehe da kein Problem.«
Trotz seines freundlichen Lächelns spürte Alberta genau, wie es ihn langweilte, in diesem Kreis sein Projekt erläutern zu müssen, und wenn sein Blick Hermann traf, konnte sie so etwas wie Geringschätzung darin erkennen. Er schenkte sich schon das drittemal Wein

nach, und das Zucken an seinem rechten Auge verstärkte sich zusehends.

»Nein, danke«, wehrte Alberta ab, als er auch ihr Glas nachfüllen wollte. »Wie es aussieht, werde ich fahren, und es ist eine lange Strecke.« Sie hatte durchaus gemerkt, daß Hermann sich genausooft nachgeschenkt hatte wie Tomani, und sie wollte lieber halbwegs nüchtern bleiben und selbst fahren.

»Sie wohnen auf dem Land?«

»Ja. Ziemlich abgeschieden«, sagte sie und dachte, daß das noch eine vornehme Umschreibung für das Kaff am Ende der Welt ist. Sie erinnerte sich, mit welchem Enthusiasmus sie damals die Stadt verlassen hatte, weil sie der Meinung war, Kinder sollten unbedingt im Grünen aufwachsen, inmitten von Wiesen, Wäldern und Tieren, weit weg vom gefährlichen Straßenverkehr. München wäre als Wohnort für Hermann sowieso viel zu weit gewesen, und er hatte beizeiten ein Grundstück in der Nähe der Farm erworben. Also hatten sie darauf ein Haus gebaut.

»Was machen Sie denn beruflich?« fragte sexy Mona und lächelte Hermann an.

»Ich bin Agrarindustrieller.«

»Klingt beeindruckend. Und was genau kann ich mir darunter vorstellen?«

»Ich bin Eierproduzent.«

»Halten Sie vielleicht Hühner in diesen winzig kleinen Ställen, wo sie sich nicht bewegen können? Ich habe mich erst neulich vor dem Supermarkt in eine Liste eingetragen, da hat der Tierschutzverein Protestunter-

schriften gegen nicht artgerechte Tierhaltung gesammelt.«
»Sie wollen uns also das Geschäft verderben?« fragte Hermann scherzhaft, während Alberta beobachtete, wie die Hand von Markus wieder auf Monas Schenkel landete und er dabei unmerklich den Kopf schüttelte.
»Aber im Ernst«, sagte Hermann, »wir halten uns strikt an das Tierschutzgesetz, das können Sie mir glauben. Der Gesetzgeber hat da strenge Auflagen gemacht, die wir auch genau einhalten. Der beste Beweis sind die Hühner selbst, die würden nie und nimmer so viele Eier legen, wenn sie unglücklich wären. Es ist in unserem eigenen Interesse, daß sich die Tiere wohl fühlen.« Er hatte richtig ernst ausgesehen während seines Vortrags, aber jetzt gestattete er sich ein entspanntes Lächeln. »Ich selbst bin mit Tieren aufgewachsen und halte Tier- und Artenschutz für sehr wichtig.«
Alberta bewunderte ihn für seine Verlogenheit. Es genügte ihm nicht, jegliche Tierquälerei von sich zu weisen, er trat auch gleich noch als Retter der bedrohten Kreatur auf. Alle Achtung, hoffentlich wußten das seine durchweg glücklichen Hühner zu schätzen. Diesen Vortrag hatte er sicher schon oft gehalten, weil er ihm so routiniert über die Lippen kam.
»Vielleicht sind diese Tierschützer zu extrem«, pflichtete ihm auch Mona gleich bei.
»Das kann man wohl sagen. Wenn es nach denen ginge, dürften wir ja nicht mal mehr Milch trinken oder ein Frühstücksei essen. Ganz zu schweigen von der Verwendung von Leder oder Pelzen, und ein Pelz wärmt

nun mal am besten bei unseren winterlichen Temperaturen. Ich kann mir gut vorstellen, wie entzückend Sie darin aussehen würden.«

Mona nickte. Offensichtlich war sie auch der Meinung, daß ein Pelz ein angemessenes Kleidungsstück für sie wäre, jenseits von allen übertriebenen Tierschutzgedanken. Alberta fand Hermann zusehends lächerlich in seinem Bemühen, Eindruck auf das Mädchen zu machen, das altersmäßig leicht seine Tochter sein könnte. Markus war schon vor einer Weile verschwunden. Das Gespräch über die Hühner schien ihn noch mehr zu langweilen.

»Sind Sie Schauspielerin?« fragte Alberta.

»Ja«, sagte Mona.

»Sie werden doch hoffentlich in der geplanten Serie spielen?« fragte Hermann. »Ich bin jetzt schon Ihr Fan.«

Alberta warf ihm einen vernichtenden Blick zu. Allmählich wurde es ihr zuviel. Sie spürte fast so etwas wie Eifersucht oder zumindest Ärger darüber, so brüskiert zu werden.

»Ich hoffe sehr, daß Markus mir eine Rolle geben wird«, säuselte Mona.

Markus hatte inzwischen wieder Platz genommen und sagte unwirsch: »Die Besetzung der kleinen Rollen ist zum jetzigen Zeitpunkt mein allerletztes Problem.«

»Sollte ich damit zu tun haben, werde ich auf alle Fälle ein gutes Wort für Sie einlegen«, versprach Hermann, und Alberta registrierte, wie wütend Markus darüber wurde. Er wollte Hermann schon zurechtweisen, aber dann drehte er sich um und bedeutete dem Kellner durch eine Handbewegung, daß er die Rechnung bringen sollte.

»Möchte jemand noch einen Digestif?« fragte er knapp.

»Wir könnten den Abend doch noch fortsetzen«, schlug Hermann mit einem aufmunternden Blick in Richtung Mona vor.

»Tut mir leid, ich habe morgen schon sehr früh wichtige Termine«, sagte Markus. Auch Wolfgang Kleine winkte ab. Alberta wartete schadenfroh, ob Hermann vielleicht alleine mit ihr und Mona noch etwas unternehmen wollte, aber er brachte nur sein Bedauern über das viel zu frühe Ende des schönen Abends zum Ausdruck.

»Laß mich fahren, du hast ziemlich viel getrunken«, schlug Alberta vor.

»Ich fahre betrunken immer noch besser als du nüchtern«, entgegnete Hermann und ließ sich auf den Fahrersitz fallen. Schweigend klinkte Alberta den Sicherheitsgurt ein. Wie immer würde er zu schnell fahren, und sie würde in ihren Sitz gepreßt ein imaginäres Bremspedal durchdrücken, während er mit der Lichthupe die linke Spur der Autobahn leerfegte und sich irgendwelchen Trödlern, die ihm nicht rechtzeitig Platz machten, angsterregend an die Stoßstange hängte.

Es gab Zeiten, wo es ihr imponiert hatte, wie er Schwächere in ihre Schranken verwies, aber das war lange her.

»Warum hast du ihn überhaupt geheiratet?« hatte Robert einmal gefragt, als er den ganzen Haß auf seinen Vater hinausgeschrien hatte. »Ich habe ihn geliebt, und früher war er nicht so«, hatte Alberta gesagt, aber weder hatte sie ihn je geliebt, noch war er früher wesentlich anders gewesen. Sie hatte es nur nicht wahrhaben wollen.

Die Vorstellung der idealen Liebe, die ihre Erfüllung in der Ehe findet, hatte sie durch ihre armselige Kindheit begleitet, immer wieder genährt durch ihre Mutter, die ihr freudloses Dasein damit erklärte, daß ihnen das Schicksal so früh den Vater und Ernährer genommen hatte. Die rosigen Zeiten in ihrem kleinen Familienidyll, die sich mit fortschreitenden Jahren immer mehr verklärten, hatten anscheinend nur in Gegenwart ihres Vaters stattgefunden, an den sich Alberta genausowenig erinnern konnte wie an die glücklichen Zeiten, die es aber gegeben haben mußte, sonst hätte ihre Mutter nicht so gerne und oft davon erzählt.

Nicht einmal das unkonventionellere Leben an der Universität konnte an ihrem spießigen Ideal von der Ehe etwas ändern. Wie in den romantischen Büchern, die sie bevorzugte, begegnete ihr nach einigen unbedeutenden Flirts die große Liebe in Gestalt eines Germanistikstudenten. Als sie nach einer angemessenen Frist das Zusammenleben in Form der Ehe beiläufig erwähnte, schreckte er förmlich zurück. Kurze Zeit später teilte sie ihm ihre Schwangerschaft mit, die, da war sie ganz sicher, eine glückliche Familiengründung zur Folge haben würde. Er erklärte ihr unumwunden, daß für ihn eine Ehe zum gegenwärtigen Zeitpunkt nicht in Frage komme. Die Illusion der großen Liebe fand auf einem schäbigen Küchentisch in Holland ihr schmerzhaftes Ende.

Sie sah nun die Beziehung zwischen Mann und Frau etwas realistischer, wollte aber immer noch heiraten. An Hermann gefiel ihr das selbstbewußte Auftreten, das durch die Attribute des Wohlstands, über die er damals schon verfügte, noch verstärkt wurde. Er bildete einen angenehmen Kontrast zu den Hungerleidern, mit denen sie bis dahin hauptsächlich zu tun hatte, und er war der einzige, der ihr einen Antrag machte.

Mit dem Beginn ihrer Ehe, der gleichzeitig auch den Abbruch ihres Studiums bedeutete, waren die Rollen klar verteilt. Sie hatte endlich den langersehnten Ernährer der Familie und schuf ihm ein gemütliches Heim und gebar den Stammhalter. Hatte ihm anfangs ihre intellektuelle Überlegenheit imponiert, so bemühte er sich im Laufe der Zeit um so mehr, sie zur Unterlegenen zu machen. Sie setzte ihm wenig Widerstand entgegen. Wie beim Tauziehen eroberte Hermann einen immer längeren Teil des Seils. Bis sie endlich begriffen hatte, daß sie sich dagegen stemmen mußte, hatte er sie längst auf seine Seite hinübergezogen.

Jetzt waren sie hier gelandet, wo er die nachts wenig befahrene Autobahn mit zweihundert Stundenkilometern entlangraste, ihre Bitte, etwas langsamer zu fahren, hartnäckig ignorierend.

»Was hältst du von der Sache?« fragte er.

»Es klingt ganz interessant. Ich kann mir gut vorstellen, daß so eine Serie Erfolg hat.«

»Dieser Tomani ist ein arroganter Schnösel, der meint, man muß noch froh sein, wenn man Geld in seinen Laden stecken darf. Außerdem hat er einen Tick. Hast du gesehen, wie sein Auge immer zuckt? Wenn man den länger anschaut, wird man ganz nervös.«

»Ich fand ihn sehr zuvorkommend, und ob er mit dem Auge zuckt oder nicht, ist mir egal.«

»Natürlich fällst du auf so einen Schönling rein, mit seinem blöden Gequatsche von Kunstfilmen und Niveau im Fernsehen.«

»Ich bin sicher, du und Mona, ihr hattet interessantere Themen.«

»Aber ganz bestimmt. Bist du vielleicht eifersüchtig?«

»Auf so ein Flittchen?«

»Nur weil sie sexy ist und jünger als du, ist sie noch lange kein Flittchen.«

»Ich denke, daß Tomani sie aus einem ganz bestimmten Grund angeschleppt hat.«

»Und der wäre?«

»Sagen wir mal, um das Geschäft für dich ein bißchen verlockender zu gestalten.«

»Das ist aber sehr rücksichtsvoll von ihm. Er wird mir noch richtig sympathisch.« Hermann lachte laut und tätschelte Albertas Knie. »Du bist doch eifersüchtig.« Seine Hand wanderte höher auf ihrem Oberschenkel.

»Laß bitte die Hände am Steuer!«

»Na gut, wir sind ja gleich zu Hause.«

Kaum waren sie im Schlafzimmer gelandet, drängte er sie auf das Bett und schob ihren Rock hoch.

»Ich bin todmüde.« Alberta gähnte demonstrativ.

»Du bist immer müde, dabei hast du gar nichts zu tun. Du kannst doch morgen ausschlafen.«

Er schob seine Hand zwischen ihre Beine. »Komm

schon, du willst es doch auch.« Er riß an ihrer Bluse, und ein Knopf sprang ab und rollte auf den Boden.
»Warte.« Er würde sich nicht mehr davon abbringen lassen, also schlüpfte sie aus ihren Sachen. Besser sie brachte es gleich hinter sich. Es würde sowieso nicht lange dauern, wenn er so viel getrunken hatte, und sie hatte ihre eigene Methode, die Sache abzukürzen. Am Anfang ihrer Beziehung, als sie feststellte, daß er sich so lange auf ihr abrackerte, bis er ihr eine Reaktion entlockt hatte, begann sie ihm etwas vorzuspielen. Erst tat sie es, um ihn nicht zu enttäuschen, und dann konnte sie nicht einfach damit aufhören. Sie wußte zwar nie, ob das bißchen Gestöhne und Gehechel wirklich glaubhaft war, aber zumindest setzte es einen Schlußpunkt unter seine Bemühungen und gab ihr die Möglichkeit, die Angelegenheit nach Belieben abzukürzen. Wenn er jemals Zweifel daran hatte, daß sie im Lauf der Jahre immer schneller den Höhepunkt erreichte, so behielt er sie für sich.
Diesmal brauchte sie ihre schauspielerischen Talente gar nicht einzusetzen. Nach ein paar Stößen wälzte er sich mit einem lauten Stöhnen von ihr runter und war im nächsten Moment eingeschlafen.

2

Strahlend winkte ihn Wolfgang Kleine herein. »Die Sache ist geritzt. Wir bekommen die Million. Sicher hat auch diese Mona dazu beigetragen, er hat sie ja den ganzen Abend mit den Augen verschlungen. Wo hast du die denn her?«

»Er ist ein Arschloch«, sagte Markus.

»Aber ein reiches, und du brauchst sein Geld.«

»Ja, leider. Ein anderer Finanzier wäre mir lieber.«

»Komm schon, Markus, wir wollen nicht übertreiben. So leicht läßt sich niemand finden, der ohne Sicherheiten mal eben eine Million auf den Tisch legt. Ich dachte, du freust dich. Alles, was der Mann dafür will, ist ein bißchen teilhaben an der glamourösen Fernsehwelt.«

»Das ist ein Bauer, der mit Tierquälerei ein Vermögen gemacht hat.«

»Ist doch völlig egal. Den nimmst du einmal mit auf eine Reise, dazu noch so ein hübsches Mädchen, dann ist der zufrieden.«

»Ich bin Fernsehproduzent und kein Zuhälter.«

»Hast du eine Laune heute. Du hast mich schließlich gebeten, jemanden zu finden, und das habe ich getan.«

»Was ist eigentlich mit diesem Fonds, den du gegründet hast? Deine Anleger wollen doch auch in Fernsehproduktionen investieren, oder?«

»Der kommt für so etwas nicht in Frage. Da gibt es genaue Finanzierungspläne bis zum letzten Pfennig, und die Produktionen sind durch Versicherungen bereits abgedeckt. Du mußte dich schon mit deinem Agrarindustriellen abfinden.«

Markus stöhnte. »Na gut, aber ich habe keine Lust, mit so einem Bauernfünfer auch noch herumzureisen.«

»Was den Mann interessiert, ist ein anderes Image. Der möchte den Gestank seiner Legebatterien loswerden, möchte gerne in andere Kreise, will in den Golfclub aufgenommen werden. Dafür macht er in Wirklichkeit das Geld locker.«

»Bißchen viel verlangt für eine Million.«

»Soll ich diesen Deal für dich abschließen oder nicht?«

»Natürlich.«

Markus wußte selbst nicht, warum er heute so gereizt war. Es war doch eine gute Nachricht, daß Wolfgang das Geld aufgetrieben hatte. Er konnte praktisch sofort mit den Vorbereitungen beginnen. Wolfgang hatte recht, es war völlig egal, von wem das Geld kam, und es war wirklich zuviel verlangt, daß einem der Finanzier auch noch sympathisch war. Trotzdem konnte er ein ungutes Gefühl nicht verscheuchen. Vielleicht lag es auch nur an seiner Müdigkeit und den Kopfschmerzen.

In Wirklichkeit liegt es daran, daß ich heute noch nichts genommen habe, dachte er in einem Anflug von Ehrlichkeit. Das Zeug hatte ihn mittlerweile ganz schön im Griff. Natürlich war er nicht süchtig, und wenn er wollte, könnte er jederzeit damit aufhören, aber im Moment hatte er zuviel Streß, um ernsthaft daran zu denken.

»Ich möchte nicht gestört werden!« rief Markus seiner Sekretärin zu und verschwand in seinem Büro. Er holte den Plastikbeutel mit dem weißen Pulver aus einer Schublade und formte daraus eine Linie auf der glatten Oberfläche seines Schreibtischs. Gierig sog er es ein und fegte die restlichen Krümel auf den Boden. Er verschloß den Beutel wieder in der Schreibtischschublade und lehnte sich zurück, um auf die ersehnte Wirkung zu warten. Er genoß diesen Moment der Passivität und konzentrierte sich voll auf die kommende wohltuende Empfindung. Zehn Minuten später rief er energiegeladen seine Sekretärin herein, um Termine zu vereinbaren.

Sie gab ihm die Liste der Anrufer. »Mona hat sich auch gerade gemeldet. Sie möchte zurückgerufen werden.

»Sagen Sie ihr, daß ich nicht da bin, wenn sie wieder anruft.«

Langsam legte Mona den Hörer auf. Wenn es nicht so deprimierend wäre, könnte man direkt darüber lachen. Sie war gefeuert worden, weil der Auftraggeber sie zu sexy fand. Es war sowieso selten blöd, diese Teflonpfannen im Home-Order-Kanal anzupreisen, aber sie war immerhin im Fernsehen und konnte wenigstens hoffen, daß sie zufällig von jemandem gesehen wurde, der ihrer Karriere den entscheidenden Schub geben würde. Doch anstatt von Produzenten wurde dieses Programm von Hausfrauen angeschaut, wie ihr gerade erklärt worden war, und die würden ihr nicht glauben, daß sie irgend etwas von Pfannen oder Töpfen verstand oder gar vom Kochen. Schade, daß es sich nicht um Unterwäsche handelt, hatte der blöde Kerl noch gesagt, da wären Sie goldrichtig. So dämlich der Job auch war, sie hatte von dem Geld ihre Miete bezahlen können, und jetzt war sie wieder total pleite. Das einzige Angebot, das sie im Moment hatte, war, einen Pornofilm zu drehen, allerdings für ziemlich viel Geld. Deshalb dachte Mona auch ernsthaft darüber nach. Das würde sie ihrer finanziellen Sorgen für eine Weile entheben. Nur war es auch sehr riskant, denn solche Filme konnten leicht später, wenn sie erst bekannt war, und daß sie das würde, daran hatte sie keinerlei Zweifel, wiederauftauchen und ihre Karriere ruinieren. Sogar von Marilyn Monroe war angeblich ein Pornofilm im Internet erschienen, aber der konnte es ja mittlerweile egal sein. Wie viele Schauspieler mußten sich im Fernsehen ihre Jugendsünden in Form von dämlichen Sexfilmen anschauen, von denen sie sicher nie gedacht hätten, daß sie noch einmal zu sehen sein würden.

Diesen Hermann konnte sie sicher dazu bringen, sich für sie einzusetzen, falls er sein Geld in die Serie von Markus steckte. Seine Blicke waren unmißverständlich gewesen, die kannte Mona seit ihrem zwölften Lebensjahr, als sie noch Monika hieß und die Jungs anfingen hinter ihr herzupfeifen.

Schon früh war ihr klar, daß nur ihr Aussehen sie aus ihrer trostlosen Umgebung herausholen konnte. Es war die Chance, die ihr das Schicksal geboten hatte und die sie davor bewahren würde, als Verkäuferin oder Friseuse in diesem Kaff ihr Dasein zu fristen, bis sie von irgendeinem Kerl geschwängert und geheiratet wurde und mit einem Haufen rotznasiger Kinder in einer Reihenhaussiedlung dahinvegetierte. Die ersten unbeholfenen Knutschereien auf den Beifahrersitzen meist alter Rostlauben hatten ihr gezeigt, welche Macht sie über Männer ausüben konnte dank ihres perfekt geformten Körpers, den sie allerdings nicht an diese Bauerntölpel zu verschwenden gedachte, die ihr zahlreich den Hof machten. Mit sechzehn nahm sie ein Futtermittelvertreter mit nach München und bezahlte ihr dort ein Zimmer in einer billigen Pension und eine vierzehntägige Ausbildung zum Fotomodell. Nach den zwei Wochen vermittelte ihr die windige Agentur den ersten Job – eine Dessousmodenschau in einer Disco auf dem Land vor johlenden Betrunkenen. Sie hielt sich mit solchen Jobs über Wasser, bis zu ihrer ersten Filmrolle. In einem blöden Teenagerstreifen spielte sie das blonde Traumgirl, das in den Phantasien von zwei halbwüchsigen Knaben, meist oben ohne oder ganz nackt, herumgeisterte. Das war zwar noch nicht der Startschuß zu der ersehnten Karriere, aber sie konnte sich eine Wohnung in einer besseren Gegend leisten und dem Vertreter den Laufpaß geben. Es folgten zahlreiche kleine Auftritte in Werbespots, Filmen und Fernsehen, und es folgten zahlreiche Männer, die große Rollen versprachen, aus denen dann im letzten Moment doch nichts wurde. Mittlerweile war Mona zwanzig, und es mußte langsam etwas passieren,

bevor der Lack ab war und der Schmelz der Jugend dahin.
Sie mußte wieder an Hermann denken. Gar kein so schlechter Typ. Nicht zu vergleichen mit den ganzen Aufnahmeleitern und Möchtegernregisseuren, die das Blaue vom Himmel herunterlogen. Der würde auf jeden Fall durchsetzen, was er wollte, und wenn sie es richtig anstellte, konnte das eine anständige Rolle für sie bedeuten. Sicher wußte so einer ihre Jugend zu schätzen. Er war bestimmt schon an die Fünfzig, und dazu diese frustrierte Frau. Was da ablief, konnte sie sich lebhaft vorstellen. Der konnte ihre Trumpfkarte werden. Was hatte sie schon von solchen Typen wie Tomani? Er hatte einmal mit ihr geschlafen, wobei er bereits so zugekokst war, daß er kaum konnte, und dann hatte er sie mit zu dem Essen genommen und ihr eingeschärft, sie solle sich ein bißchen um diesen Hermann kümmern. Das war's dann auch. Heute hatte er sich am Telefon schon verleugnen lassen, zumindest nahm Mona das an, und sie hatte bis jetzt immer recht behalten mit ihren Vermutungen.

Hermann gab der Bedienung ein Zeichen. »Noch zwei Weißbier bitte!« Fachmännisch teilte er eine Weißwurst in der Mitte durch, schnitt einmal längs durch die Haut und zog sie geschickt mit einer Drehung seiner Gabel herunter. Sein Gegenüber, der Gemeinderat Büchl, bevorzugte die etwas unappetitliche Art des »Auszuzelns«, die aber in Bayern durchaus gebräuchlich war und als zünftig galt. Büchl wischte sich die Reste des süßen Senfs vom Mund.

»Mit unserer Unterstützung kannst du auf jeden Fall rechnen, da wird es keine Schwierigkeiten geben. Wenn die Pläne fertig sind, kann ich sie intern schon mal dem Bürgermeister zeigen, und der Bauausschuß stimmt sicher geschlossen dafür. Der Rest ist nur eine Formsache, denn im Gemeinderat haben immer noch wir die Mehrheit.«

»Fragt sich nur, wie lange noch?«

»Ein Grüner macht noch keinen Sommer.« Büchl lachte. »Auch wenn der jetzt eine Bürgerbewegung gründen will, der hat doch keine Chance. Die Leute, die hier leben, sind vernünftig und haben schon immer schwarz gewählt.«

»Ich würde das nicht ganz so abtun. Ich habe gehört, er will neue Analysen über das Grundwasser erstellen lassen.«

»Na und? Die Grenzwerte für Nitrat liegen so hoch in landwirtschaftlichen Nutzgebieten, da kannst du ruhig doppelt soviel Hühnerdreck auf die Felder kippen, da passiert gar nichts. Du bist hier der größte Gewerbesteuerzahler, das ist wichtig. Wir sind eine wohlhabende Gemeinde, die sich im Wachstum befindet. Im Frühjahr bauen wir das neue Vereinsheim, das interessiert die Leute.«

»Hoffentlich hast du recht, ich kann nämlich wirklich keine Schwierigkeiten gebrauchen.«

»Was soll der dir denn für Schwierigkeiten machen?

Allerdings wäre es vielleicht geschickt, mehr Leute aus der Gegend zu beschäftigen statt der Türken.«

»Du weißt doch selbst, wie das ist. Für die Drecksarbeit in den Ställen findest du keine Deutschen, die wollen sich doch nicht die Hände schmutzig machen, aber mit dem Eierverarbeitungswerk schaffen wir eine Menge solider Arbeitsplätze.«

»Na bitte, das sind doch alles handfeste Argumente. Glaubst du wirklich, daß irgendein Gefasel über belastetes Grundwasser oder Tierschutz dagegen etwas ausrichten kann? Das ist alles schön und gut, solange es nichts kostet, aber sobald der Verbraucher mehr für sein Ei bezahlen soll, nur weil das blöde Huhn durch die Gegend läuft, anstatt auf einer Stelle zu hocken, hört es doch gleich auf mit der Tierliebe.«

»Es ist ja auch idiotisch, daß man alle Errungenschaften der modernen Agrarwirtschaft aufgeben soll, um wie unsere Großeltern die Höfe zu bewirtschaften. Man kann das Rad der Zeit nicht zurückdrehen.«

»Genau. Prost, Hermann!« Büchl nahm einen tiefen Schluck aus dem frischen Weißbierglas, das die Bedienung vor ihm abgestellt hatte. »Mit dieser grünen Ratte werden wir auch noch fertig. Wer braucht hier schon einen Künstler mit seinen freigeistigen Ideen. Außerdem erkennt man auf seinen Schmierereien überhaupt nichts. Glaub mir, bei uns ist die Welt noch in Ordnung – da haben solche getarnten Kommunisten keine Chance.«

Hermann hob sein Glas. »Du hast wahrscheinlich recht. Umweltschutz ist kein Thema, solange es solche

Arbeitslosenzahlen gibt, und wenn bei uns die Leute radikal wählen, dann immer noch rechts.«

»Genau. Die haben auch mittlerweile eingesehen, daß wir radikal genug sind. Gegen die Asylanten haben wir uns erfolgreich gewehrt, und das machen wir auch in Zukunft. Ich persönlich habe nichts gegen Neger – in Afrika, wo sie hingehören. Dann schon lieber deine Hühner, was, Hermann?«

»Chef!« Der Farmleiter kam mit großen Schritten auf den Wagen zu, den Hermann gerade geparkt hatte. Er stieg aus. »Was gibt's?«

»Hasan Ayaydin hat sich krank gemeldet.«

»Na und?«

»Er hat Vergiftungserscheinungen, steht auf der Krankmeldung, wahrscheinlich die Folge des fahrlässigen Umgangs mit einer toxischen Substanz.«

»Dann ist er eben krank, was soll ich daran ändern?«

»Sein Arzt hat uns einen Fragebogen zugeschickt. Wir sollen angeben, mit welchen Substanzen Hasan in Berührung gekommen ist.«

»Das geht den einen Scheißdreck an. Schreiben Sie die normalen Sachen rein, Desinfektions- und Futtermittel und so weiter. Im übrigen hätten Sie sich darum kümmern müssen, daß er eine Schutzmaske trägt.«

»So was besitzen wir gar nicht, und außerdem hätte er vielleicht gemerkt, daß etwas nicht in Ordnung ist.«

»Füllen Sie den blöden Fragebogen aus, und schicken

Sie ihn zurück, und damit ist die Sache erledigt. Kein Mensch kann uns nachweisen, was es war.«
»Hasan hat dem Arzt noch erzählt, daß nach der Prozedur reihenweise Hühner eingegangen sind.«
»So ein Idiot! Aber der kann doch nicht einmal richtig Deutsch. Ein paar Hühner sind eben eingegangen, und wir haben Virkon S gegen Salmonellen versprüht, ganz normal und harmlos! Niemand kann uns etwas anderes beweisen. Und den Ayaydin schmeißen Sie raus, wenn er wiederkommt, so einen kann ich hier nicht brauchen.«
Der Farmleiter nickte und murmelte ein: »Wird gemacht, Chef«, bevor er sich wieder in Richtung der flachen Gebäudereihen entfernte.
Er mußte sich nach einem anderen Leiter umsehen, wenn er die neuen Ställe baute. Dann wären hier fast zwei Millionen Hühner zusammengepfercht, und er konnte niemanden brauchen, der schon bei der kleinsten Schwierigkeit kapitulierte. Das fing bereits bei der Belegung der Käfige an, vier bis fünf Hühner waren erlaubt, man konnte aber leicht sechs oder sieben Hennen in so einen Drahtverhau stopfen. Wenn es nach dem blöden Verfassungsgericht ginge, wären es in der neuen Anlage noch weniger, aber er hatte keineswegs die Absicht, sich danach zu richten. Wer sollte das kontrollieren? Nur brauchte man eben keine Mitarbeiter, die dauernd Bedenken anmeldeten. Immer hatte er davon geträumt, daß Robert in die Firma eintreten würde, aber das hatte ihm Alberta mit ihrer Erziehung vermasselt, die aus seinem Sohn einen richtigen Waschlappen ge-

macht hatte. Neulich hatte er sogar geträumt, Robert wäre schwul geworden. Er war schweißgebadet aufgewacht. Sein Sohn eine Tunte!
Hermann dachte an seine eigene Jugend auf dem Bauernhof seiner Eltern. Morgens um sechs mußte er schon vor der Schule die Ställe ausmisten, und wenn er nicht parierte, bekam er Prügel mit allem, was gerade zur Hand war. Mit zehn Jahren half er schon beim Schlachten, und es war selbstverständlich, daß er nach dem Hauptschulabschluß die Schule verließ, um auf dem Hof eine vollwertige Arbeitskraft abzugeben. Er hatte von morgens bis abends geschuftet, während sein eigener Sohn vom Malkurs zur Gitarrenstunde und zum Tenniskurs gekarrt wurde, ohne auch nur eine Ahnung davon zu haben, wo das Geld für diesen großzügigen Lebensstil herkam. Robert hatte immer alles gekriegt, und was war dabei herausgekommen? Ein Muttersöhnchen, das sich gegen seinen Vater auflehnte und sich hinter seinem Rücken mit Tierschützern verbündete und gegen Massentierhaltung protestierte. Albertas Schuld, aber vielleicht kam Robert noch zur Vernunft, nachdem er ihrem Einfluß entzogen war. Alberta und er paßten wirklich nicht zusammen, das hatte er schon immer gewußt. Doch er wollte es ja nicht anders. Die Bauernmädchen aus seinem Dorf, die seine Eltern für passend gehalten hätten, verachtete er nur, und andere Frauen kannte er nicht. Gegen den erbitterten Widerstand seines bornierten Vaters, der von Neuerungen in der Landwirtschaft nichts wissen wollte, nahm seine Mutter heimlich einen kleinen Kredit auf sein bevorste-

hendes Erbteil auf, und er kaufte davon seine erste Legebatterie. Eine glänzende Investition, wie sich bald herausstellte – der industriellen Agrarwirtschaft gehörte die Zukunft. Er hatte nun eine eigene Wohnung und einen Wagen und konnte es sich leisten, auszugehen. In den ländlichen Diskotheken fand er hauptsächlich die Art von Mädchen, auf die er keinen Wert legte, und in München war es nicht leicht, Anschluß zu finden. So verbrachte er seine seltenen freien Abende am liebsten im Puff, wo er von den Damen aufgrund seines jugendlichen, athletischen Aussehens besonders geschätzt wurde und keine Komplexe wegen seiner bäuerlichen Herkunft zu haben brauchte.

Alberta lernte er bei einem Bummel über den Christkindlmarkt kennen, wo sie, offensichtlich genauso einsam wie er, sich mit einer viel zu fetten Bratwurst und einem Glühwein stärkte. Obwohl die Stimmung nicht sehr weihnachtlich war, weil der Föhn die Temperaturen selbst abends auf frühlingshafte elf Grad hochpuschte – daran änderten auch die ständig Weihnachtslieder dudelnden Chöre nichts –, fand sie die Aussicht, das Fest der Liebe statt mit ihrer nervtötenden Mutter mit Hermann zu verbringen, äußerst verlokkend.

Sie zu heiraten war eine Investition in die Zukunft. Sie war Studentin, hatte Geschmack, Umgangsformen und ein angenehmes Äußeres. Außerdem war sie anpassungsfähig, was für ein Zusammenleben eine nicht unerhebliche Rolle spielte.

Das Telefon auf seinem Schreibtisch klingelte. »Eine

Dame namens Mona möchte Sie sprechen«, kündigte seine Sekretärin an.

»Stellen Sie sie durch«, sagte er erfreut.

Alberta legte langsam den Hörer auf. »Er kommt schon wieder nicht nach Hause, angeblich eine Besprechung wegen der Fernsehserie.«

»Warum sollte das nicht stimmen?« fragte ihre Mutter.

»Weil ich mir nicht vorstellen kann, daß er dabei etwas zu sagen hat. Er macht nur eine Art Vorfinanzierung.«

»Wer Geld gibt, hat immer etwas zu sagen.«

»Nächste Woche fährt er zu einer Fernsehmesse nach Cannes. Verrat mir doch mal bitte, was er dort zu tun hat.«

»Fahr doch mit.«

»Ich bin nicht eingeladen.«

»Willst du damit andeuten, daß er dich betrügt?«

»Ich weiß nicht, es sieht so aus.«

»Ich kann ihn bis zu einem gewissen Grad verstehen.«

»Wie meinst du das?«

»Ich finde, du läßt dich ziemlich gehen. Schau mal in den Spiegel. Du hast ein paar graue Haare gekriegt. Warum färbst du sie dir nicht? Graue Strähnen machen nicht gerade jünger, und du könntest dich schminken, das hast du doch früher auch getan. Eine alte Kirche muß man schmücken, heißt es ganz richtig.«

»So alt bin ich nun auch noch nicht«, entgegnete Alberta. Seit wann hatte sie graue Haare? Aber selbst wenn es nur ein einzelnes sein sollte, würde es den gnadenlosen Augen ihrer Mutter nicht entgehen. Wo sie diese blöden Sprüche nur immer hernahm. Zu jeder Lebenslage hatte sie eine passende Weisheit. Alberta hätte sie umbringen können.

»Appetit holen kannst du dir woanders, aber gegessen wird zu Hause, habe ich früher immer zu Herbert gesagt.« Sie schickte einen kurzen verklärten Blick nach oben, wo man zwar nur die Zimmerdecke sah, aber richtungsmäßig Herbert vermuten konnte. »Allerdings habe ich darauf geachtet, immer adrett auszusehen, und ich hatte nicht deine Möglichkeiten. Du kannst dir doch alles leisten.«

»Ich bin sicher, du hast stets alles richtig gemacht.«

»Du weißt ja selbst, wie schwer ich es nach Herberts Tod hatte, mit dieser winzigen Witwenrente. Deshalb bin ich mit Recht stolz darauf, daß ich es geschafft habe, dir eine anständige Erziehung und Ausbildung zu geben, die Grundlage für das, was du heute bist.«

»Was bin ich denn?« Alberta hatte sich umgedreht und sah zum Fenster hinaus. So konnte sie die endlose Litanei ihrer Mutter besser abwehren, sich vorstellen, daß die schon so oft gehörten Sätze sie gar nicht erreichten, daß sie zwar ausgesprochen wurden, aber dann quäkend erstarben, wie bei einem mit der Hand angehaltenen Tonband, oder daß die ständig ausgespuckten Worte einfach auf den Boden fielen und schmolzen wie verspätete Schneeflocken in der Märzsonne.

»Alberta, du hörst mir ja gar nicht zu! Du hast wirklich keinen Grund, pessimistisch zu sein. Du hast doch ein schönes Leben, einen netten Mann, ein gesundes Kind, finanzielle Sicherheit ...«

»Der nette Mann scheint mich zu betrügen, das gesunde Kind ist im Internat, und Geld ist auch nicht alles.«

»Aber es beruhigt ungemein. Wie heißt es so schön: Lieber reich und gesund als arm und krank. Was Robert betrifft, das ist doch eine glänzende Schule, auf die er jetzt geht. Eine gute Ausbildung ist das allerwichtigste für ein Kind.«

Alberta sah ihre Mutter an. »Liebe ist das wichtigste für ein Kind. Und vielleicht für Erwachsene auch.«

»Wenn du dir ein bißchen Mühe gibst, kannst du deinen Mann bestimmt zurückgewinnen. Männer geben nun einmal viel auf Äußerlichkeiten, und außerdem bleiben sie selbst viel länger jung. Wen stören schon Falten bei einem Mann, sie machen ihn höchstens interessanter.«

»Soll ich mich auch noch liften lassen? Ach Mama, du verstehst doch überhaupt nichts. Selbst wenn ich mich von Kopf bis Fuß runderneuern ließe, würde Hermann mich nicht lieben. Er weiß nämlich gar nicht, was das ist, genausowenig wie du.«

»Jetzt wirf mir noch vor, daß ich dich nicht geliebt habe, bei den Opfern, die ich für dich gebracht habe.« Die Mundwinkel ihrer Mutter fingen verdächtig an zu zucken, was gleich einen Tränenstrom zur Folge haben würde.

»Entschuldige, ich habe das nicht so gemeint«, versuchte Alberta ihre Bemerkung abzuschwächen und endlose, unter Schluchzern hervorgebrachte Anschuldigungen zu verhindern. Es war auch sinnlos, ihre Mutter würde nie einsehen, daß sie als Kind nach körperlicher Nähe gehungert hatte, daß ihr eine herzliche Umarmung tausendmal lieber gewesen wäre als ihre bestens gebügelte und gestärkte Wäsche, auf die ihre Mutter endlose Zeit verschwenden konnte. Kein Stäubchen sollte den Eindruck von Ordnung und Sauberkeit stören.

Und heute stellte Alberta in Form der erfolgreichen Ehefrau eines erfolgreichen Unternehmers den fleischgewordenen Erfolg ihrer tadellosen Erziehung dar, der nicht durch larmoyante Bemerkungen über fehlende Zuneigung gefährdet werden sollte. Glück war für ihre Mutter eine Form der Disziplin, und wer bei den Umständen, unter denen Alberta lebte, nicht glücklich war, dem war nicht zu helfen. Wen interessierte es, daß sie dabei war, verrückt zu werden in diesem riesigen, einsam gelegenen Haus. Mit Robert führte sie seltene, nichtssagende Telefongespräche, und Hermann teilte ihr nur noch knapp mit, wann er die Abende außer Haus verbrachte. Ob er wirklich eine Freundin hatte? Seltsamerweise konnte sie sich über ihre Empfindungen nicht klarwerden. War es schrecklich, oder war es ihr vollkommen egal?

Wenn sie wenigstens etwas zu tun gehabt hätte, einen Beruf, der ihre endlosen Tage auf ein erträgliches Maß verkürzen würde. Sogar eine stupide Beschäftigung wäre ihr willkommen, aber nicht einmal die Hausarbeit bot eine Abwechslung, jetzt, da sie mittags nicht mehr kochen mußte und auch so viele Abende alleine verbrachte. Das meiste erledigte die Putzfrau, und sie war auch der einzige Grund, warum Alberta überhaupt das Bett verließ. Sie schämte sich vor der hart arbeitenden Bauersfrau, die noch nebenbei putzte, weil der Hof alleine sie nicht ernährte.

»Ich habe heute fürchterliche Schmerzen, ich glaube, das Wetter schlägt wieder um.« Ihre Mutter erhob sich mit einem tiefen Seufzer.

»Wieder die Knochen?« fragte Alberta routinemäßig.

»Ja, und neuerdings habe ich öfter mal so ein Stechen in der Lunge. Ich bekomme manchmal keine Luft mehr.«

»Du solltest dich durchchecken lassen. Soll ich für dich einen Termin machen?«

»Alt werden ist scheußlich.«

»Die einzige Alternative dazu ist, jung zu sterben.«

»Du hast leicht reden, du hast das halbe Leben noch vor dir. Und was habe ich noch zu erwarten? Manchmal liege ich nachts wach und denke: Wieviel Zeit habe ich noch? Und wie lange bin ich noch so gesund, daß ich nicht ins Heim muß?«

»Aber, Mama, du bist doch noch nicht alt«, versicherte Alberta ohne jede Überzeugung. Etwas beschämt wunderte sie sich über das Fehlen jeglichen Mitleids. Sie wußte, daß ihre Mutter gerne hören würde, daß sie in Albertas Haus jederzeit willkommen war und ein Altenheim nie in Frage käme, aber das brachte Alberta nicht über die Lippen.

»Der Garten sieht ziemlich ungepflegt aus.«

»Ich weiß.«
»Hast du denn so wenig Zeit?«
Alberta sah wieder zum Fenster hinaus.
»Du solltest den Rasen vertikutieren, damit er Luft bekommt, und das Unkraut muß gründlich entfernt werden. Ordnung ist das halbe Leben.«
»Ich fahr dich jetzt heim, Mama.«

3

Markus bahnte sich einen Weg durch die vollbesetzte Terrasse des Hotels Majestic. Überall sah er bekannte Gesichter. Das Hotel war fest in der Hand der Messeteilnehmer, die an ihren angesteckten Plastikausweisen und an ihrer offiziellen Kleidung zu erkennen waren. Wer würde sonst an diesem strahlend schönen Tag an der Côte d'Azur in Anzug und Krawatte herumlaufen? An jedem Tisch fanden angeregte Unterhaltungen statt, das sündhaft teure Frühstück diente nur als Vorwand für die verschiedenen Treffen. Hier auf der Terrasse des Majestic wurden wahrscheinlich mehr Geschäfte abgewickelt als im Palais du Festival, wo sich die ganzen Stände der Produktionsfirmen und Sender befanden.
Ein junger Mann hob die Hand, um ihm ein Zeichen zu geben. Er unterschied sich nicht wesentlich von den übrigen Leuten hier, die überwiegend jung, gutausse-

hend und wahnsinnig dynamisch wirkten. Markus setzte sich zu seinem Produktionsleiter.

»Ein herrlicher Tag, was? Ich habe schon Frühstück für die bestellt«, sagte Patrick.

»Danke.« Markus fischte eine dunkle Sonnenbrille aus seiner Jackentasche und setzte sie auf. »Hast du bereits Termine gemacht?«

»Eine Menge. Wir haben jede Stunde ein anderes Meeting, und um ein Uhr habe ich einen Tisch in einem der Strandrestaurants bestellt, da essen wir mit den Leuten von Paramount.«

»Ich war gestern abend noch mit Peter Hunt in der Colombe D'or, und er war auch begeistert von der Geschichte. Er will sie der BBC vorschlagen und sieht keinerlei Problem, sie in England zu realisieren.«

»Klingt doch alles ganz prima. Übrigens habe ich gestern die letzten Zahlen von unserer *Notaufnahme* aus München bekommen. Wir haben schon ganz schön überzogen. Das Auswechseln des Regisseurs und der Nachdreh haben ein Vermögen gekostet.«

»Das war unsere einzige Rettung. Was der gedreht hatte, war nicht zu gebrauchen, und der Sender hätte es auch nie abgenommen.«

»Wir sollten einen Teil der Kosten auf das *Harry-Lime*-Projekt nehmen, dann sind wir ein paar Probleme los.«

»Ich muß aber mit dem Geld auskommen, bis wir die Bankfinanzierung haben. Eine Million ist nicht gerade viel, wir brauchen für die Entwicklung der Bücher schon ein Vermögen.«

»Ich bin sicher, unser Hermann wird bei Bedarf etwas

nachschießen. er ist absolut fasziniert von der großen Fernsehwelt.«
»Da habe ich eher Bedenken. Ich glaube, er kann ganz gut rechnen.«
»Im Moment hat der seinen Verstand in der Hose. Gestern abend habe ich die beiden noch zu *Felix* geschleppt, und ich kann dir sagen, der ist dermaßen scharf auf diese Tussi, daß du über die alles erreichen kannst. Wir geben der Kleinen eine Rolle, und die hält uns dafür Hermann bei Laune. Den Regisseur lassen wir das so drehen, daß man sie hinterher ohne Schwierigkeiten wieder herausschneiden kann.«
Markus lachte. »Er hat allen Ernstes schon zu mir gesagt, daß er sie für ausgesprochen begabt hält.«
»Das ist sie sicher«, Patrick grinste anzüglich, »fragt sich nur, wofür. Ich habe ihm übrigens angeboten, an den Besprechungen teilzunehmen, wenn er möchte.«
»Das ist doch wohl etwas übertrieben.«
»Eine reine Formsache. Ich bin sicher, er hat etwas Besseres zu tun. Außerdem spricht er kein Wort Englisch, ganz zu schweigen von Französisch.«
Markus hatte schon nicht mehr zugehört. Sein Kopf dröhnte, und er spürte, wie sein Augenlid wieder unkontrolliert zuckte. Er mußte unbedingt noch etwas vor dem ersten Meeting nehmen, schließlich wollte er seine Geschichte überzeugend verkaufen. Sie mußte kurz und vor allem gut erzählt werden, sonst würden die meisten das Exposé gar nicht erst lesen. Das war normalerweise seine größte Stärke, Leute zu überzeugen. Seine Mutter hatte immer voller Stolz gesagt, Markus sei ein ausge-

sprochenes Sonntagskind mit seinem hinreißenden Charme und seinem guten Aussehen. Seine geschiedene Frau hatte ihn eher negativ als Rattenfänger bezeichnet. Sie war immer eifersüchtig auf die Wirkung gewesen, die er auf andere Menschen ausübte, vorzugsweise, wenn es sich um weibliche Wesen handelte. Das war dann auch der Grund für die Trennung gewesen. Er fand, daß er, wenn sie ihn schon ständig der Untreue bezichtigte, ihr auch den Gefallen tun und sie tatsächlich betrügen konnte. Sie reagierte fast erleichtert darauf. Endlich waren ihre Unterstellungen zur Gewißheit geworden, und sie konnte zumindest das Gefühl auskosten, schon immer im Recht gewesen zu sein. Markus dagegen genoß die wiedergewonnene Freiheit und litt unter den Schikanen, die sich seine Frau ausdachte, um die Beziehung zu seiner Tochter zu boykottieren.

»Monsieur.« Markus blickte auf, und neben ihm stand der Kellner mit der Rechnung. Er unterzeichnete schnell und sagte Patrick, daß er gleich wiederkomme. Er fuhr mit dem Lift zu seinem Zimmer hoch, wo er mit Hilfe einer kleinen Menge weißen Pulvers das Gefühl des Ausgebranntseins aus seinem Körper und Geist vertreiben würde.

Was für ein herrlicher Tag!« Mona schob die schweren Vorhänge zurück und öffnete die Fenstertüren vor dem kleinen Balkon. Sie konnte direkt hinunter auf die Croisette sehen, wo bereits geschäftiger Betrieb herrschte.

Direkt dahinter begann der schmale Strand, der unter den einzelnen Hotels aufgeteilt war, wie die verschiedenen farbigen Liegen und Schirme zeigten. Das Meer glitzerte in der Morgensonne und wurde schon von den ersten Motorbooten durchpflügt.

»Zieh dir lieber was an, sonst gibt es noch einen Menschenauflauf da unten«, sagte Hermann, »obwohl ich dich natürlich gerne so betrachte.« Er sah sie stolz an. »Du hast wirklich eine sagenhafte Figur, wie eine Göttin.«

Mona drehte sich um und lachte. »Die Göttin könnte jetzt ein Frühstück vertragen.« Sie kam wieder zu ihm ins Bett und streichelte seine Brust.

»Hör lieber auf, sonst kann ich für nichts garantieren.«

»Gut, erst Frühstück.« Sie sprang wieder aus dem Bett und zog einen der weißen flauschigen Hotelbademäntel über. »Bestellst du?«

»Was willst du denn?«

»Alles, was es gibt. Orangensaft, Kaffee, Brötchen, Eier, Toast, Schinken, Croissants, Marmelade, Käse ...«

»Ist ja gut.« Er suchte in den Hotelunterlagen, bis er die Karte für das Frühstück gefunden hatte, starrte auf den französischen Text und blätterte weiter, und da stand das Ganze noch einmal auf englisch. Wo zum Teufel war eine deutsche Karte? »Sprichst du Englisch?«

»Nein«, sagte Mona, »aber ich habe vor, einen Kurs an der Volkshochschule zu machen. Die verstehen bestimmt Deutsch, in so einem internationalen Hotel. Sogar in jeder Klitsche auf Mallorca wird mittlerweile Deutsch gesprochen.«

Entschlossen wählte Hermann die Nummer des Etagenservice. »Guten Morgen, ich möchte Frühstück bestellen.«
Völlig unverständliche Laute drangen durch die Leitung.
»Frühstück«, wiederholte Hermann etwas lauter.
Wieder wurde ihm in irgendeinem Kauderwelsch geantwortet.
»Sprechen Sie Deutsch?« versuchte er sich noch einmal verständlich zu machen.
»Non«, sagte die Stimme entschieden.
»Was ist denn das für eine Bruchbude!« brüllte Hermann ins Telefon, und ein Schwall fremd klingender Laute antwortete ihm.
»Blöde französische Schwuchtel!« Entnervt knallte er den Hörer auf. »Saftladen! All das vornehme Getue, und dann kann man nicht mal Frühstück bestellen!«
»Ärgere dich nicht. Wir können ja schauen, ob es unten ein Büfett gibt«, versuchte ihn Mona zu beschwichtigen. Das Klingeln des Telefons unterbrach ihre Überlegungen.
»Geh du ran«, sagte Hermann, um einer neuerlichen Blamage vorzubeugen.
Mona nahm den Hörer ab. »Es ist Patrick. Er will wissen, ob du zu einer der Besprechungen mitkommen willst?«
»Er soll uns lieber sagen, ob es hier ein ordentliches Frühstücksbüfett gibt.«
»Gibt es«, bestätigte Mona nach kurzer Rücksprache. »Und er will wissen, ob er uns ein Auto für Ausflüge in

die Gegend besorgen soll, und heute abend ist ein Empfang von Paramount, ob wir da hingehen wollen.«
»Was möchtest du denn machen?«
»Ich will an den Strand, ein bißchen Sonne tanken, und dann einkaufen und natürlich zu dem Empfang gehen.«
»Dann machen wir das«, bestimmte Hermann.
»Wir treffen uns heute abend um sieben in der Halle vom Majestic«, sagte Mona, nachdem sie den Hörer aufgelegt hatte.
»Der ist ja sehr um uns besorgt, der gute Patrick«, meinte Hermann.
»Du bist eben ein wichtiger Mann«, gurrte Mona und lächelte.
»Langsam glaube ich das selbst«, entgegnete Hermann nicht ohne Stolz.

»Deux matelas?« fragte der junge Mann und zeigte auf die Matratzen auf den Liegen, nachdem er Hermanns ratlosen Blick bemerkte. Er schaute suchend auf die schon ziemlich bevölkerten Reihen von rosa-weiß gestreiften Liegen, die zum Hotelstrand gehörten. Hermann nickte und folgte dem Jungen zu einem Platz in der hintersten Reihe. »Un Parasol?« fragte er und deutete auf einen Sonnenschirm. Hermann nickte wieder, und der Junge rammte noch einen Schirm in den Sand.
»Deux cent cinquante Francs, s'il vous plaît.«
Hermann holte ein Bündel mit Geldscheinen aus der Tasche und gab dem Jungen fünfzig Franc.
»Pardon, Monsieur«, sagte der Junge und nahm sich zwei weitere Hundert-Franc-Scheine aus dem Bündel.

Noch ein arrogantes »Merci«, und er war verschwunden.
Hermann wollte protestieren, aber ihm fiel noch rechtzeitig ein, daß er sich ja nicht verständlich machen konnte, und so schaute er dem Jungen nur mit offenem Mund hinterher. »Das gibt's doch nicht, der hat mich übers Ohr gehauen. Es kann doch unmöglich soviel kosten, in seinem eigenen Hotel am Strand zu liegen.«
»Ich glaube, hier ist alles ziemlich teuer, und zu den Messen gehen die Preise noch mal in die Höhe, hat Patrick gesagt.« Mona begann sich auszuziehen und beobachtete zufrieden, wie Hermann anfing sie anzustarren. Extra langsam knöpfte sie ihre Bluse auf, unter der sie nichts weiter trug. Sie ließ ihre Jeans in den Sand fallen und war nackt bis auf ein winziges Höschen, das auf der Rückseite nur aus einem String bestand. Sie reichte Hermann die Flasche mit Sonnenöl. »Cremst du mich ein?« Hermann verteilte das Sonnenöl auf ihrem Rükken und begann es mit kreisenden Bewegungen einzumassieren.
»Jetzt du«, bestimmte Mona und beugte sich über ihn. Sie goß etwas von dem Öl in ihre Handflächen und fuhr ganz leicht an seinem Körper entlang. Ihre Fingerkuppen strichen sanft über seine Haut und schienen ihn überall zu liebkosen. Hermann stöhnte: »Du machst mich so scharf, ich kann an gar nichts anderes mehr denken. Du bist eine richtige kleine Hexe.« Zufrieden verstärkte Mona den Druck ihrer Hände. Sie hatte ihn genau da, wo sie wollte. Sie schaute um sich, auf das in der Sonne gleißende Meer und die prunkvollen weißen

Hotelkästen gegenüber, auf die eleganten Boutiquen und die schicken Leute. Das war ihre zukünftige Welt, und die Eintrittskarte dazu war Hermann. Sie war mit sich zufrieden und empfand fast so etwas wie Zuneigung für ihn. Vielleicht würde sie sich sogar noch richtig in ihn verlieben. Ihr Sinn fürs Praktische war dabei sicher hilfreich.

Im Gegensatz zu ihren früheren Freundinnen aus dem Bauernkaff, die Groschenromane lasen und von einem Märchenprinzen träumten, der sich am Ende doch nur als Automechaniker oder Maurer entpuppte, verfügte Mona schon immer über einen ausgeprägten Realitätssinn, und der sagte ihr, daß man für sein Glück selbst verantwortlich war. Man konnte es nicht von einer zufälligen Laune seiner Hormone steuern lassen, sonst war man ganz schnell in einer Sackgasse angelangt. Ihre Mutter war nach eigenen Aussagen auch einmal rasend verliebt in ihren Vater gewesen. Das hatte sich aber schnell gegeben im Angesicht von ewigen Geldsorgen und Alltagsproblemen. Dann hatte der Alte, genervt von den ständigen häuslichen Nörgeleien, sowieso angefangen das wenige Geld gleich zu versaufen. Das hatte weitere Vorwürfe nach sich gezogen, denen er wiederum mit Prügeln begegnet war. Anfangs hatte er nur seine Frau verdroschen, später auch die Kinder, wenn sie ihm im Suff in die Quere kamen. Das war für Mona genug Anschauungsunterricht, was aus einer anfänglichen großen Liebe werden konnte, und so blöd wie ihre Mutter würde sie sich bestimmt nicht anstellen.

Sie blinzelte gegen die Sonne. »Ich glaube, ich brauche für heute abend noch etwas zum Anziehen.«

Alberta versuchte sich zu der Bar durchzukämpfen, um ihrer Mutter den geforderten Pikkolo zu besorgen. »Nicole, magst 'ne Pina Colada?« schrie vor ihre eine weißblond gefärbte Frau nach hinten. Alberta war an der Reihe und bestellte genervt den Sekt, den sie gleich darauf mit hocherhobenen Händen durch die Menge bugsierte.

»Danke, Kind«, sagte ihre Mutter, »das brauche ich einfach für meinen Kreislauf. Trinkst du nichts?«

»Nein, ich mag nichts. Ich habe fürchterliche Kopfschmerzen und würde am liebsten nach Hause gehen.«

»Das kommt überhaupt nicht in Frage, das Stück ist absolut reizend, ich bestehe darauf, daß du dich heute amüsierst.«

»Ja, ja«, murmelte sie abwesend. Warum hatte sie bloß nicht schnell reagiert und eine glaubhafte Ausrede gefunden? Schon das kurze Zögern am Telefon hatte ausgereicht, ihre Mutter in dem Glauben zu bestärken, daß es ihre Pflicht sei, der Tochter etwas Abwechslung und Zerstreuung zu bieten, solange der Ehemann abwesend war. Und was wäre besser dafür geeignet als eine Boulevardkomödie, noch dazu wo es sich um eine Premiere handelte, was die Sache wegen einiger mäßig prominenter Lokalgrößen geradezu aufregend machte.

»Guck mal da!« flüsterte ihre Mutter, und Alberta

folgte ihrem Blick zu einem Edelschneider, der sich wohlgefällig durchs blau gefärbte hochtoupierte Haar strich und es in bezug auf Make-up leicht mit den Schauspielern auf der Bühne aufnehmen konnte. Huldvoll nickte er in die Menge.

»Na und?« fragte Alberta.

»Er ist mittlerweile richtig berühmt. Ich finde jedenfalls dieses Premierenabonnement sehr schön, da sieht man nicht nur die Stücke, sondern hat in den Pausen auch noch etwas Unterhaltung.«

»Deswegen habe ich es dir auch geschenkt«, sagte Alberta, die nicht im Traum daran gedacht hatte, daß sie ihre Mutter einmal zu so einer Veranstaltung begleiten müßte.

»Frau Müller-Nüsslein war so traurig, daß sie wegen ihrer Grippe nicht mitgehen konnte. Sie hatte sich schon so auf den Abend gefreut.«

»Ich hätte es ihr wirklich gegönnt«, sagte Alberta aus tiefster Überzeugung.

»Ich finde es sehr schön, daß du auf diese Weise mal rauskommst, das tut dir wirklich gut.«

Alberta dachte kurz darüber nach, ob ihre Mutter das wirklich glaubte. ob sie ihre Verlogenheit tatsächlich schon so weit kultiviert hatte, daß sie dachte, sie tue Alberta einen Gefallen, statt zuzugeben, daß sie erstens Begleitung und zweitens einen Chauffeur für diesen Abend brauchte.

Das erste Klingeln verursachte keinerlei Störung in der regen Unterhaltung des durchweg älteren, aber sehr aufgedonnerten Publikums. Doch wer sollte sich auch für die Probleme eines Fünfundachtzigjährigen mit seiner nur unwesentlich jüngeren Geliebten interessieren, wenn nicht die geriatrische Zielgruppe, die bei jeder Anspielung auf eine sexuelle Aktivität der Protagonisten begeistert klatschte und lachte. Der Hauptdarsteller füllte schon deshalb die Zeitungsspalten, weil er es noch schaffte, jeden Abend auf der Bühne zu stehen und sich, zumindest an den guten Tagen, seinen Text zu merken. Das dritte Läuten brachte Bewegung in die Menge.

»Schau mal, wie hübsch!« Ihre Mutter deutete auf ein leuchtend grünes Kostüm mit auffälligen Goldknöpfen, das die vor ihnen gehende Dame anhatte. »So etwas solltest du auch mal tragen, etwas Farbenfrohes, das macht gleich gute Laune.«

»Und dazu färbe ich mir die Haare blau«, entgegnete Alberta pampig. Sie fühlte sich unangenehm an die Zeiten erinnert, als ihre Schulkameradinnen sich bereits angefangen hatten zu schminken und ihre Mutter immer noch darauf bestand, daß sie gestärkte weiße Kragen mit irgendwelchen albernen Applikationen trug, weil das so adrett aussah.

Jetzt bin ich dreiundvierzig, und sie will mir immer noch vorschreiben, was ich anziehen soll, dachte Alberta deprimiert. Sie wußte nicht, wen sie mehr haßte, ihre Mutter für ihre ständige Bevormundung oder sich selbst, weil sie es nie geschafft hatte, sich dagegen aufzulehnen.

»Wir können doch ruhig öfter etwas zusammen unternehmen«, sagte ihre Mutter. »Wer rastet, der rostet.«

Was für herrliche Aussichten! Weil ihr Mann sich vielleicht eine Freundin zugelegt hatte, konnte Alberta die Zeit sinnvoll nutzen und sie mit ihrer Mutter verbringen, die dann noch stolz darauf war, daß sie sich so liebevoll um ihre Tochter kümmerte. Aber sie sagte nichts.

Der Hauptdarsteller warf sich schwungvoll aufs Bett, um seine Geliebte zu umarmen. Mit einem Schrei fuhr er wieder hoch und jammerte über seine Rückenschmerzen. Das Publikum wieherte dankbar, während die Geliebte auf der Bühne hektisch die Rheumasalbe suchte. Alberta sah auf einmal ihr zukünftiges Leben deutlich vor sich: Theaterpremieren wie diese in Begleitung ihrer Mutter, hin und wieder ein Stadtbummel mit einer Freundin, wobei man in ein Café einkehrte und sich einen Kuchen gönnte, vielleicht manchmal ein spontaner Kinobesuch oder ein Essen und jede Menge Einsamkeit.

»Alberta!« zischte ihre Mutter, und da erst merkte sie, daß ihr Tränen über die Wangen liefen. Sie mußte sich zusammenreißen. Möglichst unauffällig betupfte sie ihr Gesicht mit einem Taschentuch. Sie wußte selbst nicht, was mit ihr los war. Das einzige, was sie wußte, war, daß sie ihr Leben vollkommen sinnlos fand, und am sinnlosesten war es, hier herumzusitzen und sich die schalen Pointen anzuhören.

»Mir ist nicht gut, ich warte draußen auf dich«, flüsterte sie und drängte sich schnell durch die Reihen, bevor ihre Mutter sie zurückhalten konnte. Im Foyer setzte sie sich auf eines der Sofas und wartete, bis don-

nernder Applaus und Bravorufe das Ende des Stücks ankündigten.
»Alberta, was hast du denn?« fragte ihre Mutter vorwurfsvoll.
»Nur Kopfschmerzen, Mama.«
»Du darfst dich nicht so gehenlassen, das mit Hermann kommt doch wieder in Ordnung. Das passiert in den besten Familien, und Männer sind nun einmal anders. Die haben einfach diese Veranlagung, das habe ich neulich erst wieder gelesen.«
»Mama, verschone mich«, sagte Alberta matt. Hermann war ihr vollkommen gleichgültig, alles war ihr gleichgültig, das war ja das Problem.
»Vielleicht kommst du in die Wechseljahre, da neigt man zu solchen Stimmungen.«
»Vielen Dank, Mama, du bist immer so tröstlich.«
»Ich meine ja nur, mit Mitte Vierzig ist das durchaus möglich.«
»Ich bin dreiundvierzig.«
»Das eine Jahr hin oder her. Die Zeit vergeht immer schneller, je älter man wird.«
»Ich fahre dich jetzt nach Hause, Mama.«

Alberta drückte auf die Fernbedienung, und mit einem leisen Summen öffnete sich das Garagentor. Trotz der Außenbeleuchtung, die sich automatisch einschaltete, sobald man sich der Villa näherte, kam ihr das Haus heute besonders unheimlich und bedrohlich vor. Sie hatte sich immer gefürchtet, wenn sie hier alleine war, aber das war so gut wie nie vorgekommen. Bis vor ein paar Wochen war Robert immer dagewesen, und Hermann war abends heimgekommen. Sie sah sich ängstlich um, als sie durch die Garage ins Haus ging. Eigentlich konnte man ganz leicht in das Haus einbrechen, es verfügte nicht einmal über eine Alarmanlage. Hermann hatte das immer für überflüssig gehalten. Was sollte denn hier auf dem Land schon geschehen? Wenn aber doch einmal etwas passierte? Das Haus war so abgelegen, hier würde sie kein Mensch hören, wenn sie um Hilfe rief.

Alberta ging automatisch zum Anrufbeantworter, obwohl sie in letzter Zeit nie eine Nachricht vorgefunden hatte. Sie hatte sich so abgekapselt und nie jemanden zurückgerufen, so daß ihre ohnehin nicht zahlreichen Bekannten sich auch nicht mehr meldeten. Anfangs hatte sie sich durch etliche Ausreden vor Verabredungen geschützt; später, als es immer schwerer fiel, ihre Freunde abzuwimmeln, war sie dazu übergegangen, den Anrufbeantworter einzuschalten. Sie erschrak fast, als das Gerät doch ein aufgezeichnetes Gespräch anzeigte. Vielleicht wollte ihr Hermann mitteilen, wann er aus Cannes zurückkam. Sie drückte die Wiederholungstaste. Eine Stimme mit einem starken ausländischen Akzent ertönte: »Hier sprechen Hasan Ayaydin. Chef mich zurückrufen dringend. Nummer ist ...« Es folgte eine Reihe von Zahlen, dann noch einmal die radebrechend vorgebrachte Forderung, sofort zurückzurufen. Da hat sich jemand verwählt, dachte Alberta. Sie war unangenehm berührt, denn die Stimme des Anrufers hatte etwas Drohendes. Vielleicht klang sie aber auch nur durch den fremdländischen Akzent so unheimlich. Auf jeden Fall konnte die Nachricht unmöglich für sie oder Hermann bestimmt sein, sie kannte keinen Hasan Ayaydin. Schnell drückte sie die entsprechende Taste und löschte das Gespräch.

Aufgeregt sah sich Mona in dem riesigen Saal um. Zum Teil waren die festlich gedeckten Tische schon besetzt, oder die Leute standen in Gruppen herum und plauderten, während sie noch auf die Geschäftspartner warteten. Patrick machte ihnen ein Zeichen zu folgen und bahnte sich einen Weg durch die Menschen, bis er an dem Tisch angelangt war, vor dem sich Markus Tomani angeregt mit drei anderen Männern unterhielt. In seiner Begleitung war noch eine ziemlich bekannte Fernsehschauspielerin. Mona erinnerte sich an diverse Berichte in irgendwelchen Klatschspalten über eine Liaison der beiden. Kurz überkam sie ein Gefühl der Eifersucht, daß sie hier nicht als Freundin des gutaussehenden Markus auftreten konnte, aber das verbot sie sich sofort wieder. Außerdem machte Hermann gar keine so schlechte Figur, auch wenn der Armani-Blazer, zu dem sie ihn überredet hatte, etwas über seinem beginnenden Bauch spannte. Sie zog nervös an dem Träger ihres Minikleids, der schon wieder im Begriff war zu rutschen. So viel Geld für so wenig Stoff, hatte Hermann entgeistert gesagt, aber dafür war es eben von Prada, und Mona hoffte sehr, daß die Leute das erkennen würden, denn eigentlich sah es nicht viel anders aus als die billigen Fähnchen, die sie sonst anhatte. Trotzdem verlieh allein die Tatsache, daß in dem Kleid das Etikett einer namhaften Firma eingenäht war, eine gewisse Sicherheit, die sie durchaus als angenehm empfand. Sogar Hermann unterschied sich in seinem neuen Outfit nicht mehr so grundlegend von den Anwesenden, auch wenn er sich bei dem ersten Blick auf das Preisschild schlicht geweigert hatte, das Jackett zu kaufen. Erst als Mona ihm zugeflüstert hatte, wie fabelhaft er darin aussehe, wie der geborene Fernsehproduzent, war er widerwillig bereit gewesen, die geforderte Summe zu bezahlen.

Markus begrüßte sie und stellte sie vor. Die Namen der Anwesenden hatte Mona sofort wieder vergessen, bis auf den von Nathalie Werner, der ihr bereits aus dem Fernsehen ein Begriff war. Die Herren murmelten »nice to meet you« und nickten ihr freundlich zu. Hoffentlich kommt keiner von denen auf die Idee, sie in ein Gespräch zu verwickeln, dachte Mona in einem Anflug von Panik. Sie versuchte sich verzweifelt an ein paar englische Brocken aus der Schulzeit zu erinnern und wünschte, sie hätte im Englischunterricht wenigstens ab und zu etwas aufgepaßt, statt ständig mit ihren Freundinnen zu schwätzen. Die Schule hatte sie als notwendiges Übel betrachtet und nie gedacht, daß sie das Zeug, das man ihr dort einzutrichtern bemüht war, einmal brauchen würde. Auch ihre Mutter hatte immer nur auf den Tag gewartet, an dem sie die Hauptschule beendete, damit sie endlich Geld verdienen und etwas zum Lebensunterhalt beitragen konnte. Das hatte

Mona zumindest gründlich vereitelt. Außer dem bißchen Kohle, das sie im ersten Lehrjahr als Einzelhandelskauffrau damit verdiente, daß sie in dem zugigen Supermarkt Lebensmittel in die Regale sortierte, hatte ihre Mutter nie Geld gesehen. Wahrscheinlich war sie sogar froh, einen Esser weniger daheim zu haben, denn Mona wurde, obwohl sie erst sechzehn war, als sie von zu Hause abhaute, nie von der Polizei gesucht.
Patrick plazierte Hermann und sie in sicherer Entfernung von den Amerikanern neben Nathalie, deren abschätzende Blicke Mona zu ignorieren versuchte. Hermann beugte sich zu seiner Tischnachbarin hinüber.
»Ich habe Sie erst vor kurzem im Fernsehen gesehen. Ich fand Sie ganz toll!«
»Was haben Sie denn gesehen?« fragte Natalie so herablassend, als würde sie einen lästigen Vertreter an der Haustür abwimmeln.
»Diese Geschichte, wo Ihr Ehemann schwul ist. Sie kriegen raus, daß er einen Mann als Freund hat, und am Ende bekommt er Aids.«
»Das war eine schwierige Arbeit.«
»Das kann ich mir denken. Die Geschichte war ja ein bißchen unglaubwürdig. Ich meine, welche Frau merkt denn nicht, daß ihr Mann in Wirklichkeit eine Tunte ist.«
»Das Drehbuch hat sich an einer wahren Geschichte orientiert«, entgegnete Nathalie eisig.
»Sie meinen, das ist wirklich wahr? Diese Frau schnallt nicht, daß sie mit einem Schwulen verheiratet ist?« Hermann drehte sich zu Mona um. »Sag bloß, du würdest

es nicht merken, wenn du keinen richtigen Kerl im Bett hast.« Er lachte anzüglich.

Mona gab keine Antwort. Sie wollte das Thema wechseln, aber es fiel ihr so schnell nichts Passendes für eine Konversation ein.

»Der Mann war bisexuell und hatte mit seiner Frau zwei Kinder«, sagte Nathalie. »Ich kann mir aber gut denken, daß Sie nicht in der Lage sind, sich das vorzustellen. Vielleicht sind Sie dazu zu beschränkt?« setzte sie betont freundlich hinzu.

In dem Moment griff ein Mann vorne im Saal zum Mikrofon und hielt eine Rede. Mona verstand nichts, weil er Englisch sprach, war aber sehr dankbar für die Ablenkung.

»Sie stellen ihre neuen Programme vor«, flüsterte ihr Patrick zu. Eine große Leinwand wurde heruntergelassen, über die wenig später die rasant geschnittenen Trailer von verschiedenen neuen Serien, die hier verkauft werden sollten, flimmerten. Der ohrenbetäubend laute Ton machte eine Unterhaltung dankenswerterweise unmöglich. Nach einer halben Stunde wurde die Leinwand wieder hochgezogen und der Hauptgang serviert. Mona stellte fest, daß sie für die Vorspeise das falsche Besteck genommen hatte. Sie hatte als einzige ein Fischmesser und eine kleine Gabel vor sich liegen, obwohl auf ihrem Teller Fleisch war. Das Essen hier in Frankreich schmeckte ihr zwar nicht besonders, ein Hamburger mit Pommes wäre ihr wesentlich lieber gewesen, aber jetzt hatte sie Hunger. Außerdem wurde ihr Weinglas ständig nachgefüllt, und da war es ratsam, auch etwas zu essen. Verstohlen drehte sie das Fischmesser hin und her, aber damit würde sie ihr Rindermedaillon nicht auseinanderkriegen.

»Warum essen Sie denn nichts?« fragte Patrick, und Mona deutete hilflos auf das Besteck.

»Das haben wir gleich«, sagte Patrick und rief nach einem Kellner. Allerdings wurden dadurch die anderen auf ihr Mißgeschick aufmerksam. Mona sah genau, wie die arrogante Nathalie höhnisch lächelte.

»Sind Sie auch aus der Branche? fragte sie.

»Ja«, antwortete Mona knapp und hoffte damit einem weiteren Gespräch aus dem Weg zu gehen.

»Was machen Sie denn?«

Das hatte Mona befürchtet, aber sie würde sich von der blöden Kuh nicht unterbuttern lassen. »Ich bin Schauspielerin, allerdings noch ganz am Anfang.«

»Sie sollten während der Filmfestspiele hiersein, da können Sie sich am Strand fotografieren lassen und kommen vielleicht sogar in die Boulevardpresse.«

Hermann mischte sich ein. »Mona spielt wahrscheinlich in der neuen Serie von Markus Tomani.«

»Markus, ist das wahr?« Nathalies Stimme war ziemlich schrill geworden.

»Was?« fragte Markus arglos, der in ein Gespräch mit den Amerikanern vertieft war und nicht zugehört hatte.

»Daß dieses Mädchen bei dir spielen soll.«

»Das steht doch noch gar nicht fest.«

»Anscheinend schon. Mir sagst du, es sei viel zu früh, um über eine Besetzung überhaupt nachzudenken, und der kleinen Schnalle versprichst du eine Rolle. Gehst du mit ihr ins Bett?«

»Nathalie, ich bitte dich, werde nicht geschmacklos!« Markus war ziemlich verärgert. Genauso wie Hermann, den die Unterstellung, Mona würde mit Markus schlafen statt mit ihm, besonders erboste.

»Mona ist eine begabte Schauspielerin!«

»Ach, und Sie können das beurteilen?« keifte Nathalie. »Sie haben doch keine Ahnung!«

»Halt den Mund, Nathalie!« zischte Markus. Die Leute an den Nebentischen fingen schon an aufmerksam zu werden, aber Nathalie kam jetzt erst richtig in Fahrt und ignorierte auch alle gutgemeinten Versuche von Patrick, sie zu beschwichtigen.

»Ich weiß genau, was du treibst, wenn ich auf Außendreh bin! Du schläfst doch mit jeder!«

»Na und?« sagte Markus, der jetzt ganz weiß vor unterdrückter Wut geworden war.

»Glaub ja nicht, ich lass' mir das gefallen, du mieser egozentrischer Junkie!«

»Das brauchst du auch nicht. Du kannst jederzeit gehen!«

Außer sich vor Zorn, nahm Nathalie ihr Weinglas und schüttete es Markus ins Gesicht. Mona registrierte, wie Markus' Hand zuckte, um Nathalie eine zu knallen. Im letzten Moment beherrschte er sich, griff nach einer Serviette und trocknete sich das Gesicht ab. Nathalie, die ihre Szene nicht mehr steigern konnte, rauschte wortlos aus dem Saal, während sich Markus mit einem knappen »Sorry« wieder seinen Gästen zuwandte.

»So eine hysterische Kuh«, sagte Hermann zu Mona, die gegen ihren Willen beeindruckt war und spontan beschloß, später, wenn ihr Name einmal bekannt wäre, auch solche Szenen hinzulegen.
»Du und Markus Tomani, die hat sie doch nicht alle.« Hermann tätschelte Monas Knie, um zu demonstrieren, was für ein absurder Verdacht das war.
»Absolut lächerlich«, bestätigte Mona und strahlte Hermann an.

4

Unwillig fuhr sich Alberta mit dem Bürstchen über die Wimpern, um schwarze Tusche aufzutragen. Sie hatte weder Lust, sich herzurichten, noch überhaupt das Haus zu verlassen. Allerdings waren ihre schwachen Protestversuche in dem Redeschwall von Regine einfach untergegangen. Ihre Freundin hatte darauf bestanden, daß sie heute nachmittag zum Kaffee vorbeikam, nachdem sie sich so lange nicht gesehen hatten. Alberta wollte sich nicht schon wieder anhören, wie schlecht sie aussah, und hatte deshalb beschlossen, sich vorsichtshalber zu schminken. Das Klingeln des Telefons erschreckte sie so, daß sie einen dicken Strich Wimperntusche auf ihrer Wange hinterließ. Mit einem Fluch ging sie vom Badezimmer ins Schlafzimmer, um dort das Telefon abzunehmen.

»Kann ich bitte Robert sprechen?« sagte eine Männerstimme.
»Nein«, antwortete Alberta unwirsch. »Wer ist da überhaupt?«
»Hier ist Hüllenhagen. Wann ist Robert denn zu sprechen?«
»Gar nicht. Robert ist im Internat und kommt vorläufig nicht nach Hause. Was wollen Sie von ihm?«
»Robert hat sich sehr in unserer Organisation engagiert und sagte, daß er sich wieder bei mir melde. Ich habe nichts mehr von ihm gehört und wollte deshalb einmal nachfragen.«
»Welche Organisation?«
»Es geht hauptsächlich um Tierschutz, aber auch um ökologische Belange.«
»Ich glaube, ich weiß, wer Sie sind«, erwiderte Alberta. »Ich würde mich ganz gerne einmal mit Ihnen unterhalten.«
»Mit Vergnügen, jederzeit.«
»Ich glaube nicht, daß es ein Vergnügen wird«, entgegnete Alberta unfreundlich und schlug einen Treffpunkt in München vor. Hier im Dorf konnte sie sich unmöglich mit einem Gemeinderat der Grünen sehen lassen. Das gäbe ein Getratsche ohne Ende, auch wenn sie nur vorhatte, dem Mann gründlich die Meinung zu sagen. Er willigte ein, und sie verabredeten sich für den nächsten Nachmittag in München. Noch brauchte sie niemandem Rechenschaft abzulegen. Hermann war immer noch in Cannes und würde erst übermorgen zurückkommen.

Das Make-up hätte sie sich auch sparen können, denn Regine bemerkte gleich zur Begrüßung, daß Alberta schon besser ausgesehen habe.

»Vielen Dank für die aufmunternden Worte«, sagte Alberta.

»Ich habe es doch nicht böse gemeint«, lenkte Regine ein. »Ich mache mir nur Sorgen um dich. Du bist in letzter Zeit auch am Telefon so merkwürdig.« Alberta setzte sich auf die Couch vor den sorgfältig gedeckten Wohnzimmertisch und ließ sich eine Tasse Kaffee einschenken.

»Das brauchst du nicht, mir geht es gut, wirklich.«

Aber so leicht war Regine nicht hinters Licht zu führen.

»Wie gefällt es denn Robert im Internat?« fragte sie.

»Ich glaube, ganz gut. Offen gestanden sind unsere Gespräche ziemlich belanglos. Er nimmt mir wahrscheinlich immer noch übel, daß ich das mit dem Internat nicht verhindert habe.«

»Es war sicher die beste Lösung, denn sonst hätte er die Klasse wohl wiederholen müssen.«

»Und wenn schon«, sagte Alberta, »Leistung ist doch nicht alles.«

»Was macht Hermann?« fragte Regine weiter, entschlossen, den Dingen auf den Grund zu gehen.

»Hermann geht es gut. Das nehme ich zumindest an. Er ist zur Zeit verreist.«

»Laß dir noch nicht alles aus der Nase ziehen. Wo ist er denn, und wieso verreist er ohne dich?«

»Er ist in Cannes, und wieso er alleine verreist, mußt du ihn schon selbst fragen.«

»Das ist es also.« Regine war zufrieden, daß sie etwas gefunden hatte, was vermeintlich Albertas Veränderung rechtfertigte. »Betrügt er dich?«
»Ich habe keine Ahnung«, sagte Alberta wahrheitsgemäß.
»Wieso unternimmst du nichts?«
»Was soll ich denn deiner Meinung nach unternehmen?«
»Zuerst einmal herausfinden, ob er fremdgeht.«
»Wie soll ich das denn anstellen, soll ich ihn vielleicht beschatten?« fragte Alberta müde. Sie wünschte nichts sehnlicher, als daß Regine sie endlich in Ruhe lassen würde.
»Du doch nicht. Dafür gibt es Detektive.«
»Soll das ein Witz sein?«
»Ganz und gar nicht. Du kannst doch nicht völlig unbeteiligt hier herumsitzen, während dein Mann vielleicht ein Verhältnis hat.«
»Kann ich«, entgegnete Alberta.
»Was ist nur mit dir los? Seit wann bist du so apathisch?«
»Ich bin bloß müde.«
»Ich glaube, du bist depressiv.«
»Das ist völliger Quatsch«, wehrte Alberta ab, während sie insgeheim darüber nachdachte, ob Regine recht haben könnte.
»Im Ernst«, sagte ihre Freundin, »ich habe das bei meiner Mutter miterlebt. Es fing ganz ähnlich an. Zuerst war sie immer nur müde und lustlos, und dann ist sie irgendwann überhaupt nicht mehr aufgestanden. Du

solltest zu einem Psychiater oder Therapeuten gehen und dir helfen lassen.«

»Ich weiß, was mir fehlt«, erwiderte Alberta. »Robert. Robert fehlt mir, und sonst gar nichts.«

»Dann mußt du dafür sorgen, daß er wieder nach Hause kommt. Obwohl ich nicht glaube, daß das die Lösung ist. Du hast doch noch ein eigenes Leben, und dem mußt du einen Sinn geben.«

»Das erscheint mir im Moment schwierig«, sagte Alberta in einem Anflug von Ehrlichkeit.

»Wenn du nicht zu einem Seelenklempner willst, dann mußt du dir eben selbst überlegen, wie du da wieder herausfindest. Kläre die Situation mit deinem Mann, und unternimm etwas, was dir Spaß macht. Spiel wieder Tennis, geh unter Leute, tu was! Hör um Gottes willen auf, zu Hause zu sitzen und Trübsal zu blasen.«

»Du hast sicher recht, aber das ist nicht so einfach.«

»Was ist schon einfach? Und denk mal darüber nach, daß Robert sowieso in einem Alter ist, in dem er langsam selbständig wird. Auch wenn er wieder zu Hause wäre, müßtest du dich mit dem Gedanken befassen, ihn langsam loszulassen.«

»Regines Wort zum Sonntag«, wehrte Alberta ab, aber sie mußte sich widerwillig eingestehen, daß ihre Freundin recht hatte. Es war nur bei weitem die einfachste Lösung, sich fallenzulassen, nicht anzukämpfen gegen diese endlose Wüste von grauen Gedanken, die ihr beständig einhämmerten, daß es sich nicht lohne, gegen die Leere und Langeweile anzugehen.

Alberta fuhr das Auto in die Garage. Sie war ganz in Gedanken und hätte beinahe den Mercedes von Hermann übersehen. Wollte er nicht erst morgen wiederkommen? Sie hatte sich eigentlich vorgenommen, eine Aussprache herbeizuführen, aber jetzt fühlte sie sich überrumpelt. Zögernd betrat sie das Haus.
Hermann ging im Wohnzimmer auf und ab und sprach im Chor mit einer unsichtbaren Person englische Sätze: »Good morning, I would like to order breakfast. What is your name? This room is dirty. I need clean towels.«
»Was machst du da?« fragte Alberta entgeistert. »War denn dein Hotelzimmer so schmutzig?«
Hermann fuhr herum und wurde rot. »Ich habe dich gar nicht kommen hören. Das ist nur so eine Kassette, die ich mir besorgt habe. Ich dachte, es kann nicht schaden, ein paar Sätze Englisch zu lernen.«
»Sehr lobenswert«, stimmte Alberta zu und dachte daran, daß sie früher bei Reisen ins Ausland für die Verständigung zuständig gewesen war. Sie stellte fest, daß Hermann richtig braun war und ein neues Jackett trug, das teuer aussah. »Du hattest offensichtlich schönes Wetter«, sagte sie.
»Wieso?« fragte Hermann.
»Du bist braun geworden.«
»Ach so, ja, das Wetter war ganz gut«, entgegnete er und wirkte verlegen. »Und hier?«
»Hier hat es meistens geregnet, und es war einfach scheußlich kalt.« Das ist die Gelegenheit, dachte Alberta, frage ihn einfach. Aber sie konnte sich nicht dazu überwinden.

»Was gibt's denn zu essen?«
»Gar nichts. Ich dachte, du kommst erst morgen.«
»Ich habe dir bestimmt gesagt, daß ich heute komme. Du hast mal wieder nicht zugehört. Du hast doch eine riesige Tiefkühltruhe, da wird es doch nicht so schwer sein, etwas Eßbares auf den Tisch zu bringen.«
»Wir können auch essen gehen.«
»Dazu bin ich zu müde. Die Reise war ziemlich anstrengend.«
»Was war denn so anstrengend? Der einstündige Flug von Nizza hierher oder deine Verhandlungen?«
Hermann warf ihr einen bösen Blick zu. »Ob du es glaubst oder nicht, es war wirklich mühsam, den ganzen Tag waren Besprechungen.«
»In welcher Sprache hast du denn über das internationale Projekt verhandelt?« fragte Alberta boshaft.
»Verhandelt hat Tomani, meistens in Englisch, und sein Produktionsleiter hat für mich übersetzt. Sonst noch Fragen? Oder könntest du dich überwinden, jetzt etwas zu essen zu machen? Wo warst du überhaupt so lange?«
»Bei Regine. Warst du eigentlich alleine in Cannes?« fragte Alberta in einem plötzlichen Anfall von Mut.
»Was denkst du denn? Mit wem sollte ich dort gewesen sein?« Hermanns Ton war äußerst gereizt, und er vermied es, sie anzusehen.
»Das weiß ich doch nicht, deshalb frage ich ja.«
»Ich war alleine. Ist das Verhör jetzt beendet, und kann ich endlich was zu essen haben?« schrie er.
Alberta ging wortlos in den Keller, um in der riesigen

Tiefkühltruhe, die allerdings fast leer war, nach einem Steak zu suchen. Sie fand nichts mehr außer einem Fertiggericht, rheinischer Sauerbraten, das sie in der Mikrowelle erhitzte.

»Das schmeckt ja ekelhaft«, beschwerte sich Hermann. »Bist du jetzt mit dem bißchen Kochen auch schon überfordert? Was tust du eigentlich den ganzen Tag, außer bei irgendwelchen Klatschtanten herumzuhängen? Der Garten ist in einem erbarmungswürdigen Zustand, alles läßt du verkommen. Dabei hast du eine Putzfrau und nichts zu tun, außer eine anständige Mahlzeit am Tag auf den Tisch zu bringen. Aber sogar das ist zuviel verlangt!« Hermann redete sich richtig in Rage. Bald war er bei seinem eigenen, überaus arbeitsamen Leben angelangt, das in krassem Gegensatz zu Albertas müßigem Dasein stand.

Alberta sah hilflos zum Fenster hinaus. In Gedanken sagte sie ihm überaus beredt die Meinung, aber in Wirklichkeit brachte sie kein Wort heraus. Wie ein Kaninchen vor der Schlange hörte sie sich die Anklagen an, die Hermann gegen sie hervorbrachte, ohne etwas darauf zu erwidern. Warum läßt du dir alles von ihm gefallen? hatte Robert einmal gefragt, und auch darauf hatte sie nichts geantwortet. Sie traute sich einfach nicht, sie war zu feige.

»Schau mich gefälligst an, wenn ich mit dir rede!« plärrte Hermann, und gehorsam drehte sie ihren Kopf in seine Blickrichtung. Sie hörte nicht mehr zu. Sie sah nur mehr den Ausdruck in seinen Augen – darin lag offene Geringschätzung und Verachtung. Das sagte ihr mehr als alles andere, daß da eine Frau war und daß sie im Vergleich dazu sehr schlecht abschnitt.

Nathalie Werner ist am Apparat«, verkündete seine Sekretärin durch die Sprechanlage.
»Ich bin nicht da«, sagte Markus unfreundlich. Er hatte wirklich keine Lust auf weitere hysterische Szenen. Patrick grinste.
»Die gute Nathalie läßt nicht so schnell locker, was?«
»Ich hatte schon gehofft, ich bin sie nach diesem Auftritt in Cannes los. Also, wo sind die letzten Zahlen?«
Patrick wühlte in dem Stapel Papieren, den er vor sich liegen hatte, und zog ein Blatt heraus.
»Sechshundertfünfzehntausend, die unbedingt sofort bezahlt werden müssen, und da sind die letzten Gagen des Teams noch gar nicht drin.«
»So viel?«
»Du kannst es dir ansehen.« Patrick reichte ihm das Blatt mit der Aufstellung. »Der größte Posten sind die Studiorechnungen.«
Markus studierte die Zahlen. An der Summe war nicht zu rütteln. Er hatte mit *Notaufnahme* gewaltig überzogen, und die Comedyreihe davor hatte auch schon mit roten Zahlen abgeschlossen, die wiederum mit dem Produktionsetat von *Notaufnahme* ausgeglichen worden waren.
»Wir nehmen das Geld aus dem *Harry-Lime*-Etat«, sagte Markus. »Das können wir später mit Leichtigkeit

wieder zurückbuchen. Mit der Serie machen wir einen Riesengewinn, und wenn wir den Auftrag für eine zweite Staffel *Notaufnahme* bekommen, rechnen sich auch die hohen Kosten der ersten zwölf Folgen.«

»Ich werde es veranlassen«, meinte Patrick, »aber es wird uns nichts anderes übrigbleiben, als unseren guten Hermann noch um einen Nachschlag zu bitten.«

»Das sehe ich genauso, doch das soll Wolfgang erledigen.«

»Das erscheint mir nicht besonders klug, Markus. Das solltest du selbst in die Hand nehmen. Wenn er nicht mitmacht, kannst du dir das ganze Projekt abschminken.«

Markus stöhnte. »Laß uns erst mal sehen, was jetzt in Los Angeles bei den Gesprächen rauskommt. Gary macht dort gerade die endgültigen Termine. Wenn wir es schaffen, daß die Amerikaner auch dreizehn Folgen produzieren, sieht alles ganz anders aus.«

»Das ist doch das ideale Argument. Wir machen doppelt so viele Folgen, also brauchen wir doppelt soviel Geld. Wir müssen sicher noch x-mal hinfliegen, bevor es zur Vertragsunterzeichnung kommt.«

»Das denke ich auch. Es ist wahrscheinlich noch ein hartes Stück Arbeit, bis alle Positionen zur Zufriedenheit geklärt sind.«

»Es wäre sicher von Nutzen, unseren Hermann mit seiner kleinen Freundin mitzunehmen.«

»Kommt nicht in Frage.«

»Markus, sei ein bißchen diplomatisch. Wir wollen doch was von dem Mann. Dem müssen wir was bieten für sein Geld. Fliegen in der Business Class, wohnen im Beverly Hills Hotel, Abendessen im Spago, ein bißchen Glamour, dann ist der selig. Außerdem ist er doch verheiratet und kann nur auf Reisen ungestört mit der kleinen Schnalle vögeln. Wir laden ihn offiziell ein, bezahlt wird sowieso von seinem Geld.« Patrick lachte laut.

»Deinen Humor möchte ich haben«, sagte Markus. »Ich kann dieses Arschloch nicht ausstehen.«

»Ich habe mich schon richtig an ihn gewöhnt«, Patrick lachte wieder, »und an die begabte Mona.«

Markus hatte ungeniert das Kokain aus der Schublade geholt, Patrick wußte sowieso Bescheid. »Magst du?« Patrick schüttelte den Kopf, während Markus schnell eine Linie aufsog.

»Vielleicht solltest du ihm davon mal was anbieten?« sagte Patrick, während Markus seine Utensilien wieder verstaute.

»Du sprühst ja heute vor Einfällen.«

»Das ist keine so schlechte Idee. Je abhängiger der Kerl von uns ist, desto besser.«

Markus lehnte sich zurück und schloß die Augen. Leider war er im Moment von Hermann abhängig und nicht umgekehrt, aber man konnte alles ändern. Bestimmt hatte der blöde Bauer noch genug Schwarzgeld herumliegen, das man ihm abnehmen konnte. Letzten Endes sollte er dankbar sein, ein so gutes Geschäft zu machen. Markus hatte Typen wie Hermann immer gemieden, unkultivierte Menschen waren ihm zutiefst verhaßt, aber der Zweck heiligte die Mittel. Mit der

Nase voll Koks kam ihm alles gar nicht mehr so schrecklich vor.

Alberta betrat zögernd das kleine Lokal. Mittlerweile fand sie es eine blöde Idee, hierherzukommen, und sie war sich auch gar nicht mehr sicher, was sie diesem Hüllenhagen eigentlich sagen wollte, dem sie insgeheim die Schuld an Roberts Abwesenheit gab. Suchend blickte sie sich um. Hier waren nur fünf Tische und eine lange Bar, hinter der das Sushi vor den Augen der Gäste zubereitet wurde. Sie hatte das Restaurant vorgeschlagen, weil sie wußte, daß es durchgehend aufhatte. Außerdem war die Gefahr, hier eventuell Hermann zu begegnen, gleich null. Er verabscheute rohen Fisch.
Ein junger Mann erhob sich und kam ihr entgegen. »Frau Kassner?« Auf ihr Nicken hin stellte er sich vor. »Christian von Hüllenhagen, ich habe Sie gleich erkannt. Robert sieht Ihnen unwahrscheinlich ähnlich.«
Alberta war aus dem Konzept gebracht. Sie hatte etwas vollkommen anderes erwartet. Er war noch so jung, und außerdem hatte sie gedacht, er würde irgendwie dem Klischee entsprechen, das sie insgeheim von der alternativen Szene im Kopf hatte. Aber statt Birkenstocklatschen trug er teure Schuhe, und sein Pullover sah mehr nach Kaschmir aus als nach Schafwolle. Seine Haare waren mittels eines Scheitels gebändigt und fielen ihm auf einer Seite ins Gesicht. Ohne Zweifel glich er eher so einem Teenagerschwarm als einem dörflichen

Gemeinderat. Er sah sie mit seinen graugrünen Augen etwas spöttisch an. »Entspreche ich nicht ganz Ihren Vorstellungen?«
Alberta ärgerte sich, daß ihre Gedanken so offen zu erkennen waren. »Ich hatte Sie mir nicht so jung vorgestellt«, sagte sie etwas hilflos und hätte die blöde Bemerkung am liebsten gleich wieder zurückgenommen.
»Das täuscht, ich habe immer jünger ausgesehen. Möchten Sie etwas essen?«
»Nein, nein«, wehrte Alberta ab, »ich habe nur ganz wenig Zeit.« Sie wollte unbedingt vor Hermann zu Hause sein, um einen neuerlichen Streit zu vermeiden und seinen Fragen zu entgehen. Offensichtlich war er nicht bereit, ihr die Freiheiten, die er für sich selbst in Anspruch nahm, auch zuzugestehen.
Er bestellte Sushi und ein Glas Wein für sich und grünen Tee für Alberta.
»Weshalb wollten Sie mich sprechen?« fragte er.
Alberta fing an zu stottern. »Ich wollte Ihnen eigentlich sagen, daß ich es nicht richtig finde, Kinder dermaßen zu beeinflussen.«
»Robert ist dreizehn. Glauben Sie nicht, er ist alt genug, um eine eigene Meinung zu haben?«
»Natürlich, aber trotzdem ist er noch ein Kind, und Hermann Kassner ist sein Vater. All das hat zu solchen Zerwürfnissen geführt. Robert hat zuletzt nur noch schlechte Noten geschrieben, und sein Vater hat beschlossen, ihn in ein Internat zu schicken.«
»Wieso haben Sie das nicht verhindert?«

Alberta haßte ihn dafür, daß er den Finger genau in die Wunde legte. Das hatte sie sich selbst oft genug vorgeworfen. »Zufällig halte ich die Schule für sehr wichtig. Ich bin mit meinem Mann völlig einer Meinung«, sagte sie erbost. »Wenn Sie ihn nicht gegen seinen Vater aufgehetzt hätten, wäre das Ganze nie passiert.«

»Ich habe ihn überhaupt nicht aufgehetzt«, sagte Hüllenhagen. »Außerdem ging es nicht um seinen Vater, sondern darum, wie er sein Geld verdient. Eigentlich sollten Sie stolz auf Ihren Sohn sein.«

»Sein Vater hat schwer gearbeitet, um ihm diesen Lebensstil zu ermöglichen. Er hat es nicht verdient, daß ihn sein eigener Sohn angreift.« Alberta wußte selbst nicht, warum sie Hermann ständig verteidigte, obwohl sie eigentlich auf Roberts Seite war. Sie wollte diesem arroganten Schnösel auf gar keinen Fall recht geben.

»Darf ich Sie etwas fragen?«

»Bitte!« sagte Alberta eisig und nippte an ihrem Tee.

»Haben Sie je eine dieser Legebatterien von innen gesehen?«

»Nein«, antwortete Alberta »und ich habe auch nicht die Absicht.«

»Warum nicht?«

»Ich will es einfach nicht«, erklärte Alberta wütend. »Ich bin Ihnen doch keine Rechenschaft schuldig.«

»Haben Sie vielleicht Angst, daß Ihnen das nicht gefallen würde, was Sie dort zu sehen bekämen?«

»Überhaupt nicht. Moderne Agrarwirtschaft folgt nun einmal den Gesetzen des Marktes. Man kann das Rad der Zeit nicht zurückdrehen. Außerdem hat mein Mann seinen Bereich und ich meinen, und ich habe nicht die Absicht, das zu ändern.«

»Ganz die folgsame Ehefrau«, sagte Hüllenhagen sarkastisch. »Robert hat Sie eigentlich ganz anders beschrieben.«

»Sie werden unverschämt.« Alberta war schon wieder den Tränen nahe und konnte sich nur mühsam beherrschen. »Ich muß gehen«, sagte sie knapp.

Er half ihr in den Mantel. »Ich mache Ihnen einen Vorschlag. Schauen Sie sich einmal die Hühnerställe an, und dann reden wir weiter. Es hat mich trotzdem gefreut, Sie kennenzulernen.« Er lächelte, und Alberta ging wortlos hinaus.

Sie war wütend, und jetzt rollte ihr doch eine Träne über das Gesicht. Es ging nicht nur um den Konflikt zwischen Robert und Hermann, der Streit zwischen den beiden hatte viel mehr aufgewühlt und ihr ganzes Leben mit Hermann in Frage gestellt. Aber genau das wollte sie sich nicht eingestehen, daß sie sich die ganzen Jahre vielleicht etwas vorgemacht hatte, daß ihr Leben vielleicht genauso falsch war wie die albernen Orgasmen, die sie Hermann immer noch vorspielte, weil man die einmal eingeschlagenen Wege nicht verlassen konnte. Womöglich war jetzt sogar Hermann derjenige, der etwas ändern wollte? Das fürchtete Alberta, obwohl sie nicht wußte, warum. Sie hatte Angst vor einer ungewissen Zukunft. Was würde sie machen ohne die festgefügten Bahnen, in denen ihr Leben ablief, was konnte sie machen? Alleine würde ihr Dasein noch sinnloser wer-

den, und eigentlich war sie doch zufrieden gewesen mit ihrem Leben.
Bilder der Erinnerung schoben sich vor ihre Augen. Wie sie erfuhr, daß sie endlich schwanger war, nach der langen Zeit des Wartens, und sie schon dachte, die Abtreibung damals hätte irreparable Schäden hinterlassen. Die schwere Geburt von Robert und der überwältigende Moment, als sie zum erstenmal dieses winzige Wesen im Arm hielt. Sie konnte ihn stundenlang einfach nur ansehen, so hübsch war er. Hermann kam mit einem riesigen Blumenstrauß ins Krankenhaus und traute sich kaum, das Baby anzufassen.
Sie waren glücklich gewesen, dachte Alberta trotzig, während die Tränen nun ungehindert über ihr Gesicht strömten. Sie suchte in ihrer Handtasche nach einem Taschentuch, um die Tränenflut einzudämmen. Warum mußte sie in letzter Zeit nur immer heulen? Draußen fing es an zu regnen, und sie starrte einen Moment auf die Tropfen, die auf der Windschutzscheibe zerplatzten, bevor sie den Zündschlüssel drehte, um den Motor anzulassen.

Hermann öffnete die Tür zum Bürogebäude, das eigentlich nur eine etwas bessere Baracke war. Um zu seinem Büro zu gelangen, mußte er den Raum durchqueren, in dem seine Sekretärin saß. Zum erstenmal fiel ihm auf, wie schäbig die Zimmer samt ihrer Einrichtung waren. Die Möbel hatte er damals ausschließlich nach ihrer Zweckdienlichkeit ausgesucht, kein Gedanke war an überflüssigen Luxus verschwendet worden.

»Guten Morgen«, grüßte er knapp, »irgend etwas Besonderes?«

»Der Gemeinderat Büchl möchte Sie gerne zum Mittagessen treffen«, teilte seine Sekretärin ihm mit.

»Bestellen Sie einen Tisch in der *Traube* für ein Uhr, und schicken Sie Kerner zu mir.«

»Wird gemacht«, sagte die Sekretärin. »Die ganzen Abrechnungen und die neuen Liefertermine liegen auf Ihrem Schreibtisch.«

Hermann ging weiter zu einem mit Papieren vollbeladenen Schreibtisch. Er empfand plötzlich die billige Umgebung als bedrückend, sie paßte nicht mehr zu ihm. Vielleicht lag es auch daran, daß er sich immer Mona in seinem Umkreis vorstellte, und die brauchte nun mal einen angemessenen Rahmen. Obwohl sie sicher nie diesen Raum betreten würde, beschloß Hermann, mit dem Anbau der neuen Legebatterien auch die Büros zu renovieren. Und Mona mußte aus ihrem spartanischen Einzimmerapartment, das eine bedrückende Atmosphäre der Ärmlichkeit verbreitete und so gar nicht zu ihr paßte. Mona war die Frau, die ein glamouröses Umfeld benötigte, so wie die richtigen Hollywoodstars. Alberta würde schon viel eher in so ein Apartment passen, mit ihrer ewig verhärmten Trauermiene, aber die mußte ja in dem schönen Haus sitzen, aus dem sie sich sowieso nichts zu machen schien. Nie war ihm so unangenehm aufgefallen, wie alt sie inzwischen aussah, wie nach seiner Rückkehr aus Cannes. Sie war ihm richtig zuwider geworden mit ihrer ewigen Heulerei und ihren unausgesprochenen Vorwürfen, die sie so treffend durch beredte Blicke zum Ausdruck bringen konnte. Sie war nur noch lästig, wie die alten Legehennen, die nicht mal mehr als Suppenhühner zu gebrauchen waren. Er konnte sich nicht mehr überwinden, mit dieser frigiden Kuh zu schlafen, nachdem er mit Mona ... Er schloß kurz die Augen und vermochte direkt ihre Hand an seinem Reißverschluß zu spüren, ihre Lippen auf seiner Haut ...

Ein Klopfen riß ihn aus seinen Träumen. Kerner kam herein. Er bedeutete seinem Farmleiter, Platz zu nehmen.

»Ich will wissen, ob diese Sache mit Ayaydin endgültig vom Tisch ist«, sagte Hermann.

»Sieht ganz so aus. Ich habe den Fragebogen an den Arzt zurückgeschickt und daraufhin nichts mehr gehört.«

»Und Milben sind keine mehr aufgetreten?«

»Nein, im Moment ist alles in Ordnung.«

»Na prima, Sie können wieder an die Arbeit gehen.«

Das Telefon klingelte. Hermann wartete, bis Kerner den Raum verlassen hatte, bevor er den Hörer abnahm. Ein Gespräch auf seiner privaten Leitung, das war bestimmt Mona.

»Hallo«, meldete er sich.

Erst hörte er nur ein Rauschen in der Leitung, wie bei einer schlechten Verbindung. Dann sagte eine Männerstimme: »Hallo?«

»Wer ist denn da?« fragte Hermann ungehalten.
»Hier Hasan Ayaydin.«
»Was wollen Sie?«
»Ich Sie treffen wollen.«
»Warum?« fragte Hermann unfreundlich. Er hatte ein ungutes Gefühl. Wieso rief ihn ein einfacher Arbeiter auf seiner Privatnummer an, und woher hatte er die überhaupt?
»Du zahlen, oder ich gehen Polizei.«
»Sind Sie besoffen oder was?« fragte Hermann, dessen Unbehagen immer größer wurde.
»Arzt sagen, ich immer vergiftet, und du dafür zahlen, sonst Polizei.«
»Sie sind ja vollkommen wahnsinnig!« schrie Hermann ins Telefon.
»Zahlen hunderttausend Mark«, sagte der Türke ruhig.
»Nie im Leben«, plärrte Hermann.
»Du kommen mit Geld, sonst Polizei«, wiederholte Hasan.
Hermann überlegte fieberhaft. Seine erste Reaktion, dem Scheißtürken einfach den Hörer aufzuknallen, war vielleicht doch nicht so klug. Ob nachzuweisen war, welches Gift der Kerl im Körper hatte? Sicher bluffte der. Er konnte sich nur jetzt keinen Skandal erlauben, da er die Baugenehmigung für die neuen Batterien und die Fabrik haben wollte. Er mußte den Türken erst mal hinhalten. Zahlen würde er nie und nimmer. Er ließ sich doch von so einem Gesindel nicht erpressen. Zu Hause in der Türkei hatten die nichts zu fressen, und hier wur-

den sie gleich frech. Er versuchte wieder ruhig zu werden.

»Wo und wann sollen wir uns treffen?«

»Kleines Wald, wo Hochstand. Morgen abend acht. Und bringen Geld«, befahl Hasan.

»Ich werde da sein«, sagte Hermann knapp und legte auf. Das wäre ja gelacht, wenn er mit dem Kanaken nicht zurechtkommen würde. Den mach ich fertig, dachte Hermann, bevor er sich zum Mittagessen in die *Traube* begab.

»Zwei Pils«, bestätigte Kati, während sie die Gläser auf den Tisch stellte. »Schweinsbraten kommt auch gleich.« Wohlgefällig sah Büchl der drallen Bedienung nach.

»Das wird diesmal nicht so einfach, mein Freund«, eröffnete er das Gespräch. »Im Bauausschuß werden wir die Pläne schon durchbringen, aber in der Gemeinderatssitzung gibt's vielleicht Schwierigkeiten.«

Hermann hatte schon so etwas Ähnliches erwartet und fünf braune Scheine in einen Umschlag gesteckt, den er jetzt Büchl hinüberschob.

»Ich weiß, daß du viele Unannehmlichkeiten durch mich hast. Das ist eine kleine Entschädigung fürs erste. Im Falle des Erfolgs gibt's natürlich noch einen Nachschlag.«

Büchl schaute verstohlen in das nicht verschlossen Kuvert. »Du weißt ja, daß ich mir die größte Mühe gebe, aber dieser Grüne mit seiner geplanten Bürgerbewegung gewinnt immer mehr an Einfluß. Diese blöden

Zugereisten in ihren Villen denken tatsächlich, er sei was Besonderes, weil er Künstler ist. Dabei verkauft der überhaupt keine Bilder, soviel ich weiß. Wenn der erfolgreich wäre, hätte er auch keine Zeit mehr, die Leute aufzuhetzen.«

»Das letztemal hast du noch gesagt, der wäre kein Problem.«

»Na ja, ich denke schon, daß wir mit dem fertig werden. Aber gegen die Fliegen mußt du dringend etwas unternehmen, die sind eine regelrechte Plage. Jetzt, wo es warm wird, geht es wieder los. Das ist für die Leute im Dorf eine handfeste Belästigung. Wenn wir da bei der Sitzung gleich sagen könnten, die Schwierigkeit sei vom Tisch, wäre das von Vorteil.«

»Das können wir, dafür habe ich schon eine Lösung, sogar eine einwandfrei biologische.«

»Wunderbar. Wie sieht die aus?«

»Ich habe einen Insektenkundler angeheuert. Da gibt es winzige Käfer, die die Fliegenlarven auffressen, wenn man sie im Hühnerkot aussetzt. Frag mich jetzt nur nicht, wie die heißen, doch warte, ich hab's mir aufgeschrieben.« Hermann zog einen Zettel aus der Hose und buchstabierte: »Alphitobius diaperinus, klingt nett, nicht? Diesen Sommer wird es definitiv keine Fliegenplage geben.«

»Das sind doch gute Nachrichten, Hermann. Wir werden das Kind schon schaukeln.« Büchl lachte amüsiert und steckte das Kuvert schnell in die Innenseite seines Jacketts.

Das will ich hoffen, dachte Hermann. Bei all der Kohle,

die Büchl im Lauf der Jahre schon eingeschoben hatte, konnte man das auch erwarten.

Er kaute schweigend vor sich hin und erwiderte nicht einmal ihren Blick. Wenigstens beschwerte er sich nicht über das Essen, dachte Alberta.
»Wie war dein Tag?« versuchte sie eine Konversation anzufangen, um das unangenehme Schweigen zu brechen.
»Wie immer.« Hermann gab sich gar keine Mühe, sein Desinteresse an einer Unterhaltung zu verschleiern. Alberta räumte die Suppenteller ab und trug den Hauptgang auf. Sie kam sich vor wie ein Hausmädchen, dessen Dienste man zwar in Anspruch nimmt, das man aber sonst nicht weiter beachtet.
»Bitte!« sagte sie und schob ihm die Platte mit dem Fleisch hin.
Wortlos nahm sich Hermann ein Stück auf den Teller.
»Übrigens«, sagte er, als wäre es ihm gerade eingefallen, »ich bin nächste Woche nicht da.«
»Das ist ja interessant. Wohin geht es denn diesmal?« fragte Alberta mit leichtem Sarkasmus in der Stimme.
»Los Angeles«, antwortete er knapp.
»Darf ich fragen, was du dort machst?«
»Wir verhandeln mit den Amerikanern.«
»Wir? Hat dich Tomani schon an seiner Firma beteiligt?«
»Du glaubst doch nicht, daß ich so viel Geld in eine

Sache investiere und mich dann nicht darum kümmere. Ich bin doch nicht blöd.«
»Aber mich hältst du offensichtlich dafür.« Alberta war jetzt wirklich wütend. Für wie dämlich hielt er sie eigentlich? Allein die Vorstellung, Hermann würde an Tomanis Seite verhandeln, war einfach absurd, Hermann, der keine Ahnung vom Fernsehgeschäft hatte und nicht Englisch sprach.
»Was soll denn das schon wieder heißen?« fragte er, sichtlich verärgert über ihren Einwand.
Alberta schwieg. Er würde doch gleich wieder anfangen, herumzuschreien, wenn sie ihm weiter widersprach. Sie versuchte es anders. »Ich könnte doch mitfahren, ich war noch nie in Los Angeles.«
»Wozu denn? Das ist keine Vergnügungsreise, und außerdem bleibe ich nur kurz.«
»Wir könnten doch ein paar Tage Urlaub dranhängen, vielleicht in Mexiko«, probierte sie es beharrlich weiter.
»Ich kann mir momentan weiß Gott keinen Urlaub leisten. Schließlich bin ich dabei, die Firma zu vergrößern. Es ist schon mühsam genug, mir diese paar Tage freizuschaufeln.« Hermann schob seinen Teller beiseite, nahm sein Bierglas und setzte sich auf die Couch vor dem Fernsehapparat, ein ultimatives Zeichen, daß die Diskussion für ihn beendet war. Er stellte den Ton unangenehm laut und zappte durch die verschiedenen Programme.
Alberta war sicher, daß er log, aber sollte sie sich tatsächlich so weit erniedrigen und eine Detektei beauftragen, ihm hinterherzuspionieren? Und dann? Wenn sie

wußte, daß er sie betrog, was würde sie machen? Sie stellte das schmutzige Geschirr auf ein Tablett und trug es in die Küche. Teller für Teller schichtete sie in die Spülmaschine, während sie einen imaginären Dialog mit Hermann führte.
Als sie die letzte Schüssel eingeräumt hatte, war sie gerade an dem Punkt angelangt, an dem Hermann zu schreien anfing und sie wieder einen Rückzieher machte. Es hat ja doch keinen Sinn, dachte sie und fühlte sich schon wieder entsetzlich müde.

5

Hermann bog langsam in den Waldweg ein. Der schwere Mercedes verursachte fast kein Geräusch auf dem weichen Boden, und er erschrak förmlich, als auf einmal ein Zweig gegen die Windschutzscheibe peitschte. Er hatte sich noch gar nicht genau überlegt, was er dem Türken eigentlich sagen wollte. Er würde ihn auf jeden Fall so einschüchtern, daß er ein für allemal den Mund hielt.
Der Hochstand tauchte im Kegel der Scheinwerfer auf. Er ließ den Wagen etwas abseits vom Weg ausrollen, stellte das Licht aus und wartete.
Hoffentlich war die Sache schnell erledigt und er konnte noch zu Mona nach München fahren. Sie wußte bis jetzt nichts von der Reise nach Los Angeles. Her-

mann war selbst überrascht gewesen, als Patrick anrief, um ihm zu sagen, daß Markus ihn gerne in Amerika dabeihaben würde. Hermann hatte immer das Gefühl gehabt, Markus könne ihn genausowenig leiden wie er ihn und daß er es eher vermied, ihn, Hermann, wo auch immer dabeizuhaben, aber vielleicht täuschte er sich ja. Die Gelegenheit zu dieser Reise würde er sich jedenfalls nicht entgehen lassen, und Mona würde außer sich sein vor Freude, einmal Hollywood zu sehen. Sogar Alberta hatte eine gute Idee beigesteuert; ein paar Tage Urlaub in Mexiko wären bestimmt herrlich, nur daß er sie mit Mona verbringen würde, statt mit ihr.

Er hörte das Knacken von Zweigen und ein Rascheln, und gleich darauf betrat der Türke die Lichtung. Er war allein. Hermann stieg aus und schloß leise die Tür. Er wußte selbst nicht, warum er sich bemühte, kein Geräusch zu machen, vielleicht wegen der Stille, die hier im Wald herrschte. Kein Laut war zu hören. Der Türke fuhr herum, als er Hermann hinter sich kommen hörte.

»Du hast Geld?« fragte er. Hermann bemerkte, daß er Schwierigkeiten beim Atmen hatte. Ein Röcheln begleitete jeden Versuch, Luft in seine Lungen zu pumpen.

»Du bekommst keinen Pfennig«, sagte Hermann ruhig. »Glaubst du wirklich, ich lasse mich von einem wie dir erpressen?«

»Dann ich gehen Polizei«, sagte Hasan, wobei er wieder pfeifend nach Luft rang. »Ich weiß Menge, nicht nur das mit Gift. Auf Eier falsch Datum, das verboten. Ich alles erzählen.«

Seine letzten Worte gingen in einem Hustenanfall unter,

der ihn endgültig am Atmen hinderte. Er hielt sich an einem Baum fest, während er von Krämpfen geschüttelt wurde und immer wieder auf den Boden spuckte, um sich Erleichterung zu verschaffen. Er zog ein Röhrchen aus seiner Hosentasche und sprühte sich damit in den Mund. Das schien ihm zu helfen, und er konnte weiterreden. »Ich nix mehr gesund, Arzt sagen. Nix mehr kann arbeiten, ich brauchen Geld.«

»Wer braucht das nicht?« entgegnete Hermann. »Nur von mir bekommst du nichts, das kannst du dir aus dem Kopf schlagen. Diese Krankheit hast du dir doch nicht bei mir geholt, wahrscheinlich ist das Tuberkulose oder so was. Glaubst du wirklich, du hast bei der Polizei eine Chance? Man liest doch dauernd in der Zeitung, daß die nicht sehr ausländerfreundlich sind. Ein Türke, der seinen deutschen Arbeitgeber völlig ungerechtfertigt anschwärzt, macht keinen guten Eindruck.«

»Ich gehen Polizei, Arzt mitgehen, mir helfen.«

»Ein Komplott also? Weiß dein Arzt auch, daß du vorher noch versuchst, mich zu erpressen?« Hermann fühlte, wie ihm langsam das Blut zu Kopf stieg. »Meinst du wirklich, die Polizei glaubt einem dreckigen Kanaken mehr als einem angesehenen Bürger?« stieß er voller Haß hervor.

Auf einmal blinkte in der Hand des Türken eine Klinge auf. Er machte eine Bewegung nach vorne, aber Hermann wich blitzschnell zur Seite, und Hasan geriet ins Taumeln. Hermann, der bei weitem größer und stärker war, schlug ihm mit aller Gewalt die Faust ins Gesicht. Das Messer fiel zu Boden. Hermann griff danach und

rammte es dem Türken bis zum Anschlag in den Bauch. Hasan wollte schreien, aber nur ein gurgelndes Geräusch kam aus seinem aufgerissenen Mund. Langsam, wie in Zeitlupe, ging er in die Knie und fiel dann nach vorne zu Boden. Seine Augen wurden glasig, aber er röchelte immer noch. Das alles hatte nur Bruchteile von Sekunden gedauert, und Hermann stand da und schaute ungläubig auf den vor ihm liegenden Mann hinunter. Das hatte er nicht tun wollen, aber jetzt war es passiert, und er mußte einen klaren Kopf bewahren. Soweit er wußte, war der Türke alleinstehend, den würde so schnell keiner vermissen. Trotzdem mußte er ihn verschwinden lassen. Je später er gefunden wurde, desto schwieriger war es, festzustellen, wann der Tod eingetreten war. Man würde sicher annehmen, irgendein Landsmann habe ihn während eines Streits, der mit Messern ausgetragen wurde, kaltgemacht.
Hier im Wald konnte er ihn nicht vergraben, er hatte außer einem Wagenheber kein Werkzeug im Auto. Außerdem war sicher das Profil seiner Reifen auf dem Waldweg festzustellen. Sein Wagen war tiefer gelegt und mit extrabreiten Reifen versehen, so etwas fuhr niemand hier in der Gegend. Am sichersten war, wenn nichts auf den Wald als Tatort hindeutete. Der Türke mußte woanders hingebracht werden. Er durfte nur keine Blutflecken im Kofferraum hinterlassen. Hermann ging zum Wagen, um nach etwas zu suchen, worin er den Körper einwickeln konnte. Gott sei Dank, er hatte seinen Regenmantel auf dem Rücksitz liegen, weil es heute früh so nach Regen ausgesehen hatte. Er

nahm den Mantel und wickelte Hasan sorgfältig darin ein. Der röchelte immer noch, als Hermann ihn aufhob, um ihn zum Auto zu tragen. Er war unglaublich schwer, aber Hermann wollte keine Schleifspuren auf dem Boden hinterlassen. Er wuchtete den Mann in den Kofferraum und schlug den Deckel über ihm zu. Dann ging er noch einmal zurück zu dem Platz, wo er gelegen hatte, und verwischte mit einem Zweig alle Fußspuren auf dem Waldboden. Ohne das Licht einzuschalten, startete er den Motor und fuhr vorsichtig rückwärts bis zum Waldrand. Niemand war zu sehen. Er lenkte den Wagen zurück auf die Straße, schaltete die Scheinwerfer ein und fuhr Richtung München. Das beste war ein tiefer See, da konnte es Wochen dauern, bis die Leiche auftauchte. Nur mußte der Körper beschwert werden, damit er auch wirklich unten blieb, und er brauchte ein Boot oder mußte selbst ins Wasser, um ihn in die Tiefe zu ziehen. Das war zu riskant. Er hatte keine andere Kleidung dabei und wollte sich niemandem anvertrauen. Eine Müllverbrennungsanlage? Dort würde man ihn vermutlich auch finden, bevor der Müll endgültig in den Ofen wanderte. Da kam ihm noch eine bessere Idee. Ob es den Schrottplatz ganz im Norden Schwabings noch gab? Die dort lagernden Autowracks wurden mittels einer riesigen Schrottpresse zu kleinen, handlichen Paketen zusammengequetscht. Er brauchte den Türken nur in den Kofferraum eines dieser ausgeweideten Fahrzeuge zu legen, und er würde für immer verschwinden. Das war's! Hermann trat das Gaspedal durch. Es war erst Viertel vor neun. Wenn alles gutging, konnte er leicht um zehn Uhr bei Mona sein, um sich noch ein bißchen zu entspannen. Er wählte ihre Nummer, um ihr zu sagen, daß er sich leider etwas verspäten würde, weil er noch soviel im Büro zu tun habe.

Den Schrottplatz fand er ohne Schwierigkeiten, nur war er leider von einem hohen Maschendrahtzaun umgeben, der mit einem Vorhängeschloß gesichert war. Bei dem Versuch, sich dem Eingang zu nähern, schossen zwei Hunde aus der Dunkelheit auf ihn zu, die sich bellend gegen den Zaun stürzten. Hermann gab seinen Plan auf. Selbst wenn er das Schloß knacken könnte, hätte er gegen die Dobermänner keine Chance. Verdammt, wo sollte er bloß mit dem Türken hin? Die Isar hatte Hochwasser von dem beständigen Regen der letzten Wochen. Wenn es ihm gelang, Hasan ungesehen über eine Böschung zu werfen, würde ihn die beachtliche Strömung weit weg schwemmen. Wer weiß, ob er überhaupt je gefunden wurde. Er mußte nur die richtige Stelle aussuchen, menschenleer, leicht zugänglich und mit einer starken Strömung. Der Platz, wo sie als Kinder immer ihre verbotenen Mutproben abgehalten hatten, fiel ihm ein. Ein Stück weiter flußabwärts müßte es gehen. Da war kein Haus weit und breit, nur ein schmaler Weg führte zur Böschung. Er wendete den Wagen. Vierzig Minuten später war er endlich am Ziel. Er mußte zwar den Weg bis zum Ufer zu Fuß zurücklegen, aber diesmal konnte er Ayaydins Körper ziehen, man würde ihn nicht hier finden und folglich auch nicht an diesem Platz nach Spuren suchen. Er sah sich noch einmal um, bevor er den Kofferraum öffnete, aber die Gegend war absolut verlassen. Er zerrte den Türken heraus, der immer noch röchelte. Der Regenmantel hatte sich inzwischen mit dem Blut vollgesogen, aber soweit er erkennen konnte, waren keine Blutflecken im Auto. Er rollte den Mantel so zusammen, daß das Blut verdeckt war, dann zog er den Mann an den Armen bis zur Böschung. Er war schweißgebadet, als er sich wieder aufrichtete. Das Messer! Auf dem Messer waren seine Fingerabdrücke. Wahrscheinlich würden die im Wasser verlorengehen, aber sicherer war es auf jeden Fall, das Messer verschwinden zu lassen. Mit einem kräftigen Ruck zog er es aus der Wunde. Der Türke stöhnte auf, und Blut begann aus der Wunde zu sprudeln. Mit aller Kraft rollte Hermann den Körper über die Böschung, bis er unten ins Wasser platschte. Einen Moment lang hielt er die Luft an, weil es so aussah, als würden die Zweige am Ufer die nur mehr schemenhaft zu erkennende Gestalt des Türken festhalten, aber dann siegte die Strömung. Zufrieden sah er zu, wie Hasan Ayaydin erst langsam und dann immer schneller davongetragen wurde. Er hob das Messer auf, um es an einer anderen Stelle ins Wasser zu werfen. Seine Hände, die mittlerweile blutbeschmiert waren, wischte er sorgfältig an dem Mantel ab. Dann übergoß er den Mantel mit Benzin aus seinem Reservekanister und zündete ihn an. Es dauerte einen Moment, bis die Flammen richtig aufloderten, und Sekunden später war von dem Trenchcoat nichts mehr zu erkennen. Er trat das Feuer aus und ging zum Wagen zurück. Es war alles erledigt, und er fühlte sich nur noch erschöpft. Er wählte wieder Monas Nummer, um ihr zu sagen, daß er es heute nicht mehr schaffe, vorbeizukommen. Zum Ausgleich kündigte er für morgen eine große Überraschung an. Morgen abend würde er ihr von der bevorstehenden Reise erzählen. Jetzt wollte er nur noch ins Bett. Gott sei Dank war schon alles dunkel, als er nach Hause kam. Er wusch sich unten im Gästebad gründlich die Hände und suchte seine Kleidung nach verräterischen Flecken ab. Es war nichts zu sehen, nur seine Schuhe waren schmutzverkrustet. Er trug sie in die Waschküche im Keller und entfernte den gröbsten Dreck. Dann schlich er nach oben und zog sich aus. Vorsichtig schlüpfte er ins Bett, um Alberta nicht zu wecken, da er jetzt nicht noch mit blöden Fragen behelligt werden wollte. Er schlief sofort ein.

Alberta setzte Kaffee auf und nahm die Zeitung mit ins Eßzimmer. Hermann war gerade mit großem Getöse zu seiner sogenannten Geschäftsreise nach Amerika aufgebrochen. Er hatte Alberta wie ein Dienstmädchen herumgescheucht, bis die Sachen zu seiner Zufriedenheit gepackt waren.

Mittlerweile war sie froh, wenn er nicht zu Hause war. Er hatte nur noch schlechte Laune und verbreitete negative Stimmung. Wegen der geringsten Kleinigkeit fing er an loszubrüllen. Alberta hätte gern gewußt, was er ihr eigentlich vorwarf. Es schien so, als würde ihn schon die bloße Tatsache ihrer Gegenwart aufregen. Es kam ihr so vor, als hätte er sich innerhalb der letzten drei Wochen total verändert.

Wie üblich überflog sie zuerst die Landkreisbeilage der Süddeutschen Zeitung, um zu sehen, ob sich in ihrer unmittelbaren Umgebung etwas Wissenswertes ereignet hatte. Eine Leiche war in der Nähe von Schäftlarn am Isarufer gefunden worden. Sie hatte sich dort in einigen vom Ufer herabhängenden Zweigen verfangen und lag schon einige Tage im Wasser. Es handelte sich um einen Mann, der erstochen worden war, und die Polizei bat die Bevölkerung um Mithilfe bei der Identifizierung des Toten. Es folgte eine Beschreibung des Mannes und seiner Kleidung, und ein unscharfes Foto der Wasserleiche war abgedruckt. Alberta blätterte weiter. Sonst war nichts Aufregendes passiert. Sie griff zur Titelseite, um das *Streiflicht* zu lesen. Das Läuten des Telefons unterbrach ihr Vorhaben. Seufzend ging sie zum Apparat. Das war sicher ihre Mutter, die sie seit der Theaterpremiere ungebührlich vernachlässigt hatte.

»Guten Morgen, ich hätte gerne Herrn Kassner gesprochen«, sagte eine weibliche Stimme.

»Tut mir leid, mein Mann ist nicht da«, erwiderte Alberta. »Kann ich Ihnen vielleicht helfen?«

»Sie wissen sicher Bescheid. Ich bin die Maklerin und habe zufällig etwas Passendes an die Hand bekommen. Eine ganz entzückende Zweizimmerwohnung mit Balkon, wie geschaffen für das junge Mädchen. Sie ist in der Elisabethstraße in Schwabing, also ideal gelegen, und die Miete ist auch gerade noch akzeptabel. Genau

das, was Ihr Mann wollte. Ich nehme an, das Mädchen ist Ihre Tochter. Studiert sie in München?«
»Ja, ja«, murmelte Alberta.
»Sie müßten sich die Wohnung allerdings gleich ansehen. Ich habe noch andere Interessenten. Wann kann ich sie denn Ihnen oder Ihrem Mann zeigen?«
»Tut mir leid, die Entscheidung liegt bei meinem Mann, und der ist auf einer Geschäftsreise.«
»Das ist aber wirklich schade. Wer weiß, wann ich wieder so ein Objekt hereinbekomme, und er hat so dringend etwas gesucht. Meinen Sie nicht, Sie könnten sich die Wohnung ansehen? Sie können Ihren Mann doch telefonisch darüber informieren.«
»Nein, das kann ich wirklich nicht«, sagte Alberta und legte auf.
Jetzt hatte sie also Gewißheit. Hermann hatte eine Freundin. Ein ganz junges Mädchen. Er hielt sie sogar aus. Wenigstens war das eine Erklärung für sein verändertes Benehmen. Deshalb zeigte er seine Abneigung gegen sie so unverhohlen. Was erwartete er von ihr? Sollte sie sich in Luft auflösen? Bei dem Gedanken daran, wie er jetzt vermutlich mit seiner Freundin herumturtelte, während er sie noch heute morgen herumschikaniert hatte, wurde sie allerdings richtig wütend. Sie hatte noch sorgfältig die Blazer gepackt, in denen er seine Schlampe ausführen würde. Am besten nimmst du Seidenpapier, hatte er ihr geraten, als sie seinen Armani-Blazer gefaltet hatte. So ein teures Stück hatte sie sich noch nie geleistet und Hermann bis jetzt auch nicht. Er war immer eher sparsam gewesen, und Alberta hatte

oft Mühe, mit dem ihr zugeteilten Haushaltsgeld auszukommen. Nun schien Geld allerdings keine Rolle mehr zu spielen, wenn er sogar die Miete für das Mädchen zahlen wollte. So eine Wohnung in Schwabing kostete sicher zweitausend Mark im Monat. Dumm, daß sie die Maklerin nicht nach der genauen Miete gefragt hatte. Sein Engagement bei dieser Fernsehserie und die teuren Reisen – wieviel Geld hatte Hermann eigentlich? Alberta hatte keine Ahnung, was seine Geschäfte betraf. Genausowenig, wie sie je die Legebatterien gesehen hatte, wußte sie, was er verdiente oder wieviel Geld auf der Bank war. Sie bekam jeden Monat das Haushaltsgeld, in dem auch ein großzügiges Taschengeld enthalten war, wie er hin und wieder betonte, auf ihr Konto überwiesen, und darüber hinaus hatte sie keinen Schimmer von Hermanns finanzieller Situation. Dein Mann, das unbekannte Wesen, dachte sie in Anlehnung an einen Aufklärungsslogan der siebziger Jahre. Auf einmal wußte sie, wo sie anfangen würde, ihn kennenzulernen. Ihrer Wut gelang es, die Lethargie der letzten Wochen zu verscheuchen.

Sie machte sich sorgfältig zurecht und schlüpfte in ein offiziell aussehendes Kostüm. Dann fuhr sie zu der Hühnerfarm. Hermanns Sekretärin, der Alberta erst ein einziges Mal im Leben begegnet war, als sie einmal etwas Dringendes zu Hause abliefern mußte, war äußerst überrascht, sie zu sehen. Alberta verlangte freundlich, aber bestimmt, den Farmleiter zu sprechen. Die Sekretärin ließ Herrn Kerner über die Sprechanlage ausrufen. Während Alberta wartete, bot sie Kaffee an und versuchte unbeholfen Konversation zu machen. Kurze Zeit später kam der Farmleiter herein. Alberta stellte sich vor und erzählte eine, wie sie hoffte, überzeugende Geschichte. Sie habe mit Hermann abgesprochen, die Zeit seiner Abwesenheit für eine Besichtigung des Betriebs zu nutzen. Nachdem ihr Sohn mittlerweile im Internat sei, verfüge sie wieder über mehr Zeit und wolle nach der Erweiterung des Betriebs in der Firma mitarbeiten und sich schon einmal kundig machen.

Kerner sah sie ungläubig an. »Herr Kassner hat mir nichts davon gesagt«, stammelte er.

»Das ist auch schlecht möglich, wir haben das erst gestern abend beschlossen«, sagte Alberta freundlich. »Ich möchte wieder etwas tun, und wenn hier noch das Eierverarbeitungswerk entsteht, gibt es dazu bestimmt Gelegenheit. Ich habe immerhin Betriebswirtschaft studiert«, fügte sie noch möglichst herablassend hinzu.

»Na gut«, sagte Kerner, immer noch nicht überzeugt, aber er wußte auch nicht, wie er ihr ihren Wunsch abschlagen sollte. Sie verließen zusammen das Büro und gingen in Richtung der fensterlosen Baracken. Eines dieser niederen graugetünchten Gebäude reihte sich an das andere, sie unterschieden sich durch nichts voneinander. Unwillkürlich kam ihr das Wort Konzentrationslager in den Sinn, als sie sich dem Eingang näherten.

»Ich weiß nicht, ob Sie richtig gekleidet sind«, sagte der Farmleiter mit einem Blick auf ihr elegantes Kostüm und ihre Schuhe mit Absatz. Er selbst trug Gummistiefel und einen grauen Kittel.

Hier ist wohl alles grau, dachte Alberta. Laut sagte sie: »Es wird schon gehen.«
»Der Geruch ist vielleicht ungewohnt«, warnte er sie noch, »und die Augen stellen sich erst nach einer Weile auf das Dämmerlicht ein.«
Er öffnete die Tür der ersten Baracke. Beißender Gestank schlug Alberta entgegen. Unwillkürlich hielt sie sich die Hand vor Mund und Nase, weil der Geruch so unerträglich war. Aufgeregtes panisches Kreischen drang an ihr Ohr, das nichts mit dem gemütlichen Gegacker von Hühnern zu tun hatte, die man gelegentlich auf Bauernhöfen herumlaufen sah. So weit sie blicken konnte, nichts als Drahtkäfige, zu endlosen Reihen aneinandergefügt. In den Drahtverschlägen versuchten die Hennen verzweifelt mehr Platz zu ergattern. Sie waren so eng zusammengepfercht, daß sie sich eigentlich kaum rühren konnten, wollten aber ihr Schicksal nicht akzeptieren und versuchten beständig flügelschlagend übereinander- und aufeinanderzusteigen.
»Es geht nicht immer so zu«, sagte der Farmleiter. »Nur beim Kampf um einen Platz am Futtertrog und für die Eiablage ist es besonders schlimm.«
Alberta starrte stumm auf die Hühner, die auch auf Drahtgitter stehen mußten und sich dort mit ihren Krallen kaum halten konnten. Die langen Käfigreihen waren versetzt übereinander angeordnet, so daß der Kot durch die Gitter in eine breite Rinne fallen konnte. Da lag kiloweise der Dreck, mit Unmengen von Federn durchsetzt, die ständig aus den Drahtverhauen nach unten trudelten. Trotz des dämmrigen Lichts in der Halle

konnte Alberta sehen, wie ausgemergelt die Hennen waren, zerrupfte, armselige Kreaturen, die manchmal große kahle Stellen statt Federn aufwiesen und zum Teil von ihren verzweifelten Artgenossen blutig gepickt waren. Die Tränen schossen ihr in die Augen, und sie tat so, als würde der ätzende Hühnerkot ihre Augen reizen. Kerner bemerkte es nicht. Er sprach über die Anlage und den Ertrag, den sie erzielte.

»Ich glaube, wir können wieder nach draußen gehen«, sagte Alberta und holte tief Luft, als die Tür sich öffnete.

»Wollen Sie die anderen Hallen auch sehen?« fragte er, fügte aber gleich hinzu, daß es eigentlich nicht nötig sei, da sie vollkommen identisch seien.

Alberta versicherte ihm, daß sie einen guten Eindruck gewonnen habe.

»Wenn wir anbauen, wird die ganze Anlage modernisiert«, fuhr Kerner fort. »Wir bekommen ein neues Alarmsystem, das den Anstieg der Schadgase überwacht. Dann brauchen wir für die zwei Millionen Hennen nur mehr zwanzig Arbeiter, die die toten Tiere herausnehmen und neue einsetzen. Toll, was?«

Alberta nickte. »Wie viele Hühner sterben denn im Schnitt?«

»Wir belegen ja sehr dicht, da muß man so mit sechzigtausend im Jahr rechnen, vielleicht auch etwas mehr. Wenn natürlich eine Krankheit ausbricht, können es viel mehr werden. Einmal hatten wir Salmonellose und mußten den Bestand einer ganzen Halle vergasen. Das war eine Riesensauerei.«

Alberta hatte das Gefühl, sich gleich übergeben zu müssen. So freundlich wie möglich sagte sie, daß sie heute noch Termine habe, aber bald wiederkomme. Rasch ging sie zu ihrem Auto und ließ sich erschöpft in den Sitz fallen, sobald Kerner außer Sichtweite war. Sie glaubte den Anblick dieser gequälten Hühner nie mehr loszuwerden. Sie war so feige gewesen. Am Anfang ihrer Beziehung hatte sie sich von Hermann mit diversen Gemeinplätzen, wie gut es die Hühner hätten, die rund um die Uhr mit Futter versorgt würden, über ihr schlechtes Gewissen hinweghelfen lassen, und mit der Zeit hatte sie es völlig verdrängt. Aber nie, nicht in ihren schlimmsten Träumen hätte sie gedacht, daß die armen Kreaturen unter solchen Bedingungen dahinvegetieren müßten. Robert, dachte sie, jetzt kann ich dich wirklich verstehen.
Zu Hause angekommen, suchte sie im Telefonbuch Hüllenhagens Nummer, nahm dann den Hörer ab und wählte.

6

In Hochstimmung betrat Markus den Frühstücksraum des Beverly Hills Hotels. Das lag zum einen an der ausgiebigen Prise, die er sich noch schnell auf dem Zimmer gegönnt hatte, zum anderen daran, daß Gary, sein amerikanischer Anwalt, der von Anfang an die Kontakte geknüpft hatte, ihm noch in Deutschland nebst seiner horrenden Rechnung die Nachricht übermittelt hatte, daß die Amerikaner auf jeden Fall dreizehn Folgen machen wollten. Es waren zwar noch verschiedene Punkte zu verhandeln, aber eigentlich stand einem Vertragsabschluß nicht mehr viel im Wege.

»Die paar Details klären wir, sobald du hier bist«, hatte Gary fröhlich am Telefon verkündet und ihm noch einen guten Flug gewünscht.

Die meisten Tische wurden für Geschäftsbesprechungen genutzt, wie man an der offiziellen Kleidung der Gäste erkennen konnte. Verabredungen zum Frühstück waren in der Branche sehr beliebt, allenfalls traf man sich noch zum Lunch, aber auf keinen Fall mehr abends. Man stand früh auf und ging wahrscheinlich auch früh zu Bett, man trank Mineralwasser, rauchte selbstverständlich nicht, hielt Diät und trimmte seinen Körper in einem der sündhaft teuren Fitneßcenter.

An einem der Tische sah er Gary mit einem anderen Mann sitzen.

»Marty Cash«, stellte Gary vor. Markus verzichtete darauf, irgendwelche Witzchen über Martys Nachnamen zu machen. Sicher hatte er alle schon hundertmal gehört. Er nickte freundlich.

»Wir warten noch auf Patrick«, sagte er. In dem Moment tauchte Patrick mit Hermann im Schlepptau auf. Markus' Miene verfinsterte sich fast unmerklich. Niemand konnte ermessen, wie ihm dieser Typ auf die Nerven ging, aber Patrick meinte, es sei ein cleverer Schachzug, ihn in die Gespräche mit einzubeziehen. Es sei

dann viel einfacher, ihm beizubringen, daß er noch eine erhebliche Summe nachschießen müsse.
Markus hatte sich schon während des Flugs nach beträchtlichen Mengen Champagner dazu durchgerungen, ihm eine bedeutende Rolle für Mona zu versprechen, was immer das auch heißen mochte. Heute morgen organisierte Patrick eine Limousine des Hotels, die Mona erst zu einer kleinen Besichtigungstour durch Hollywood und später zum Shoppen auf den Rodeodrive bringen sollte. Hermann steckte ihr großzügig fünfhundert Dollar zu, was Markus zu der Bemerkung veranlaßte, damit würde Mona nicht weit kommen. Unwillig hatte Hermann noch einen Schein dazugelegt.
Markus goß sich Kaffee ein und legte die rosafarbene Serviette beiseite, weil er nichts essen wollte. Die Farben des Hotels waren dunkelgrün und rosa, und das war auch bis ins kleinste Detail durchgehalten. Das Beverly Hills Hotel war sicher das traditionsreichste unter den Luxushotels der Filmmetropole; kaum ein berühmter Star, der nicht schon hier in der Pololaunch oder am Pool gesessen hatte. Vor ein paar Jahren war es mit ungeheurem Aufwand renoviert worden und erstrahlte jetzt in neuem Glanz, nur die Besitzer waren mittlerweile Araber.
»Soweit ist alles klar«, sagte Marty. »Wir haben nur noch ein paar Schwierigkeiten mit der Storyline.« Er kratzte sich am Kopf, und ein paar Schuppen rieselten aus seinem schütteren Haar. Noch so ein Prolet, dachte Markus, als er auch noch ungeniert seinen Kaffee schlürfte.

»Was ist das Problem?«
»Nicht geeignet für den amerikanischen Markt. Zuwenig Action, zuwenig Tempo, zu deutsch«, sagte er lächelnd.
»Das Treatment ist von einem englischen Autor.«
»Wir sollten einen Amerikaner nehmen, die haben das besser drauf.«
Markus dachte mit Schrecken daran, was er bereits an Autorenhonorar bezahlt hatte. »Wir können das bestehende Skript doch umschreiben.«
»Klar«, lenkte Marty ein, »aber das sollte ein anderer Autor machen, das bringt wieder eine neue Sichtweise und neue Ideen.«
Und eine neue Gage, dachte Markus. Er versuchte sich seinen Unmut nicht allzusehr anmerken zu lassen, aber er haßte diese Art der Amerikaner, sich immer als den Nabel der Welt zu betrachten.
Hermann beugte sich zu Patrick. »Um was geht's denn?«
Patrick übersetzte leise: »Sie sind mit dem Skript noch nicht zufrieden.«
»Warum nehmt ihr denn nicht den, der die Figur erfunden hat, diesen Greene oder wie der heißt?«
»Der ist tot«, zischte Patrick.
»Was sagt Hermann?« wollte Marty wissen.
»Nichts«, wehrte Markus ab. »Gut, wir ändern noch einmal die Storyline, wo gibt es sonst noch Probleme?«
»Wir verlangen die Rechte für alle Länder, die nicht an der Koproduktion beteiligt sind.«

»Kommt nicht in Frage«, erwiderte Markus.
Gary mischte sich ein. »Darüber müssen wir noch einmal in Ruhe reden.«
»Ich gebe keinesfalls alle Rechte ab«, sagte Markus. »Was ist mit der Besetzung? Wir hatten mal über Mel Gibson gesprochen.«
»Das ist ausgeschlossen«, meinte Marty, »Mel Gibson ist ein Filmstar, der macht kein Fernsehen.«
Markus sah Gary vorwurfsvoll an. »Du hast doch gesagt, er sei von dem Treatment begeistert gewesen.«
»Das war er auch, aber ich habe nicht gesagt, daß er die Rolle spielen will.«
»Wir könnten Richard Chamberlain kriegen«, erklärte Marty.
»Der ist doch viel zu alt, der war vor fünfzehn Jahren interessant. Auf keinen Fall nehme ich so einen abgewrackten Typ«, sagte Markus bestimmt.
»Was ist denn?« fragte Hermann.
»Die Besetzung, sie diskutieren, welcher Schauspieler für die Hauptrolle in Frage kommt«, antwortete Patrick.
»Arnold Schwarzenegger fände ich gut«, sagte Hermann.
»Klar«, Patrick lachte, »frag ihn doch mal.«
»Was hat Hermann gesagt?« fragte Marty wieder mißtrauisch.
»Er hat nur einen Witz gemacht«, meinte Patrick.
»Robert Wagner«, schlug Marty vor.
»Gibt's vielleicht noch jemanden unter fünfundsechzig? Außerdem brauche ich wirklich einen Star«, sagte Mar-

kus, »einen großen Namen, der weltweit bekannt ist. So ein Typ wie Pierce Brosnan müßte es sein.«
Marty lächelte. »Der hat gerade für einen neuen James-Bond-Film unterschrieben.«
»Ich weiß, daß wir ihn nicht kriegen können, das war auch nur ein Beispiel.«
»Laß uns das mit der Besetzung vertagen. Wir überlegen noch einmal ganz in Ruhe, wer in Frage kommt«, schlug Gary vor.
»Michael Douglas hat doch Fernsehen gemacht«, sagte Hermann. *»Die Straßen von San Francisco,* das läuft gerade wieder bei uns im Kabel.«
»Halt die Klappe, Hermann«, fuhr ihn Markus an. »Wo gibt es sonst noch Probleme?«
»Die Regisseure der europäischen Folgen kennt hier niemand«, sagte Marty. »Warum nehmt ihr nicht wenigstens Truffaut für Frankreich?«
»Weil der nicht mehr lebt.«
»Dann Chabrol.«
»Der macht Kino und kein Fernsehen«, sagte Markus genervt.
»Auf jeden Fall ist die Sache nicht zu verkaufen, wenn kein Mensch die Regisseure kennt.«
»Es gibt keinen europäischen Fernsehregisseur, der in Amerika bekannt ist«, entgegnete Markus.
»Warum überlegen wir nicht zuerst, welchen Autor wir nehmen?« fragte Gary. »Damit müssen wir doch anfangen.«
»Chris Fletcher, der ist perfekt für so einen Stoff«, bestimmte Marty.

»Okay, wann können wir uns mit ihm treffen?« fragte Markus.
»Ich mache einen Termin und rufe euch an«, antwortete Marty. Er stand auf und verabschiedete sich.
»Arschloch«, murmelte Markus, allerdings so leise, daß es die anderen nicht hören konnten, und erst nachdem Marty außer Sichtweite war.
»Wir sind keinen Schritt weitergekommen«, sagte Markus sauer.
»Was hast du denn, es läuft doch alles wunderbar«, beruhigte ihn Gary, »er will es doch machen, und wenn wir jetzt den richtigen Autor haben, geht es ganz schnell vorwärts.«
»Du hast auch gesagt, der Engländer wäre der richtige Autor.«
»Der war mir von Disney empfohlen worden, aber mittlerweile ist unser Partner Paramount.«
»Wie sieht's denn aus?« fragte Hermann, immer noch leicht beleidigt, weil ihn Markus so angeschnauzt hatte.
»Super«, sagte Patrick, »könnte gar nicht besser laufen. Sehen wir uns heute mittag zum Essen am Pool?«

Ach Mama, du bist es.« Alberta fluchte still vor sich hin. Warum hatte sie das Telefon nicht einfach läuten lassen. Sicher konnte sie ihre Mutter nicht schnell genug abwimmeln, um rechtzeitig zu der Versammlung zu kommen.

»Ich habe jetzt gar keine Zeit«, sagte sie vorsichtshalber.
»So? Was hast du denn so Dringendes zu tun?«
Alberta überlegte kurz. Sie würde ihrer Mutter bestimmt nicht auf die Nase binden, daß sie zu einer Versammlung der Bürgerbewegung unterwegs war.
»Ich wollte gerade zu einem Gartencenter fahren, um Blumen zu kaufen. Die Eisheiligen sind jetzt vorbei, und man kann die Töpfe bepflanzen.«
»Was hältst du davon, wenn ich mitkomme und dir anschließend ein bißchen helfe.«
»Das ist heute wirklich ungünstig«, erwiderte Alberta. »Ich muß noch verschiedene andere Sachen erledigen. Wie wär's mit morgen?«
Ihre Mutter war ziemlich beleidigt. »Du hast dich nicht einmal erkundigt, was mein Arztbesuch ergeben hat.«
»Was hat er denn ergeben?« fragte Alberta folgsam.
»Kann ich noch nicht sagen. Die Laborergebnisse dauern immer so lange.«
»Vielleicht hast du sie ja morgen.«
»Ich weiß noch nicht, ob ich morgen Zeit habe«, entgegnete ihre Mutter, immer noch gekränkt, aber dann siegte doch die Neugier. »Was macht denn Hermann?«
»Das weiß ich nicht, er ist nicht da. Mama, ich muß jetzt wirklich Schluß machen. Ich rufe dich morgen an.« Alberta legte schnell auf, bevor ihre Mutter protestieren konnte.

Im Gasthof zur Post war der Saal schon voller Leute. Alberta entdeckte auf den ersten Blick keine bekannten Gesichter und setzte sich möglichst weit nach hinten auf einen der freien Stühle. Christian von Hüllenhagen kam auf sie zu. Er begrüßte sie freundlich und sagte, daß er sich freue, daß sie gekommen sei. Alberta lächelte etwas verlegen. Mittlerweile war ihr peinlich, was sie zu ihm in der Sushibar gesagt hatte, und sie war dankbar, daß er es nicht erwähnt hatte, als er sie zu diesem Treffen einlud.

Bei näherem Hinsehen entdeckte Alberta doch jemanden, den sie kannte, einen Arzt, den sie einmal wegen einer hartnäckigen Erkältung konsultiert hatte, als ihr Hausarzt in Urlaub gewesen war. Er nickte ihr zu. Hermann würde bestimmt von ihrer Anwesenheit bei dieser Zusammenkunft erfahren, aber das war Alberta mittlerweile egal. Kerner wird sowieso von meinem Besuch in der Firma berichten, und dann ist der Krach unausweichlich, dachte sie. Immerhin wußte sie jetzt über seine Freundin Bescheid und würde sich nicht mehr alles gefallen lassen.

Der erste Redner ergriff das Wort und erklärte noch einmal den Zweck der Bürgerbewegung. Man wolle hauptsächlich gegen die Legebatterien hier am Ort vorgehen und die Expansion der Firma Land-Ei verhindern. Schon jetzt sei die Belästigung durch die von dem Betrieb verursachte Fliegenplage unerträglich, und die kürzlich in Auftrag gegebene Wasserprobe weise viel zu hohe Nitratwerte auf. Ziel der Bewegung sei es, genug Stimmen für einen Bürgerentscheid zusammenzubrin-

gen und außerdem für die nächste Gemeinderatswahl Kandidaten zu stellen, die dann hoffentlich gewählt werden würden. Hüllenhagen sagte, man habe eine Tierärztin eingeladen, die am besten verdeutlichen könne, was für eine Tierquälerei die Massentierhaltung darstelle und was sie für die Gesundheit der Verbraucher bedeute. Eine junge sympathische Frau ging nach vorne und fing an zu sprechen – von den Salmonellen, die in jedem Ei aus Legebatterien enthalten waren, von den Medikamenten, die den Tieren ins Futter gemischt wurden, gesetzlich erlaubte wie Mittel gegen Darmerkrankungen und Parasiten, und dazu nicht erlaubte Breitbandantibiotika, die beim Menschen zur verminderten Produktion roter Blutkörperchen führten.
Dann sprach sie von den Hühnern, von deren angeborenem Verhalten, sich zur Eiablage an einen geschützten Platz zurückzuziehen. Ebenfalls erbbedingt sei der Drang, am Boden zu scharren und zu picken. Weil das auf dem schrägen Drahtgeflecht und der Enge nicht möglich sei, würden viele Tiere aggressiv und hackten manchen ihrer Nachbarn zu Tode.
»Besonders zynisch ist das Argument der Betreiber solcher Legebatterien, die Hühner würden nicht so viele Eier legen, wenn sie nicht zufrieden wären. Die hohe Eierausbeute ist auf reine Manipulation zurückzuführen. Durch die bis zu achtzehn Stunden eingeschaltete Beleuchtung in den fensterlosen Ställen wird das Hormonsystem der Tiere beeinflußt und die Freßdauer verlängert, wodurch die Leistungssteigerung erreicht wird. Gesetzlich sind bei uns in bereits bestehenden Anlagen

vierhundertfünfzig Quadratzentimeter pro Henne vorgeschrieben, was weniger als die Größe eines DIN-A4-Blattes ist, und selbst diese Norm wird von skrupellosen Betreibern oft nicht eingehalten.« Sie machte eine Pause und fuhr dann beschwörend fort: »Wir haben mit dem Verfassungsgerichtsurteil einen großen Sieg errungen, aber wir wollen noch mehr. Ein Bierdeckel mehr Platz pro Henne ist nicht genug, wir wollen, daß diese Art der Tierhaltung ganz verboten wird. Tierschutz ist nicht zuletzt auch Menschenschutz!«

Unter dem Applaus der Anwesenden setzte sie sich wieder. Alberta klatschte besonders laut, als könnte sie dadurch die Versäumnisse der letzten Jahre wiedergutmachen.

Als die Veranstaltung zu Ende war und sie sich mit den übrigen Besuchern nach draußen schob, tauchte Hüllenhagen neben ihr auf.

»War es für Sie aufschlußreich?«

»Sehr«, sagte Alberta.

»Wenn Sie noch weitere Informationen über die Machenschaften Ihres Mannes haben wollen, stehe ich Ihnen gerne zur Verfügung.«

»Was meinen Sie damit?«

»Methoden zur Profitsteigerung, die hier nicht erwähnt worden sind, weil uns noch Beweise fehlen.«

»Das interessiert mich durchaus.«

»Dann würde ich vorschlagen, daß wir noch etwas zusammen trinken gehen.«

Alberta willigte ein. Das versprach interessant zu wer-

den. Sie ließ ihr Auto stehen und stieg in den Porsche von Hüllenhagen um.
»Ich dachte, Grüne fahren Fahrrad«, konnte sie sich nicht verkneifen zu bemerken.
»Vergessen Sie einfach die Klischees, die Sie im Kopf haben«, sagte er spöttisch. »Joschka Fischer trägt auch mittlerweile keine Turnschuhe mehr. Wenn es Sie beruhigt, für kurze Strecken nehme ich durchaus das Fahrrad.«
Sie fuhren zu einer kleinen Bauernkneipe im nächsten Dorf. Obwohl sie ihn ziemlich arrogant fand, war sie für die Rücksichtnahme dankbar.
Hüllenhagen bestellte eine Flasche Wein, nachdem Alberta verkündet hatte, daß sie kein Bier mochte. »Ich hoffe, er ist trinkbar. Darf man fragen, was Ihren Sinneswandel herbeigeführt hat?«
»Man darf nicht«, sagte Alberta knapp. Sie hatte wirklich nicht die Absicht, sich über ihr Privatleben zu äußern, schon gar nicht vor so einem jungen Schnösel. Der Wein kam, und Christian probierte. Er verzog etwas das Gesicht. Als die Bedienung wieder gegangen war, hob er das Glas. »Auf unsere Kopfschmerzen morgen früh.«
»Also was wollten Sie mir noch erzählen?« fragte Alberta.
»Ein türkischer Arbeiter Ihres Mannes war bei Dr. Hirte in Behandlung. Der Mann hatte ganz massive Vergiftungserscheinungen. Er hat erzählt, daß er eine Substanz in den Ställen versprühen mußte, weil irgendeine Krankheit bei den Hühnern aufgetreten war. Da-

nach ging es ihm immer schlechter. Dr. Hirte hat sich mit einem Arbeitsmediziner zusammengetan und versucht herauszufinden, um was für ein Gift es sich handelt. Er hat einen Fragebogen zu Land-Ei geschickt, der auch ausgefüllt zurückkam. Es ist unmöglich, daß einer der darin angegebenen Stoffe, mit denen der Arbeiter zu tun hatte, die Vergiftung verursachte. Es muß noch eine andere Substanz gewesen sein. Der Arbeiter hat auch gesagt, daß nach der Anwendung reihenweise Hühner eingegangen sind. Wahrscheinlich hat Ihr Mann, anstatt die Ställe zu evakuieren und dann zu desinfizieren, Gift direkt in die belegten Hallen versprühen lassen, ohne Rücksicht auf Mensch und Tier. Leider hat sich der Arbeiter nicht mehr bei Dr. Hirte gemeldet. Wir hoffen nach wie vor, daß er wieder auftaucht.«

Alberta schwieg. War Hermann so etwas wirklich zuzutrauen? Sie konnte es kaum glauben, aber nachdem sie diese gräßlichen Käfigbatterien gesehen hatte, wunderte sie nichts mehr. Hatte sie wirklich all die Jahre mit einem Mann verbracht, den sie gar nicht richtig kannte?

»Habe ich Sie schockiert?« fragte Hüllenhagen.

Alberta schüttelte den Kopf. »Warum erzählen Sie mir das eigentlich alles?« Wahrscheinlich hoffte er sie in seinem Kampf gegen Hermann einsetzen zu können, nachdem Robert nicht mehr greifbar war. Vielleicht sollte sie die Beweise für Hermanns illegale Aktionen herbeischaffen.

»Soll ich ganz ehrlich sein?« Alberta nickte, und er fuhr fort: »Weil ich mir schwer vorstellen kann, daß Sie mit einem Mann wie Kassner verheiratet sind, der so skrupellos seine Geschäfte macht. Offen gestanden sind Sie dazu viel zu sympathisch.« Er lächelte sie an. »Natürlich geht es mich überhaupt nichts an.«

»Sie haben recht, es geht Sie wirklich nichts an«, sagte Alberta kühl. Dachte er tatsächlich, er müsse nur ein bißchen Charme einsetzen, um sie auszunützen? Sie würde sich bestimmt nicht lächerlich machen und mit einem viel jüngeren Mann herumflirten. Wie alt er wohl war? »Ich muß jetzt gehen«, erklärte sie und stand auf.

»Schade, aber vielleicht können Sie noch so lange ausharren, bis ich die Rechnung bezahlt habe?«

Alberta wurde rot und setzte sich wieder. Ich benehme mich wie ein blöder Teenager, dachte sie, während er die Bedienung herbeiwinkte. Auf der Heimfahrt sagte sie kein Wort. Ihr Schweigen schien ihn nicht zu stören. Er erzählte von der Bürgerbewegung und welchen Zulauf sie jetzt schon hatte und daß er sich bereits als Schüler für Politik interessiert hatte, aber der Meinung war, man solle in seiner unmittelbaren Umgebung anfangen, die Dinge zu verändern, statt eine Karriere innerhalb einer Partei anzustreben.

Sie waren bei Albertas Auto angekommen.

»Gute Nacht und vielen Dank«, sagte sie und stieg schnell in ihren Wagen um.

7

»Ich finde, es ist an der Zeit, daß wir einmal richtig feiern«, sagte Markus. »Immerhin stehen wir kurz vor dem Abschluß mit den Amerikanern.« Er öffnete den Champagner, goß vier Gläser voll und stieß mit Mona und Hermann an. »Auf Monas Erfolg in der Serie!«
»Ich schließe mich an«, sagte Patrick und hob ebenfalls sein Glas. Mona lächelte glücklich, und Hermann sah sie so stolz an, als hätte sie soeben einen Oscar gewonnen, dabei hatte sie es nur geschafft, sich für seine tausend Dollar einen neuen Fetzen zu kaufen. Was für ein lächerlicher Gockel, dachte Markus, er glaubt wirklich, daß das Mädchen in ihn verliebt ist. Mona erzählte von ihrem Ausflug nach Hollywood, von den Universal Studios und dem Walk of Fame, auf dem alle Berühmtheiten einen Stern mit ihrem Namen hatten.
»Vielleicht kriegst du auch mal so einen«, sagte der blöde Hermann, und Markus und Patrick lächelten zustimmend.
Markus holte eine Dose aus seinem Schlafzimmer, stellte sie auf den Tisch im Wohnzimmer seiner Suite und legte noch einen Handspiegel und vier Strohhalme von McDonald's dazu.
»Was machst du da?« wollte Hermann wissen.
»Zeige ich dir gleich«, sagte Markus, während er die Lines auf dem Spiegel zog.
»Hast du schon mal Koks probiert?« fragte Patrick. »Das gehört mit zu einer echten Hollywood-Party.«

»Ich weiß nicht«, zögerte Hermann, während Markus die erste Nase voll nahm.
»Mona, wie ist es mit dir?« fragte er.
»Klar«, antwortete Mona und ging zum Tisch hinüber. Patrick fing ebenfalls an eine Linie aufzusaugen.
»Du weißt nicht, was du versäumst, Hermann, das Zeug macht unheimlich geil«, meinte Markus.
»Wenn ihr alle ...« Hermann erhob sich. Markus drückte ihm einen Strohhalm in die Hand und erklärte ihm, wie er das Pulver hochziehen mußte.
Mona saß auf dem Sofa und hatte die Augen geschlossen. Sie fing wohlig an zu stöhnen. Hermann ließ sich neben sie fallen.
»Puh«, stieß er hervor, »das Zeug explodiert einem ja regelrecht im Kopf.«
»Tolles Gefühl, was?« Markus beobachtete ihn aufmerksam.
»Ja, ja«, sagte Hermann etwas verwirrt. Er hatte sich nicht mehr ganz unter Kontrolle. Patrick unterhielt sich mit Markus, und Mona lachte aufgekratzt. Markus verwickelte Hermann in ein Gespräch über die Finanzierung der Serie, obwohl klar war, daß Hermann nicht mehr ganz folgen konnte.
»Ich dachte, das ist eine Party«, sagte Hermann undeutlich.
»Klar«, bestätigte Markus, »aber wir müssen auch mal über die Finanzen reden. Wir kommen nicht hin mit der Million, wenn jetzt noch die Amerikaner dabei sind. Du mußt noch etwas nachschießen, aber dafür machen wir auch viel mehr Gewinn.«

Patrick mischte sich ein. »Es ist eine todsichere Sache. Wir bekommen die weltweiten Rechte und verdienen alleine damit ein Vermögen.«
So langsam drang in Hermanns Bewußtsein, wovon die Rede war. »Ihr wollt mehr Geld?« fragte er mühsam. Markus nickte. »Kommt nicht in Frage«, sagte Hermann und ließ eine Hand in Monas Ausschnitt gleiten.
»Wir sind doch so dicht am Ziel. Wenn wir die unterschriebenen Verträge vorlegen können, steigen die Banken ein«, erklärte Markus. Er ging zum Tisch und griff nach seinem Strohhalm. »Noch eine Runde?«
»Das Zeug ist wirklich geil«, sagte Hermann, »aber es gibt kein Geld mehr.« Er schniefte in den Strohhalm, wobei er einen Teil des Pulvers auf den Boden fegte.
Markus zog Mona unauffällig ins Schlafzimmer.
»Du mußt dafür sorgen, daß er uns noch weiter finanziert«, flüsterte er, »sonst wird vielleicht aus dem ganzen Projekt nichts.« Er fuhr durch Monas Haare. »Ich mache auch was aus dir.«
»Ich krieg das schon hin«, erwiderte Mona kichernd, »der frißt mir mittlerweile aus der Hand.«
Auf einmal wußte Markus, wie er Hermann wirklich demütigen konnte. Er drückte Mona aufs Bett und begann sie zu küssen, während er ihr Kleid hochschob. Sie stöhnte leise auf und knöpfte sein Hemd auf.
Patrick machte die Musik lauter, um die verräterischen Geräusche, die er aus dem Schlafzimmer hörte, zu übertönen. Hermann lag mit geschlossenen Augen auf der Couch und war ziemlich weggetreten. Auf einmal richtete er sich auf und lallte: »Wo ist Mona?«

»Sie ist im Bad und macht sich etwas frisch«, antwortete Patrick, woraufhin sich Hermann wieder auf die Couch fallen ließ. Er hatte gar nicht gemerkt, daß Markus auch das Zimmer verlassen hatte.
Patrick hörte im Badezimmer das Wasser rauschen, und kurz darauf kam Mona wieder herein. Sie setzte sich vorsichtig neben Hermann und nahm einen tiefen Schluck aus ihrem Champagnerglas.
»Ich glaube, wir sollten langsam auf unser Zimmer gehen«, flüsterte sie ihm ins Ohr.
Er rappelte sich mühsam hoch. »Wirklich geiles Zeug«, murmelte er, während ihn Mona aus dem Raum schleifte. Patrick wartete noch einen Moment, aber Markus tauchte nicht mehr aus dem Schlafzimmer auf. Er hängte das Schild mit der Aufschrift »Do not disturb« draußen an die Tür und ging über den Flur zu seinem eigenen Zimmer.

Alberta griff zur Kuchenschaufel, um ihrer Mutter ein Stück auf den Teller zu legen. Diese erhob abwehrend die Hände. »Für mich nicht.«
»Warum denn nicht?« wollte Alberta wissen. Sie hatte den Kuchen nur für ihre Mutter besorgt.
»Zucker!« sagte sie dramatisch.
»Was für Zucker?« fragte Alberta, und im selben Moment fiel ihr ein, daß sie vergessen hatte, sich nach den Untersuchungsergebnissen zu erkundigen.
»Ich habe Diabetes«, erklärte ihre Mutter und machte

eine Pause, um Alberta die Möglichkeit zu geben, entsprechend schockiert zu reagieren.
»Hat sich das bei der Untersuchung herausgestellt?« Alberta war nur mäßig bestürzt, Zucker bekamen viele alte Leute, und wenn es schlimm gewesen wäre, hätte ihre Mutter sie längst angerufen. »Wie wirst du behandelt?«
»Man kann nicht viel tun, ich muß einfach lernen, damit zu leben.«
»Ohne Kuchen«, ergänzte Alberta.
»Das ist keineswegs alles«, sagte ihre Mutter, zutiefst beleidigt über die herzlose Reaktion ihrer Tochter. Alberta trug wortlos den Kuchen zurück in die Küche, während ihre Mutter eine Dose mit Süßstoff aus der Handtasche nestelte.
»Du brauchst meinetwegen wirklich nicht auf den Kuchen zu verzichten«, sagte sie heroisch.
»Ich bin nicht so für Süßes.« Alberta goß Kaffee ein. Ihre Mutter ging, nachdem ihre Krankheit nicht gebührend gewürdigt wurde, zu einem anderen Thema über.
»Was macht Hermann?«
»Er hat eine Freundin und ist mit ihr auf Reisen.«
»Weißt du das sicher?«
»Ja.«
Ihre Mutter hob die Kaffeetasse zum Mund und ließ eine Bemerkung über den scheußlichen Geschmack des Süßstoffs fallen. Offensichtlich war sie noch nicht sicher, welchen wertvollen Rat sie Alberta geben sollte.
»Ja, die Kirschen in Nachbars Garten«, seufzte sie dann, während Alberta die Augen verdrehte. »Männer

haben es in dieser Beziehung schwerer«, fuhr sie fort, »sie sind nun einmal polygam. Wenn du meinen Rat hören willst …«

»Nein!« sagte Alberta, aber das nutzte nichts.

»Warte einfach, bis es vorbei ist. Mach dir ein schönes Leben, und sei weiter nett und liebevoll. Wenn er sich die Hörner abgestoßen hat …«

»Er ist fünfzig«, unterbrach Alberta sie.

»Eben. Das ist es ja. Das ist das Alter, in dem Männer noch einmal Bestätigung suchen.«

»Du kennst dich ja wirklich aus«, meinte Alberta sarkastisch.

»Wenn du einfach souverän darüber hinweggehst, als wäre nichts passiert, ist es am schnellsten vorbei.«

»Wir leben nicht mehr im 19. Jahrhundert, Mama.«

»Du willst dich doch nicht etwa scheiden lassen?« fragte ihre Mutter entsetzt. Alberta gab keine Antwort. Vor ein paar Tagen hätte sie den Gedanken noch schrecklich gefunden. Mittlerweile war so viel geschehen, daß sie sich gar nicht vorstellen konnte, mit Hermann weiter unter einem Dach zu leben. Absolut lachhaft war die Idee, daß sie die verständnisvolle Ehefrau mimte, während er ein junges Mädchen aushielt und sich über Alberta lustig machte.

»Ich werde mich nach einem guten Anwalt umsehen«, sagte sie mehr zu sich selbst.

»Alberta, das kannst du nicht machen, denk doch an Robert!« Ihre Mutter war richtig blaß geworden. »Wegen so einer kleinen, belanglosen Affäre gibt man doch nicht seine Familie auf!«

Alberta wußte genau, daß ihre Mutter hauptsächlich Angst hatte, die großzügige monatliche Unterstützung von Hermanns Konto zu verlieren. Außerdem verbuchte sie es als persönlichen Erfolg, daß Alberta in so guten finanziellen Verhältnissen lebte. Wer weiß, wie das nach einer Scheidung aussehen würde.

»Alberta!«

Sie hörte nicht mehr zu. Es war, als wäre sie nach einem schweren Traum erwacht und ihre Gedanken würden langsam Klarheit gewinnen. Ich werde mich von Hermann trennen, dachte sie und fühlte sich jetzt schon unheimlich befreit. Seit sie diesen Anruf der Maklerin erhalten hatte, der Hermanns Verhältnis offenbarte, schien nach und nach ihre Energie zurückzukehren. Als hätte sie diesen Beweis seiner Untreue gebraucht, um endlich etwas zu verändern. Dabei war nicht Eifersucht die Triebfeder für ihr Handeln, nicht einmal gekränkte Eitelkeit, eher die Erkenntnis, daß die trügerische Sicherheit, in der sie lebte, zu teuer erkauft war. Sie fühlte sich endlich wieder stark genug, etwas zu unternehmen, sogar stark genug für einen neuen Anfang. Unwillkürlich fing sie an zu lächeln.

»Du warst ja beim Friseur!« bemerkte ihre Mutter auf einmal.

»Ja, das war doch dein Vorschlag«, sagte Alberta. »Gefällt's dir?«

»Vielleicht ist dieser Schnitt eine Spur zu jugendlich.«

»Weißt du was? Ich bin noch gar nicht so alt«, entgegnete Alberta lachend.

Mona räkelte sich zufrieden auf ihrer Liege und betrachtete wohlgefällig ihren Körper, der mittlerweile eine leichte goldbraune Färbung angenommen hatte und damit noch verführerischer aussah. Die Sonne brannte richtig vom Himmel, und das intensive Blau des Pools verlockte eigentlich zum Schwimmen. Das hätte allerdings ihre Haare wieder vollkommen ruiniert, und so verzichtete sie darauf. Langsam füllten sich die Tische des Restaurants mit Gästen für den mittäglichen Lunch. An einem der Tische saßen Markus, Patrick und Hermann und diskutierten mit dem neu angeheuerten Drehbuchautor. Das heißt, Markus diskutierte mit dem Schreiberling, und Patrick übersetzte für Hermann. Heute war die Gruppe noch verstärkt durch einen dubios aussehenden Typen namens Carlos, der etwas mit kolumbianischen Drogenkartellen zu tun hatte und als Experte für die Serie gewonnen worden war.
»Mona, komm was essen!« rief Hermann zu ihr hinüber. Sie nickte und erhob sich langsam von ihrer Liege. Dann streifte sie sich die weißen, äußerst knappen Shorts über die langen Beine und schlüpfte in eine weiße Hemdbluse, bei der sie die obersten Knöpfe offenließ. Im Zeitlupentempo schlenderte sie zu dem Tisch hinüber, wobei sie aus den Augenwinkeln wohlgefällig registrierte, daß ihr die Blicke der anwesenden Männer interessiert folgten. Hermann lächelte ihr mit Besitzerstolz entgegen und rückte den Stuhl neben sich für sie zurecht. Carlos bleckte ein paar strahlend weiße Zähne in seinem olivfarbenen Gesicht, was man als Lächeln deuten konnte. Die Konversation ging weiter, wobei

Mona das Gefühl hatte, daß Patrick nur das übersetzte, was er für richtig hielt. »Wir sind uns einig, daß das Drehbuch actionreicher wird. Mehr Gewalt, Stunts, Schießereien und so weiter«, sagte er zu Hermann.
»Find ich sowieso besser«, erwiderte Hermann, ganz Profi. Er hatte zwar das alte Treatment nicht gelesen, war aber ein Fan von Actionfilmen, wie er Patrick verriet. »Schwarzenegger und Stallone sind meine Lieblingsschauspieler, natürlich bevor sie diese Filme für Weicheier gemacht haben.«
Markus sah Mona ganz kurz an und lächelte. Er braucht mich, soviel steht fest, dachte Mona mit einem gewissen Triumphgefühl. Sie lächelte zurück, nicht zu auffällig, um Hermann nicht mißtrauisch zu machen, der sie mit Argusaugen beobachtete. Heute nacht würde sie ihm klarmachen, daß er Markus weiter finanzieren mußte, schon um ihre eigene Karriere sicherzustellen. Sie war so kurz vor dem Ziel, diesmal mußte es einfach klappen. Sie schob ihre Sonnenbrille nach unten und sah Hermann über den Rand verführerisch an.
»Bestellst du mir einen Salat mit Shrimps und ein Glas Weißwein?« hauchte sie.
»Ich mach das schon«, sagte Patrick diensteifrig und winkte dem Kellner. Alle bestellten etwas zu essen, außer Markus, der nur ein Glas Wein wollte. Mona sah sich unauffällig um, ob sie vielleicht Prominente in ihrer Nachbarschaft ausmachen konnte. Immerhin hatte sie an einem Abend Jodie Foster am Nebentisch entdeckt.

Sie stellte sich vor, wie sie in naher Zukunft im Kreise von berühmten Film- und Fernsehleuten sitzen würde, nicht nur geduldet als Freundin des Geldgebers, der seine klobige Hand so fest auf ihrem Schenkel hatte, daß nachher garantiert die Abdrücke seiner Finger zu sehen sein würden, sondern als begehrter Mittelpunkt. Markus würde sich um ihre Gesellschaft reißen, nicht weil sie Hermann im Bett herumkriegen sollte, mehr Geld lockerzumachen, nein, damit etwas von Monas Ruhm auf ihn abfiel. Wenn sie ehrlich war, kam Hermann in diesen Tagträumen gar nicht mehr vor, aber im Moment brauchte sie ihn noch dringend. Deshalb legte sie ihre Hand sanft auf seine und schob sie noch etwas höher auf ihren Schenkel, bis an den Rand der knappen Shorts. Sofort sah sie die Geilheit in seinem Blick. Er war so schlicht und berechenbar, man brauchte nur wie bei einer Maschine bestimmte Knöpfe zu aktivieren.

Patrick faßte den Redefluß von Carlos zusammen. »Er sagt, Mord ist in Kolumbien die häufigste Todesursache. Im vergangenen Jahr sind dadurch mehr Menschen ums Leben gekommen als durch Herzinfarkt, Krebs und Aids zusammen. Pro Tag werden laut Statistik siebenundachtzig Menschen ermordet.

»Nicht schlecht«, staunte Hermann.

»Natürlich sind die Drogenbosse die wahren Herrscher«, fuhr Patrick fort. »Wer sich mit ihnen anlegt, wird umgenietet. Chris sagt, er will möglichst viel von dem Drogenkrieg und von der Macht der Kartelle mitsamt der Gewalt und Anarchie, die dadurch herrschen, in dem Buch unterbringen.«

»Woher kennt sich Carlos so genau aus?« fragte Hermann.
»Er war einmal Leibwächter bei einem der Drogenbosse, ein absoluter Insider.«
»Ein Killer?«
»Ich will lieber nicht nachfragen«, sagte Patrick, »aber ich denke, daß Auftragsmorde durchaus zum Geschäft gehören.«
Mona warf einen fast ehrfürchtigen Blick auf Carlos. Was mochte das für eine Empfindung sein, jemanden nur des Geldes wegen umzubringen? Einen Menschen, den man vielleicht nicht einmal kannte und der einem nicht das geringste getan hatte? Obwohl sie ein friedfertiger Mensch war, bewunderte sie die Macht, die diese totale Gefühllosigkeit verlieh. Sie hatte allerdings schon immer gewußt, daß Gefühle eigentlich nur im Wege waren.
Markus war in einen intensiven Meinungsaustausch mit dem Autor vertieft.
»Was sagen sie?« fragte Hermann.
»Sie streiten über die Filme von Quentin Tarantino«, erklärte Patrick.
»Kenn ich nicht«, erwiderte Hermann und sah Mona an. »Wir müssen packen, unser Flug nach Acapulco geht heute nachmittag.«
Markus drehte sich um. »Ich muß vor dem Abflug noch mit dir reden, Hermann!« Sein Augenlid zuckte wieder unkontrolliert.

Mona verfolgte mit ihren Blicken den atemberaubenden Sonnenuntergang. Sie riß sich erst los, als der letzte Widerschein des glutroten Sonnenballs vollkommen von dem unbewegten Meer aufgesogen worden war. »Acapulco«; sie ließ das Wort förmlich auf der Zunge zerschmelzen, während sie der Terrasse den Rücken kehrte. In den letzten drei Wochen hatte sie mehr von der Welt gesehen als in den zwanzig Jahren zuvor, und das war erst der Anfang. Sie nahm die Weinflasche, ein Willkommensgruß der Hoteldirektion, aus dem beschlagenen Eiskühler und goß zwei Gläser ein. Sie reichte eines Hermann, der von einem Kanal zum anderen zappte, obwohl er von den Programmen in spanischer Sprache noch weniger verstand als von den amerikanischen.

»Was wollte denn Markus von dir?« fragte Mona, obgleich sie es genau wußte. Sie zog mit wohlüberlegten Gesten ihr T-Shirt über den Kopf und begann sich aus ihrer Jeans zu schälen. Hermanns Blicke folgten jeder ihrer Bewegungen.

»Er will mehr Geld, aber das kann er sich aus dem Kopf schlagen.«

Mona griff nach dem Hotelbademantel.

»Laß doch.« Hermann streckte die Hand nach ihr aus. Geschickt entwand sie sich ihm mit einer unauffälligen Drehung.

»Ich glaube, daß er leicht einen anderen Finanzier findet, wenn du nicht willst.«

»Ist das dein Ernst?«

»Ich bin überzeugt davon, weil das Projekt wirklich gut

ist. Da ist doch alles drin, was die Leute heutzutage interessiert.«

»Außer Sex«, sagte Hermann grinsend, während er Mona festhielt.

»Es wird auch genügend Sex geben, oder denkst du, ich will eine Nonne spielen?«

»Das denke ich bestimmt nicht.« Er zog an dem Gürtel ihres Bademantels, so daß sich die Schleife öffnete und er vorne auseinanderklaffte.

»Ich habe kein gutes Gefühl dabei, noch einmal Geld nachzuschießen.«

»Das wird eine Bombengeschichte«, gurrte Mona, »du hast doch auch viel mehr zu sagen, wenn du soviel Geld reinsteckst.« Sie öffnete mit ganz langsamen Bewegungen die Knöpfe seiner Hose. »Du wirst ein richtiger Produzent sein«, flüsterte sie, während sie den Bademantel von ihren Schultern gleiten ließ.

8

Alberta setzte sich auf das Sofa und stellte das Telefon neben sich. Den Zettel mit der Nummer hatte sie in der Hand. Sie atmete noch einmal tief durch, bevor sie sich zu diesem endgültigen Schritt entschloß. Obwohl Regine, von der sie die Nummer bekommen hatte, sagte, sie könne sich erst einmal informieren. Auf jeden Fall brauchte sie fachkundigen Rat von einem

Anwalt, sie habe sonst keine Ahnung, was ihr im Falle einer Scheidung überhaupt zustehe.
Regine war gleich ganz aufgeregt gewesen, als sie Alberta fragte, ob sie einen Ehevertrag unterschrieben habe. Als sie verneinte, entschied Regine sofort, daß ihr die Hälfte von allem gehörte. Das werde ihr der Anwalt auf jeden Fall bestätigen, und sie müsse unbedingt den Dr. Amesmeier nehmen, der habe nämlich schon den Fall von Ulrike äußerst erfolgreich durchgefochten, und die führe seitdem ein angenehmes sorgen- und männerfreies Leben. Sogar den wöchentlichen Blumenschmuck müsse der mittlerweile Exgatte Klaus weiter finanzieren. Überhaupt hatte Regine fast mehr Empörung über die Tatsache, daß Hermann ein junges Mädchen aushielt, an den Tag gelegt als Alberta selbst, und sie hatte schon bereut, es überhaupt erzählt zu haben. Sonst wußte sie allerdings niemanden, den sie nach einem guten Scheidungsanwalt fragen konnte, und so war ihr gar nichts anderes übriggeblieben, als sich ihrer Freundin zu offenbaren.
Sie begann die Nummer zu wählen. Es läutete an der Haustür, und sie verschob den Anruf auf später. Der Monitor zeigte ihr zwei fremde Männer, die vor dem Gartentor standen. Sie sahen weder nach Vertretern noch Zeugen Jehovas aus. »Ja, bitte?« meldete sie sich durch die Sprechanlage.
»Wir sind von der Kriminalpolizei und hätten gerne Herrn Kassner gesprochen«, sagte der größere der beiden. Alberta verbarg ihre Überraschung und erklärte, daß Hermann nicht da sei.

»Dürfen wir trotzdem einen Moment hereinkommen?«
»Natürlich.« Alberta betätigte den Drücker. Die beiden Männer traten zur Eingangstür.
»Mein Name ist Sammer, und das ist mein Kollege Dorbach.« Das Gesicht von Sammer war durch diverse senkrechte Linien zerfurcht. Sogar in seine Stirn waren zwei tiefe senkrechte Falten gekerbt. Seine dunkelbraunen Haare lichteten sich bereits stark an den Ecken. Sein Kollege hatte ein nichtssagendes Milchgesicht und versuchte sich an einem vertrauenerweckenden Lächeln. Sammer zog mit seinen nikotinverfärbten Fingern einen Ausweis aus der Tasche und hielt ihn Alberta unter die Nase.
»Was kann ich für Sie tun?« fragte Alberta.
»Wir ermitteln in dem Mordfall Hasan Ayaydin. Sagt Ihnen der Name etwas?«
»Nein«, antwortete Alberta wahrheitsgemäß. »Wer ist das?«
»Er hat bei Ihrem Mann gearbeitet.«
»Und man hat ihn umgebracht?«
»Der Tod ist durch Ertrinken eingetreten. Vorher hat ihm jemand eine lebensgefährliche Verletzung mit dem Messer beigebracht. Wahrscheinlich war er bewußtlos, als man ihn in die Isar geworfen hat.«
»Furchtbar«, sagte Alberta. »Ich glaube, ich habe neulich was darüber in der Zeitung gelesen, die unbekannte Leiche bei Schäftlarn.«
»Genau. Wir haben die Bevölkerung um Hinweise gebeten. Es hat lange gedauert, bis wir ihn identifizieren konnten. Sie sind ihm also nie begegnet?«

»Nein, ich habe mit dem Betrieb meines Mannes nichts zu tun.«

»Vielleicht kann uns Ihr Mann einen Hinweis geben? Wann kommt er wieder zurück?«

»Ich schätze, in zwei, drei Tagen.«

»Dann melden wir uns wieder«, sagte Sammer und verabschiedete sich. Sein Kollege Dorbach, der nicht einmal den Mund aufgemacht hatte, murmelte auch eine Verabschiedung.

Alberta ging zurück ins Wohnzimmer. Plötzlich hatte sie doch das Gefühl, den Namen schon einmal gehört zu haben. Sie murmelte ihn vor sich hin, aber wenn sie ihn bereits gehört hatte, dann wußte sie nicht mehr, wo und wann. Vielleicht hatte sie ihn auch in der Zeitung gelesen und nicht darauf geachtet. Es spielte keine Rolle, sie konnte der Polizei sowieso nicht weiterhelfen. Tatsächlich hatte sie keine Ahnung, wann Hermann zurückkommen würde. Er hatte ihr zwar einen Termin bei seiner Abreise genannt, aber ob er den einhalten würde, wußte sie nicht. Das letztemal hatte er noch von unterwegs angerufen, aber mittlerweile schien es ihm egal zu sein, ob er den Schein wahrte und was Alberta darüber dachte.

Sie mußte es Robert sagen. Am besten, sie schrieb ihm und erklärte alles. Sie konnte sich nicht vorstellen, daß er allzu enttäuscht sein würde, wenn sie ihm auseinandersetzte, warum sie sich von Hermann trennen wollte. Trotzdem hing er sicher an seinem Vater, auch wenn er es sich nicht eingestehen mochte.

Das Telefon läutete. Hüllenhagen erzählte ihr, daß die

Bürgerbewegung die Unterschriftenaktion ins Leben gerufen habe, um den weiteren Ausbau der Legebatterien von Hermann zu verhindern.

»Lassen Sie mir die Liste zukommen – ich unterschreibe«, sagte Alberta.

»Ich möchte Sie zu nichts überreden. Ihr Mann wird es sicher erfahren, wenn Sie sich bei uns engagieren.«

Zweifellos würde Hermann das erfahren, aber das war Alberta egal. Sie hatte keine Angst mehr vor ihm. »Lassen Sie das ruhig meine Sorge sein«, entgegnete sie ungewollt patzig.

»Wie Sie meinen. Noch etwas. Ich habe Ihnen doch von diesem Arbeiter erzählt, der die Vergiftungserscheinungen aufwies, die er sich bei der Arbeit in den Hühnerställen geholt hat ...«

»Ja?«

»Er ist tot. Ermordet.«

»Hasan Ayaydin«, murmelte Alberta.

»Genau. Woher wissen Sie das?«

»Die Polizei war vorhin da und wollte mit Hermann sprechen.«

»Auf jeden Fall günstig für Ihren Mann, daß Ayaydin nichts mehr über die Schweinereien sagen kann, die sich bei Land-Ei abspielen.«

»Sind Sie jetzt auf der Suche nach neuen Informanten?« fragte Alberta kühl.

»Nein, ich wollte Sie das bloß wissen lassen, und falls Sie mit Robert sprechen, grüßen Sie ihn bitte von mir.«

Er legte auf. Alberta wußte nicht, warum sie wieder so unfreundlich gewesen war. Eigentlich war er nett, und

sie hatte doch von sich aus den Kontakt zu der Bürgerbewegung gesucht. Irgendwie wurde sie das Gefühl nicht los, daß er sie ausnutzen wollte.
Sie hatte das Telefon noch immer in der Hand. Entschlossen griff sie nach dem Zettel mit der Telefonnummer der Kanzlei Amesmeier, um einen Termin zu vereinbaren.

Eigentlich hatte Alberta vorgehabt, gleich nach Hermanns Rückkehr ein klärendes Gespräch zu führen, aber als er dann erholt und braungebrannt mit großem Getue hereinpolterte, wurde sie dermaßen wütend, daß sie erst einmal gar nichts sagte.
»Neue Frisur?« fragte er, bevor er sich über den Streß des langen Flugs beschwerte.
Er schleppte seine Koffer ins Schlafzimmer und ließ sie dort selbstverständlich unausgepackt stehen. Alberta rührte keinen Finger. Ihre eigenen Sachen hatte sie bereits ins Gästezimmer gebracht. Sie konnte einfach nicht mehr mit ihm im selben Bett schlafen, und sie wollte es auch nicht.
»Ich muß mit dir sprechen«, sagte sie.
»Aber nicht jetzt. Ich habe im Flugzeug kaum geschlafen und bin ziemlich kaputt. Außerdem muß ich noch kurz in die Firma.« Er verschwand im Badezimmer und schloß die Tür hinter sich. Alberta ging in ihr Zimmer. Dann eben nachher. Er würde schnell merken, daß sich einiges verändert hatte, spätestens wenn er aus dem Betrieb zurückkam und seine Koffer immer noch nicht ausgepackt waren.

Sie hatte nicht mit dem gerechnet, was dann passierte. Nach einer Stunde war er wieder da und brüllte bereits im Flur: »Was hattest du in meiner Firma zu suchen? Wie kommst du dazu, dich von Kerner herumführen zu lassen? Was soll das blöde Geschwätz von der Mitarbeit? Erklär mir das gefälligst!«
Mit jedem Satz hatte er seine Lautstärke noch gesteigert. Anscheinend konnte er ihr eigenmächtiges Verhalten nicht einordnen, und das brachte ihn in Rage. Alberta kam aus dem Gästezimmer. »Ich wollte mir den Betrieb einmal ansehen. Ist das verboten?«
»Willst du mich verarschen? Nachdem du dich vierzehn Jahre nicht dafür interessiert hast, verspürst du jetzt den dringenden Wunsch, die Firma zu besichtigen? Aber das erst, nachdem ich verreist bin, damit du hinter meinem Rücken dort herumschleichen kannst!«
»Darf man die Dinge nicht sehen, die du in deiner Firma treibst?« Sie betonte das Wort Firma spöttisch. Es war typisch, daß er auf einmal die schmuddlige Farm als Firma bezeichnete.
Hermann kam einen Schritt auf sie zu. Er war krebsrot angelaufen. »Halt dich aus meinen Sachen raus, ich warne dich!«
»Ich habe sogar die Absicht, mich aus deinem Leben rauszuhalten«, sagte Alberta kalt. Er konnte sie nicht mehr einschüchtern, und wenn er noch so schrie.
»Was soll denn das heißen?«
»Ich möchte mich von dir trennen!« Hermann starrte sie mit offenem Mund an. Damit hatte er offensichtlich nicht gerechnet. »Ich weiß, daß du eine Freundin hast,

und ich weiß sogar, daß du sie aushältst. Ich habe nicht die Absicht, hier das Dienstmädchen zu spielen, während du dich mit einem jungen Mädchen lächerlich machst.«
Er überlegte einen kurzen Moment, wie er darauf reagieren sollte, aber er hatte sich sofort gefangen und brüllte weiter: »Du hast ja Wahnvorstellungen. Muß ich mich jetzt mit den Verdächtigungen einer eifersüchtigen Ehefrau herumschlagen?«
»Die Maklerin, die du beauftragst hast, eine hübsche Bleibe für deine Freundin zu finden, hat angerufen. Allerdings dachte sie, die Wohnung sei für deine Tochter«, sagte Alberta spöttisch.
Hermanns Gesicht war wutverzerrt. »Dann nimm zur Kenntnis, daß ich mit diesem Mädchen glücklich bin, und wenn du wegwillst, hau ab! Pack deine Sachen, und hau ab!« wiederholte er. »Ich habe sowieso schon lange die Nase voll von dir. Einen größeren Gefallen kannst du mir gar nicht tun!«
»Ob es ein Gefallen ist, wird sich noch herausstellen«, entgegnete Alberta.
»Immerhin leben wir im Stande einer Zugewinngemeinschaft.«
»Was willst du damit sagen?«
»Daß mir von allem, was im Laufe unseres Ehelebens erworben wurde, die Hälfte zusteht.«
Hermann versuchte sich an einem Lachen, das unvermittelt abbrach. Er rückte ganz nahe an sie heran, und seine Augen waren haßerfüllt. »Das schlag dir aus dem Kopf, du bekommst von mir keinen Pfennig. Du hast

einem Mann wirklich nichts zu bieten, und deshalb bezahle ich dich auch nicht!« Er legte seine ganze Geringschätzung in diese Worte und wiederholte: »Keinen Pfennig! Du hast nichts besessen, als ich dich geheiratet habe, und genauso kannst du auch wieder gehen!«

»Das werden wir ja sehen«, sagte Alberta, während sie zurückwich. Er machte ihr auf einmal Angst, sie hatte das Gefühl, er würde gleich zuschlagen. Er würde immer mit ihr fertig werden, und sei es mit Gewalt. Sie wechselte das Thema. »Übrigens war die Kriminalpolizei hier und wollte dich wegen des Mordes an einem deiner Arbeiter sprechen.«

»Was hast du denen erzählt?« fragte Hermann drohend.

»Was soll ich denen erzählt haben? Ich kenne den Mann doch überhaupt nicht.«

»Untersteh dich, mich bei der Polizei anzuschwärzen. Dann mach ich dich fertig!«

Alberta verließ schnell das Wohnzimmer und lief fast die wenigen Stufen hinunter ins Souterrain, wo sich das Gästezimmer befand. Sie drehte leise den Schlüssel um, als könnte ihn das Geräusch zu weiteren Wutanfällen provozieren. Vielleicht hatte sie sich doch überschätzt, jedenfalls hatte sie der Mut jetzt gründlich verlassen.

Wieso dachte er, sie könne ihn bei der Polizei anschwärzen? Es mußte doch irgendwelche illegalen Machenschaften gegeben haben, und er hatte jetzt Angst, daß sie ans Licht kamen. Wieso wußte er überhaupt von dem Mord? Sicher waren die Kriminalbeamten zuerst in seinem Betrieb gewesen, natürlich vernahmen sie

auch Kerner und alle anderen, die den Arbeiter gekannt hatten. Wenn sie sich vorstellte, daß er wissentlich die Gesundheitsschädigung seiner Arbeiter in Kauf nahm, nur um keine geschäftlichen Einbußen zu erleiden! Konnte man wirklich so lange mit jemandem zusammenleben, ohne ihn zu kennen? Es kam ihr vor, als würde sie Schicht um Schicht von Hermanns Lack abkratzen, bis *was* darunter zum Vorschein kam? Bei alten Bildern, die oft mit mehreren Schichten Ölfarbe übermalt waren, konnte man vielleicht durch vorsichtiges Abtragen der Farbe ein Meisterwerk zutage fördern, im Falle ihres Ehemannes fürchtete sie das, was vielleicht noch ans Licht kommen würde.
War sie selbst denn besser, wenn sie sich mit Hilfe des Geldes, das durch solche Tierquälerei verdient war, ein angenehmes Leben machte? Ein Gedanke, den sie bis jetzt bei ihrer Planung erfolgreich verdrängt hatte. Sie hatte keine Ausrede mehr, sie wußte genau, wie der Profit zustande kam. Was für eine schlimme Heuchlerin war sie denn, wenn sie sich über die Qualen der Hühner empörte und trotzdem das Geld nahm?
Auf einmal war sie wieder todmüde, und die Energie, die sie in den letzten Tagen verspürt hatte, schien von ihr abzufallen. Vielleicht gelang es Hermann wirklich, sie fertigzumachen, vielleicht würde sie die Schwierigkeiten nie bewältigen können, die sich auf einmal wie ein Gebirge vor ihr auftürmten.
Sie legte sich aufs Bett und betrachtete das gleichmäßige Muster der Tagesdecke. Warum habe ich nur so eine langweilige Decke ausgesucht, dachte sie, noch dazu in

dem bescheuerten Lindgrün? Lindgrün und apricot, war sie denn völlig von allen guten Geistern verlassen? Vielleicht hatte sie sowieso nicht damit gerechnet, hier andere Gäste zu beherbergen als hin und wieder einen Verwandten von Hermann, aber der lud seine Familie nie ein. Er wollte nicht an seine Herkunft erinnert werden, die er so erfolgreich hinter sich gelassen hatte. Die einzige, die hier ab und zu schlief, war ihre Mutter, wenn Alberta zu faul war, sie nach irgendwelchen Festivitäten nach Hause zu fahren. Roberts Freunde zogen es immer vor, bei ihm im Zimmer zu übernachten.

Vielleicht sollte sie zuerst alles mit Robert besprechen, einfach in seinem Internat aufkreuzen, bevor er protestieren konnte. Früher wäre das kein Problem gewesen, aber da war er auch noch hier, und sie redete jeden Tag mit ihm. Diese Vertrautheit zwischen ihnen gab es nicht mehr, zumindest im Moment nicht. Sie mußte sich alleine um alles kümmern. Zuerst würde sie die Einrichtung dieses Zimmers ändern, nahm sie sich vor.

Markus hatte keinen Blick für die prächtig blühenden Obstbäume, die rechts und links die Straße säumten. Ruckartig trat er aufs Gaspedal, und der Wagen sprang in einen höheren Gang. Ohne richtig zu schauen, bog er mit hoher Geschwindigkeit rechts auf die Hauptstraße ab, und nur durch ein plötzliches Bremsmanöver des hinter ihm kommenden Fahrzeugs entging er einer Ka-

rambolage. Er ignorierte das vorwurfsvolle Hupen und überließ sich weiter seinem Ärger.
Das Telefon läutete hartnäckig, als er gerade die Tür aufschloß. Es war Patrick, der vorwurfsvoll fragte, wo um Himmels willen er denn gewesen sei. »Wieso?« blaffte Markus ihn an, und Patrick sagte, daß man für neun Uhr die Probeaufnahmen mit Mona anberaumt habe und er seit einer Stunde versuche ihn zu erreichen. »Ich komme gleich«, entgegnete er. »Fangt schon mal ohne mich an.«
Abgesehen von dem Ärger über diese albernen Probeaufnahmen, die nur dazu dienten, Hermann weitere Investitionen schmackhaft zu machen, hatte ihn Patricks Frage zutiefst verstört. Er konnte sich nicht erinnern, wo er gewesen war. Es war Viertel nach neun morgens, und er hatte keine Ahnung, wo er die Nacht verbracht hatte.
Er duschte ausgiebig, während er versuchte, den gestrigen Abend zu rekonstruieren, aber nicht einmal das eiskalte Wasser, das zum Schluß auf ihn niederprasselte, verscheuchte seinen Blackout. Er dämpfte das aufsteigende Panikgefühl mit einer ausgiebigen Prise, obwohl ihm sein Verstand sagte, daß er seinen Konsum unbedingt drosseln mußte, um derartige Erlebnisse zukünftig zu vermeiden. Doch konnte er ohne das Zeug nicht mehr normal funktionieren und schon gar nicht solche Tage wie den bevorstehenden durchziehen. Sobald die Verträge mit den Amerikanern unterschrieben sind, höre ich auf damit, dachte er, wohl wissend, daß der danach einsetzende Streß eine neue Ausrede liefern würde.

Er bog in die Zufahrt zum Studiogelände ein, und der Pförtner hob diensteifrig die Schranke und grüßte freundlich, als er den Wagen von Markus erkannte. Hier wurde im Studio vier *Notaufnahme* gedreht, und sie wollten die heutige Umbaupause für die Probeaufnahmen nutzen. Patrick hatte den Star der Klinikserie als Partner für Mona organisiert, einen eitlen, durchaus mittelmäßig agierenden Schönling, der seit der Ausstrahlung der Sendung massenhaft Fanpost erhielt und nach medizinischen Ratschlägen gefragt wurde. Aufgrund dessen führte er sich inzwischen wirklich auf wie ein Halbgott in Weiß, obwohl er nicht mal einen mittleren Schulabschluß hatte, wie Markus einem seiner geschwätzigen Interviews entnommen hatte.
Er lenkte den Wagen auf den durch seine Autonummer gekennzeichneten Parkplatz und betrat das Studio, in dem lauter Baulärm den Wechsel der Dekorationen begleitete. Er begrüßte Patrick, Hermann und den Kameramann. Mona hatte sich mit ihrem Partner in eine Ecke zurückgezogen, um den Text noch einmal durchzugehen.
»Können wir?« fragte Markus ungeduldig. Der Kameramann ließ die Scheinwerfer einschalten, mit denen eine kleine Ecke des Studios ausgeleuchtet war. »Macht mal Pause!« rief Patrick den Bühnenarbeitern zu, und der Lärm verstummte. »Seid ihr soweit?« fragte er in Richtung Mona.
»Maske!« rief die weiße Dumpfbacke, wie der Hauptdarsteller von *Notaufnahme* von seinen Kollegen heimlich genannt wurde, allen Ernstes. Markus verdrehte

die Augen. Offensichtlich machte er sich Hoffnungen auf eine Hauptrolle in der neuen Serie und sah sich nicht als Stichwortgeber für Mona, deren Kameratauglichkeit getestet werden sollte.
Die Maskenbildnerin tauchte aus den Kulissen auf, um noch eine letzte Schicht Puder auf die Darsteller zu stäuben.
»Kamera läuft – und bitte!« rief Markus, der sich geweigert hatte, für die Aufnahmen auch noch einen Regisseur zu bestellen, wie Patrick ursprünglich vorgeschlagen hatte.
»Ich habe solche Angst«, sagte Mona. »Wenn er nicht durchkommt, ist es meine Schuld.«
»Stopp«, unterbrach Markus. »Mona, man muß spüren, daß du Angst hast. Dein Freund wird gerade operiert, es geht um Leben und Tod. Du sagst das, als würdest du die Zeitung vorlesen.«
»Warum spielen wir keine Szene aus der neuen Serie?« mischte sich die Dumpfbacke ein.
»Es gibt noch kein Buch«, antwortete Markus. »Also noch einmal.« Die Kamera wurde wieder eingeschaltet, und der Tonmeister hielt sein Mikro über die Schauspieler. »Und bitte!« ertönte das Kommando.
»Ich habe keine Angst«, sagte Mona.
»Stopp! Du hast solche Angst«, korrigierte Markus.
Mona lachte nervös. Ihr Partner schenkte ihr ein aufmunterndes und beruhigendes Lächeln, ganz der gütige Weißkittel.
»Ich habe so ...« Mona geriet ins Stottern.
»Fang einfach noch mal an«, sagte Markus, »wir lassen

die Kamera laufen. Wenn du dich versprichst, mach einfach weiter.«
»Ich habe solche Angst, wenn er durchkommt ...« Sie warf einen verzweifelten Blick auf Markus, der ihr durch Gesten bedeutete, noch einmal von vorne anzufangen.
»Ich habe solche Angst. Wenn er nicht durchkommt, ist es meine Schuld«, sagte Mona hastig, um nicht wieder steckenzubleiben.
»Sie dürfen sich nicht die Schuld daran geben«, erwiderte ihr Partner dramatisch, während er sich routiniert in die Kamera drehte und Mona abdeckte.
Mona, die laut Drehbuch von einem Schluchzen geschüttelt wurde, glotzte hilflos in die Kamera.
»Denk an was Trauriges«, riet Patrick.
»Das ist gut«, sagte Markus, »dieser leere, verzweifelte Blick, spiel einfach Resignation.«
»Ich werde es mir nie verzeihen«, sagte Mona. »Er hat es nur meinetwegen getan.« Sie schaute schon wieder in die Kamera.
Gleich werde ich verrückt, dachte Markus. »Stopp! Mona, du darfst auf keinen Fall in die Kamera sehen! Okay? Also bitte!«
Hermann stand stolz lächelnd vor dem Monitor, auf den die Aufnahmen übertragen wurden, während Mona sich abmühte, die Szene hinzukriegen. Nach einer weiteren halben Stunde rief Markus: »Danke, sehr gut so!« und beendete die Farce.
»Na, was meinst du?« fragte Hermann, als hätte er gerade der Entdeckung Greta Garbos beigewohnt.

»Ich glaube, sie ist sehr fotogen und kommt gut rüber«, sagte Markus und verachtete sich tief für diese unwürdige Komödie, die er gezwungen war vor diesem Proleten aufzuführen. »Man muß natürlich noch richtig mit ihr arbeiten, wenn das Drehbuch fertig ist.« Er ließ Hermann stehen und ging auf die Toilette, um sich noch eine Prise zu gönnen.

9

Hermann war so in Gedanken versunken, daß er dem Polizeifahrzeug gar keine Aufmerksamkeit schenkte, das vor dem Bürogebäude parkte.

Die Wohnung war wirklich hübsch, und Mona fiel ihm gleich bei der Besichtigung enthusiastisch um den Hals. Allerdings waren zweitausendzweihundert Mark Miete kalt wirklich kein Pappenstiel. Mit so viel hatte er nicht gerechnet, aber er konnte keinen Rückzieher machen, nachdem er vorher zu der Maklerin gesagt hatte, Geld spiele keine Rolle. Sein vorsichtiger Einwand, man solle sich noch andere Objekte ansehen, wurde sofort beiseite gefegt. Die Maklerin sagte, etwas Hübscheres würde er nie finden, und Mona lief durch die Räume und stieß Entzückensschreie aus. Also unterschrieb er den Vertrag.

Patrick hatte ihn nach den Probeaufnahmen gefragt, was denn nun mit den Finanzen sei. Hermann sagte ihm deutlich, daß er so viel Geld schließlich nicht rumliegen habe und die ganze Sache erst mit seinem Steuerberater besprechen müsse. Daraufhin meinte Patrick, wie bedauernswert es wäre, wenn die Sache nicht zustande käme, auch im Hinblick auf Monas Karriere. Mona gegenüber hatte er offensichtlich ähnliches verlauten lassen, denn seitdem setzte sie Hermann ununterbrochen zu. Auf die Frage, was denn mit seinem bereits investierten Kapital geschähe, wenn das Projekt nicht zustande käme, hatte Patrick schnell versichert, das erhalte er auf jeden Fall wieder, allerdings vielleicht nur mit einer normalen Verzinsung. Markus, der arrogante Schnösel, war bei solchen Gesprächen immer ganz schnell verschwunden. Hermann wußte, daß er ihn nicht leiden konnte, aber das beruhte auf Gegenseitigkeit.

Kleine hatte ihm zu seiner Überraschung sogar zu einer neuerlichen Investition geraten. Er sagte, einige Klienten würden bereits in Fonds anlegen, die sich an internationalen Fernsehproduktionen beteiligten, und soviel er wisse, sei Markus absolut seriös. Außerdem sei durch die Beteiligung der Amerikaner das zusätzliche Geld auf jeden Fall zu rechtfertigen. Hermann bedankte sich und tat so, als wäre ihm plötzlich etwas Scherzhaftes eingefallen. Ob Wolfgang eigentlich wisse, was im Falle einer Trennung von seiner Frau auf ihn zukomme. Wolfgang entgegnete genauso scherzhaft, so etwas gelte es zu vermeiden, er solle seine Frau bei guter Laune halten, andernfalls sei er vermutlich die Hälfte seines Vermögens los und brauche sich über dessen Anlage keine Sorgen

mehr zu machen. Sie lachten beide über den Witz, aber Hermann war doch beunruhigt. Er mußte Alberta so einschüchtern, daß sie Ruhe gab.
Er stieß unabsichtlich heftig gegen die Tür, die zu dem Büro seiner Sekretärin führte und wäre beinahe mit Sammer zusammengeprallt.
»Sie schon wieder«, sagte er unwillig. »Was gibt's denn noch?«
»Es gibt etwas Neues. Von dem Arzt, bei dem Ayaydin in Behandlung war, haben wir einen Hinweis erhalten. Er sagte, der Mann habe unter ganz massiven Vergiftungserscheinungen gelitten. Vielleicht spielte das eine Rolle«, antwortete Sammer.
»Ich habe Ihnen doch bereits gesagt, daß der Mann krank geschrieben war«, entgegnete Hermann. »Was sollen das für Neuigkeiten sein?«
»Was für eine Krankheit hatte er?«
»Woher soll ich das wissen? Wir haben sogar an Dr. Hirte geschrieben. Ayaydin hatte hier mit den üblichen Mitteln zu tun, Desinfektion und so weiter. Kerner hat alles in dem Brief aufgeführt. Soviel ich weiß, ist Dr. Hirte ein Allgemeinarzt. Mir ist nicht klar, wie der so etwas überhaupt beurteilen kann.«
»Kann er auch nicht. Er hat dem Mann Blut abgenommen und es an einen befreundeten Arbeitsmediziner geschickt, der es genau analysierte.
So eine Scheiße, dachte Hermann. Am liebsten hätte er losgebrüllt, Sammer solle ihn gefälligst in Ruhe lassen, aber das wäre äußerst unklug gewesen. Er zählte lautlos bis zehn, ein Rezept, das ihm einmal ein Lehrer verraten

hatte, der ihm helfen wollte, seinen Jähzorn in den Griff zu bekommen. Dann sagte er ganz ruhig: »Es kann natürlich sein, daß der Mann solche Symptome hatte, nur hat er sich keinesfalls hier vergiftet. Es gibt doch viele Möglichkeiten, Holzschutzmittel, Insektenkiller, was weiß ich. Er konnte auch kaum Deutsch, vielleicht hat er eine Gebrauchsanweisung falsch gelesen.«

»Vielleicht«, stimmte Sammer zu.

Hermann wurde freundlicher. »Ich glaube nach wie vor, daß es eine Messerstecherei unter Landsleuten war. Sie wissen ja, wie schnell die mit dem Messer zur Hand sind.«

Sammer lächelte auch. »Nach unseren Recherchen hat Ayaydin ziemlich isoliert gelebt. Seine Familie war noch in der Türkei. Er wollte sie nachkommen lassen, aber die Ausländerbehörde hat das bis jetzt nicht genehmigt. Also hat er sein ganzes Geld gespart und nach Hause geschickt.«

»Irgendwelche Türken wird er schon gekannt haben, es sind hier doch genügend.«

»Mit den paar Ausländern, die in dieser Gegend leben, war er nicht befreundet, und ein Auto besaß er nicht.«

»Es gibt auch öffentliche Verkehrsmittel«, sagte Hermann gereizt, dem dieser aufdringliche Polizist zusehends auf die Nerven fiel.

»Sicher«, erwiderte Sammer freundlich.

»Ich weiß beim besten Willen nicht, was die Arbeiter in ihrer Freizeit machen, und es interessiert mich auch nicht.« Er sah auf die Uhr. »Wenn Sie mich jetzt nicht mehr brauchen ...«

»Natürlich«, sagte Sammer. »Sie sind sicher sehr beschäftigt. Ich lasse Sie dann wissen, was die Blutanalyse von Ayaydin ergeben hat. Wir haben die Probe mittlerweile in unser eigenes Labor geschickt.«
Hermann stutzte ganz kurz. Scheißkerl, dachte er, aber von dem würde er sich nicht reinlegen lassen. »Tun Sie das«, entgegnete er möglichst gleichgültig. Selbst wenn sie das Nikotinsulfat im Blut dieses Türken fanden, hieß das noch gar nichts. Schlimmstenfalls konnten sie ihn wegen des Besprühens der Hühner drankriegen. Das bedeutete eine Geldstrafe, mehr nicht, und außerdem fiel das nicht in das Ressort der Kriminalpolizei. Sonst konnten sie ihm nichts beweisen, gar nichts.

Als er von einem Umweg bei Mona nach Hause kam, war bereits alles dunkel. Alberta hatte sich in das Gästezimmer verkrümelt, er konnte ganz gedämpft den Ton ihres Fernsehapparats wahrnehmen. Sie hatte sich angewöhnt, ihm möglichst aus dem Weg zu gehen, und er vermißte sie bestimmt nicht.
Ein Brief lag auf der Kommode. Er war an Hermann adressiert, der Absender war eine Anwaltskanzlei in München. Er riß den Umschlag auf. Fassungslos las er das Schreiben. Der Anwalt reichte für Alberta die Scheidung ein. Gleichzeitig teilte er mit, daß er bei Hermanns Steuerberater die notwendigen Unterlagen angefordert habe, um sich einen Überblick über das gemeinsame Vermögen zu verschaffen.
Gemeinsames Vermögen, sein Geld! Hermann mußte geradezu nach Luft schnappen. Der Brief ging noch

weiter. Da Alberta ohne Zweifel die Hälfte des während der Ehe erworbenen Besitzes zustand, wollte er schon jetzt in ihrem Namen einen Vorschuß auf das zu erwartende Geld, der Alberta in die Lage versetzte, sich räumlich von ihm zu trennen. Er sollte möglichst bald mitteilen, von welchem Anwalt er sich vertreten ließ, damit man so schnell und unproblematisch wie möglich alles regeln könnte.
Hermann spürte, wie das Blut in seinem Kopf rauschte. Der Brief flatterte zu Boden. Er stürzte die Treppe hinunter und riß die Tür zum Gästezimmer auf. Alberta saß in einem Sessel und sah fern. Bevor sie Zeit hatte, aufzuschauen, stürzte er sich bereits auf sie.
»Du verdammtes Miststück!« schrie er. »Das nimmst du zurück!« Er warf den Sessel um, und Alberta landete krachend auf dem Boden. Ehe sie dazu kam, etwas zu erwidern, umschlossen seine Finger ihren Hals und begannen zuzudrücken. »Elendes Miststück!« stieß er immer wieder hervor. Er konnte die aufkommende Angst in ihren Augen sehen und drückte fester zu. Ihre Lippen formten das Wort *bitte,* aber aus ihrem Mund kam nur ein krächzender Laut. Er verstärkte den Druck und sah mit Genugtuung, wie sie keine Luft mehr kriegte und verzweifelt röchelte. In ihrem Blick lag nur noch Panik, während sie versuchte sich zu befreien und wild mit den Armen um sich schlug. Er hielt ihren Hals wie in einem Schraubstock und genoß ihre hilflose Gegenwehr. Wie ein Wurm wand sie sich unter seinen Händen, und wie ein Wurm konnte er sie vernichten. Mit einem kleinen zusätzlichen Druck auf ihren Kehlkopf

konnte er das Werk vollenden, und wie gerne hätte er das getan.
Er erinnerte sich an den Türken und was für ein Gefühl es war, ihm das Messer in den Bauch zu rammen. Oder das tiefe Gefühl der Befriedigung, das den anfänglichen Ekel ersetzt hatte, als er auf dem elterlichen Hof die Schweine abgestochen hatte. Mit einer eigenartigen Faszination hatte er auf das Blut gestarrt, das in den Eimer rann und diesen unverkennbaren süßlichen Geruch verströmte. Später stellte er sich manchmal vor, es sei sein Vater, dem er das Messer in die Halsschlagader stieß, und das bescherte ihm ein seltsames Lustgefühl.
Aber er konnte sie nicht töten, nicht jetzt. Der Verdacht wäre sofort auf ihn gefallen, und er hatte keine Lust, für den Rest seines Lebens im Zuchthaus zu sitzen.
»Du nimmst die Scheidung zurück, oder ich bringe dich um«, sagte er. »Außerdem sorge ich dafür, daß du Robert nie wiedersiehst.« Er lockerte seinen Griff so weit, daß Alberta die Möglichkeit hatte zu nicken. »Du kannst gehen, aber ohne mein Geld, ist das klar?« Sie nickte wieder, und er ließ sie los. Sie schnappte nach Luft und bekam einen Hustenanfall, während ihr Gesicht, das schon fast blau gewesen war, zu einer dunkelroten Farbe wechselte. Er ließ sie am Boden kauernd zurück und schlug die Tür hinter sich zu.

Alberta lauerte auf jedes Geräusch. Ob sie es langsam wagen konnte, nach oben zu gehen? Es war neun Uhr, normalerweise hatte Hermann das Haus längst verlassen. Ihr Blick wanderte unwillkürlich zur Tür, die zweimal abgeschlossen und mit einem Stuhl unter der Klinke gesichert war. Es befand sich zwar ein Telefon in dem Gästezimmer, aber sie hatte es bis jetzt nicht gewagt zu telefonieren. Vielleicht konnte man von einem anderen Apparat mithören, oder er stand vor ihrer Tür und lauschte. Die Würgemale, die sie beim Duschen an ihrem Hals entdeckte, mahnten sie, daß er es durchaus ernst meinte.
Sie hatte Todesangst empfunden und war überzeugt, er würde sie umbringen. Was sie am allermeisten erschreckte, war der Ausdruck in seinen Augen. Es war Lust. Es hätte ihm Befriedigung verschafft, sie zu erwürgen, und erst im allerletzten Moment hatte er das Steuer herumgerissen.
Sie hob ganz leise den Stuhl auf und drehte den Schlüssel um. Dann schlich sie nach oben, immer auf der Hut, daß sie beim kleinsten Geräusch wieder nach unten fliehen konnte. Es blieb alles ruhig. Hermann war offensichtlich nicht mehr zu Hause. Trotzdem kontrollierte sie alle Räume, um sich zu vergewissern. Anschließend versperrte sie die Eingangstür, um vor unliebsamen Überraschungen sicher zu sein.
Was sollte sie tun? Ihr Geld würde nicht reichen, um ins Hotel oder auch nur in eine billige Pension zu ziehen. Sie hatte lediglich Zugriff auf das Konto, auf das Hermann das monatliche Haushaltsgeld überwies. Wie oft

hatte Regine sie damit aufgezogen, daß sie nicht mal über eine eigene Kreditkarte verfügte.

Sie wählte die Nummer ihres Anwalts. Dr. Amesmeier riet ihr, die Flecken an ihrem Hals fotografieren zu lassen und vorläufig woanders zu wohnen. Er würde versuchen eine richterliche Verfügung zu erwirken, daß Hermann sich ihr nicht mehr nähern dürfe. Natürlich glaubte er nicht, daß ihr Mann ernstlich vorhabe, sie umzubringen. Das war sicher ein vorübergehendes Ausrasten, eine Überreaktion auf den überraschenden Brief.

»Schließlich darf man nicht vergessen, daß wir vorhaben, ihn um die Hälfte seines Vermögens zu erleichtern. Das führt manchmal zu Kurzschlußreaktionen«, sagte er lachend. »Machen Sie sich keine unnötigen Sorgen, inzwischen wird er sich bereits mit der Tatsache abgefunden haben.«

Alberta bedankte sich und legte auf. Wenn sie zufällig Opfer einer solchen »Kurzschlußreaktion« würde, hatte sie eben Pech gehabt. Außerdem glaubte er sicher, es sei für sie ein leichtes, vorübergehend auszuziehen, aber das war leider nicht so. Außer ihrer Mutter fiel ihr niemand ein, und die Möglichkeit, dort im Wohnzimmer auf der Couch zu schlafen und sich ständig wohlmeinende Ratschläge anzuhören, war der reinste Horror. Vielleicht konnte sie ihre Mutter überreden, eine Weile hier in ihrem Haus zu wohnen. Er würde wohl kaum vor Zeugen Hand an sie legen. Was allerdings passierte, wenn er einen neuerlichen Brief des Anwalts bekam? Das wagte sie sich gar nicht auszumalen.

Sie wählte die Nummer ihrer Mutter und wußte nicht recht, wie sie anfangen sollte, die Geschehnisse zu erklären.
»Ich habe die Scheidung eingereicht, Mama«, sagte sie.
»Wie kannst du nur, Alberta!« Ihre Mutter war entsetzt. »Du zerstörst eine Familie!«
»Hermann wollte mich erwürgen, als er den Brief des Anwalts gelesen hat.«
»Der arme Hermann, das war sicher ein furchtbarer Schock für ihn.«
»Mama, ich sagte, er hat versucht mich umzubringen!«
»Alberta, du bist immer so melodramatisch. Hermann ist doch nicht gewalttätig.«
»Doch, ist er.«
»Ich finde seine Reaktion verständlich. Man schüttet doch nicht das Kind mit dem Bade aus. Um es ganz deutlich zu sagen, ich war auch einmal in so einer Situation mit deinem Vater, aber nie hätte ich die Familie auseinandergerissen. Du hast doch auch Verpflichtungen!«
Alberta legte auf, bevor ihr die Tränen über das Gesicht liefen. Nie im Leben hatte sie sich so verlassen gefühlt. Warum hatte sie keine Schwester oder wenigstens eine richtig gute Freundin, die ihr jetzt sagen konnte, was zu tun war. Sie betrachtete noch einmal die Flecken an ihrem Hals im Spiegel. Sie begannen schon langsam zu verblassen. Wahrscheinlich würde auf eventuellen Fotos gar nichts mehr zu sehen sein. Jeder hielt sie dann nur für eine Hysterikerin, die versuchte, ihrem armen Mann etwas anzuhängen, der verständlicherweise bei

der schockierenden Nachricht über die eingereichte Scheidung ein bißchen ausgeflippt war. Hermann war nicht gewalttätig, das stimmte. Er hatte sie bis jetzt nie geschlagen und auch Robert nicht. Die Frauenhäuser waren voll mit Frauen und Kindern, die regelmäßig verprügelt wurden. Wahrscheinlich würde man sie dort nicht einmal aufnehmen, wenn sie nachfragte. Eine friedvolle Ehe, die nur durch eine Affekthandlung des enttäuschten Ehemannes ihr gewaltsames Ende gefunden hatte. Sicher würde es für Hermann einen verständnisvollen Richter geben, der ihm für diesen einmaligen Ausrutscher nicht sein ganzes zukünftiges Leben versauen wollte und eine angemessene kurze Strafe verhängte, die nach der Hälfte sowieso zur Bewährung ausgesetzt wurde. Was zum Teufel sollte ihn wirklich davon abhalten, sie umzubringen?
Auf einmal fiel ihr etwas ein, nämlich wo sie den Namen Hasan Ayaydin schon einmal gehört hatte. Damals, als sie nach der blöden Theaterpremiere, zu der sie ihre Mutter begleiten mußte, den Anrufbeantworter abgehört hatte. Die Stimme mit dem fremdländischen Akzent, die ihr an jenem Abend so drohend vorgekommen war. Seltsam, daß es ihr jetzt wieder einfiel, wahrscheinlich, weil sie ihr Gehirn bei der Suche nach einer Lösung so marterte. Was hatte der Anrufer damals genau gesagt? Sie konnte sich nicht daran erinnern, nur von einem dringenden Rückruf war die Rede gewesen. Inzwischen war die Nachricht längst gelöscht, von neu aufgesprochenen Mitteilungen abgelöst worden. Sollte sie dem Kommissar Bescheid sagen? Aber was

sollte sie ihm sagen, außer daß der Arbeiter Hermann sprechen wollte. Das war sicher nicht so ungewöhnlich. Sie wußte immer noch nicht, was sie tun sollte. Die Frage sollte richtiger lauten: Was konnte sie tun? Sie würde hier ausharren müssen, mit Hermann unter einem Dach. Sie mußte so tun, als ging sie auf seine Forderungen ein, um ihn nicht weiter zu reizen. Den neuerlichen Brief des Anwalts mußte sie abfangen, bis sie eine Lösung gefunden hatte.

Auf einmal fiel ihr ein, welchen Weg sie gehen konnte. Sie hatte zwar keine Schwester und keine beste Freundin, aber sie hatte einen Sohn. Sie war mit Robert vertraut gewesen wie mit niemandem sonst. Sie würde am Wochenende zu ihm fahren und mit ihm sprechen.

Mona ließ sich in einen der Korbstühle sinken und sah sich um. Die Wohnung war wunderschön geworden. Alles war so hell und freundlich, ganz anders als in der alten, muffigen Bude. Möbel, Vorhänge und Teppich paßten perfekt zusammen dank der Beratung des teuren Einrichtungshauses, das die Sachen geliefert hatte. Die Rechnung hatte sie gleich an Hermanns Büro schicken lassen. Schließlich war völlig klar, daß sie nicht ihre schäbigen Sachen in die neue Wohnung stellen konnte. Sie goß sich ein Glas Wein ein und begab sich auf den Balkon. Er war so geschickt bepflanzt, daß man das Gefühl hatte, in dem lauschigen, verwinkelten Teil eines Gartens zu sitzen und nicht mitten in der Stadt. Außer-

dem war sie in dieser grünen Oase vor neugierigen Blicken geschützt. Ein richtiges kleines Paradies; von so etwas hatte sie immer geträumt, wenn sie der Ausblick auf den tristen Hinterhof ihrer bisherigen Bleibe deprimiert hatte. Sie konnte zufrieden sein, in der letzten Zeit hatte sich ihr Leben wirklich positiv verändert.
Seltsam, wie schnell man sich an einen gewissen Luxus gewöhnte. Vor ein paar Wochen wäre sie noch ausgeflippt vor Freude über die neue Wohnung. Fliegen in der Business Class, Übernachten in Luxushotels, Ferien in Acapulco, das hätte sie gar nicht zu träumen gewagt. Und sie war auf dem Weg zu einer Fernsehkarriere. Dinge, die noch vor kurzem unerreichbar schienen, gehörten mittlerweile zu ihrem Alltag. Sie wußte selbst nicht, warum das einen schalen Beigeschmack hatte. Wie nach einem langen Abend mit zuviel Alkohol und Zigaretten, wo man es vermied, sich am nächsten Morgen im Spiegel anzusehen.
Sie war Hermanns ausgehaltene Freundin, und ohne ihn wäre der gehobene Lebensstil nicht denkbar. Das war soweit in Ordnung. Sie war es gewöhnt, sich mit Sex für erwiesene Gefälligkeiten zu revanchieren, eine solide Währung, die von keinerlei Devisenschwankungen abhängig war. Dennoch schlich sich manchmal der Gedanke ein, daß sie es auch alleine schaffen könnte, daß sie Hermann nicht mehr brauchte, der ihr zusehends auf die Nerven ging. Wenn sie jemals gedacht hätte, sie könnte sich, und sei es auch aus Dankbarkeit, in ihn verlieben, so hatte sich das als gründliche Täuschung erwiesen. So weit schaffte sie es nicht, sich selbst

zu betrügen. Die Rolle des kleinen auf Sex versessenen Biests, das es gar nicht erwarten konnte, mit dem Gott sei Dank so unermüdlich potenten Hermann im Bett zu landen, fiel ihr von Tag zu Tag schwerer. Zuweilen vergaß sie sogar, ihn für seine schweißtreibende Performance zu loben, was ihn dann zu der blöden Frage veranlaßte, ob es für sie nicht schön gewesen sei. Hermann als toller Liebhaber – eine absolut lachhafte Vorstellung! Das einzig Schöne daran waren die Vorteile, die sie aus der Beziehung schlug. Sie mußte immer öfter an Markus denken. Wahrscheinlich hatte die Abneigung, die sie neuerdings gegen Hermann hegte, sogar etwas mit diesen Gedanken zu tun. Markus, der sie eigentlich am meisten ausnützte, darüber machte sie sich keine Illusionen. Trotzdem hatte er neben seiner augenfälligen Arroganz auch etwas Verletzliches, das Mona anrührte. Vielleicht hatte es mit seiner Sucht zu tun, die er nicht mehr in den Griff bekam, wie ihr Patrick neulich anvertraut hatte. Natürlich war sie nicht so dämlich, sich in Markus zu verlieben, aber dennoch malte sie sich manchmal aus, wie es wäre, beispielsweise Los Angeles an seiner Seite zu erleben. Sie müßte keine fetten Würstchen zum Frühstück hinunterwürgen, weil Hermann in Unkenntnis der Sprache mal wieder das Falsche bestellt hatte und der noch schwierigeren Diskussion um das Mißverständnis aus dem Wege ging. Sie müßte sich auch nicht dauernd anhören, wie teuer alles war, weil Markus Geld mit vollen Händen ausgab. Sie würde dabeisein, anstatt nur geduldet zu werden, und niemand würde sie für eine Nutte halten.

Neulich abends, vor diesen Probeaufnahmen, war er auf einmal bei ihr aufgetaucht. Er war so weggetreten, daß er erst mal in ihrem Bett einschlief. Später hatte sie sich zu ihm gelegt und ihn betrachtet. Er erschien ihr so hilflos. Sie fing an ihn zu streicheln, und sie schliefen dann zusammen. Er war ganz anders, so zärtlich und liebevoll. Am nächsten Tag hatte er sie dann wieder angesehen wie eine Fremde, als könnte er sich an nichts mehr erinnern.
Das Telefon klingelte. Es war Hermann, und sie zwang sich zu einer freundlichen Begrüßung. Er wollte ihr nur mitteilen, daß er heute nicht kommen könne. Er müsse kurz verreisen und sei erst morgen oder übermorgen zurück.
»Wie schade«, heuchelte Mona. »Wo fährst du denn hin?«
Das wollte ihr Hermann nicht sagen. Es hatte irgend etwas mit seiner Frau zu tun, die ihm nichts als Ärger machte und die er zur Räson bringen mußte.
»Ich melde mich morgen. Vermißt du mich?« fragte Hermann.
»Das weißt du doch«, gurrte Mona und legte auf.
Merkwürdig, seine Frau hatte er bis jetzt nie erwähnt, und sie fragte auch nicht nach ihr. Wozu auch, sie hatte schließlich nicht vor, ihn zu heiraten, und wie er seine häuslichen Dinge regelte, war ihr egal. Sicher mußte sich seine Frau noch viel öfter anhören, wie teuer alles war, die wollte er ja nicht mehr beeindrucken wie Mona. Sie mußte jetzt noch lachen, wenn sie daran dachte, wie er zu der Maklerin gesagt hatte, Geld spiele

keine Rolle. Dann der Schock über die teure Wohnung, aber sie hatten ihm keine Möglichkeit gelassen, einen Rückzieher zu machen.
Ihn zu einer neuerlichen Investition in Markus' Produktion zu überreden, das war ihr bis jetzt allerdings nicht gelungen. Wenn sie davon anfing, wechselte er schnell das Thema. Vielleicht sollte sie ihn etwas kürzer halten, ihm zeigen, wie gekränkt sie darüber war, daß er das Gelingen der Produktion gefährdete. Und dann hatte sie noch eine Idee. Sie würde Englisch lernen und könnte sich so in Zukunft ihr Frühstück selbst bestellen, wenn sie verreiste.

10

Alberta fuhr an Wiesen vorbei, die mit Löwenzahn übersät waren und einen wunderschönen Anblick boten. Seltsam, daß eine Pflanze, die im eigenen Garten als Unkraut verfolgt und ausgerottet wurde, in der Menge so schön wirkte. Diese blühenden bayrischen Landschaften, unter einem strahlend blauen Himmel, an dem nur ein paar weiße Schleierwolken entlangzogen, waren ihr in dieser Üppigkeit schon immer leicht kitschig erschienen. Die einzelnen Kühe, die träge auf den Feldern herumstanden und glotzten, verstärkten noch den Eindruck einer willkürlichen Dekoration. Fehlte nur noch ein Bayer in Lederhosen, der ihr mit ei-

nem großen Weißbier zuprostete. Auf einmal sehnte sie sich nach dem Meer und seinem Hinterland, nach einer südlichen Landschaft wie der Toskana oder der Provence, wo das milchige Licht einen ganz eigenen Zauber verbreitete und die angenehm bescheidenen Häuser mit ihren schönen Farben sich so perfekt der Landschaft anpaßten.
Hermann hatte sich im Ausland nie so richtig wohl gefühlt. Er war nur ihr und dem Kind zuliebe manchmal in den Schulferien verreist. Vielleicht hatte Robert Lust, mit ihr zusammen in den Pfingstferien wegzufahren. Wenn sie an Robert dachte, wurde sie fast ein wenig aufgeregt, als wäre sie unterwegs zu einem Rendezvous. Das war wirklich albern, aber sie hatte ihr Kommen nicht angekündigt und wußte nicht, wie er sie empfangen würde. Es schien ihr am einfachsten, ihn zu überrumpeln und ihm keine Möglichkeiten für eventuelle Ausreden zu lassen. Sie wußte, daß er maßlos enttäuscht von ihr war. Wahrscheinlich war er auf Hermann lange nicht so sauer, weil er von ihm nichts anderes erwartete. Aber Alberta und er, das war immer eine perfekte Symbiose gewesen. Sie hatten sich nicht nur gut verstanden, er sah ihr auch wie aus dem Gesicht geschnitten ähnlich. Er hatte ihre blauen Augen mit den langen dunklen Wimpern und die dichten braunen widerspenstigen Haare. Er war wie von ihr geklont, hatte ihren Charakter und ihre Vorlieben geerbt. Deshalb konnte sie sich so gut in ihn hineinversetzen. Von Hermann hatte er nichts. Hermann war immer der unliebsame Dritte in dieser Beziehung gewesen, der Außensei-

ter, der nicht verstand, warum sie lachten oder worüber sie tuschelten. Sie vermochte nicht zu sagen, wann seine Eifersucht in Aggression umgeschlagen war, aber sie konnte sich noch sehr gut erinnern, daß ihr von dem Moment an, als sie das winzige und so zerbrechlich wirkende Baby zum erstenmal im Arm hielt, Robert immer wichtiger gewesen war.

Ein paar dunkle Wolken schoben sich vor die Sonne, und Alberta klappte die Sonnenblende wieder hoch. Vielleicht würde es noch ein Gewitter geben, im Wetterbericht war sogar von Hagel die Rede. Es war zu warm für die Jahreszeit, der letzte Frost war fast über Nacht von beinahe hochsommerlichen Temperaturen abgelöst worden.

Alberta bog in die schmale Zufahrt ein, die zum Internat führte, und ließ das Auto auf dem Besucherparkplatz stehen. Sie konnte sich zuerst gar nicht erinnern, in welchem der Gebäude sich das Direktorat befand, aber ein vorbeikommender Schüler wies ihr den Weg. Sie wollte sich lieber anmelden und Robert holen lassen, statt ihn in seinem Zimmer zu überfallen. Außerdem war sie nicht sicher, ob der Unterricht beziehungsweise die Studierzeit bereits zu Ende war. Sie war extra schon morgens losgefahren, um mittags hier zu sein, nicht daß Robert vielleicht mit einem Freund ins Wochenende verschwand und sie ihn gar nicht antraf. Sie ging an den penibel gepflegten Beeten vorbei, die das Schulgebäude einrahmten. Sie klopfte an die Tür und wartete auf die Aufforderung, einzutreten. Der Direktor bot ihr freundlich einen Platz an und konnte sich

sogar noch an sie erinnern, obwohl sie nur einmal hier gewesen war, als sie Robert abgeliefert hatten.
»Tja, da hat es wohl ein kleines Mißverständnis in der Koordination der Familientermine gegeben«, sagte er.
Alberta sah ihn verständnislos an. »Es tut mir leid, daß Sie sich den langen Weg umsonst gemacht haben«, fuhr er fort, »aber Ihr Mann hat Robert schon abgeholt.«
Albertas Magen krampfte sich zusammen, doch sie versuchte sich nichts anmerken zu lassen.
»Wann war er denn hier?« fragte sie.
Der Direktor sah sie bedauernd an. »Vorgestern. Wahrscheinlich hat er in der Hektik des Umzugs vergessen, Ihnen Bescheid zu sagen.«
Welcher Umzug? wollte Alberta fragen, aber sie verschluckte schnell die halb ausgesprochene Silbe und lächelte. Sie kam sicher weiter, wenn sie sich hier keine Blöße gab. »Ja, es geht momentan alles drunter und drüber«, entgegnete sie.
»Das kann ich mir vorstellen«, meinte er mitfühlend.
»Jedenfalls habe ich mit Ihrem Mann alles geregelt und hoffe, daß sich Robert in der neuen Schule gut einleben wird.«
Wo hat er Robert hingebracht, und wie konnte sie das herausfinden? Alberta dachte fieberhaft nach. »Sie werden sicher eine Beurteilung von Robert an die neue Schule senden«, sagte sie.
»Das ist leider nicht möglich«, erwiderte er. »Ihr Mann hatte die Adresse nicht dabei, aber ich habe ihm sämtliche Unterlagen von Robert ausgehändigt. Es ist sehr schade, weil Ihr Sohn sich gerade ganz gut eingewöhnt

hatte, und seine Noten haben sich auch deutlich verbessert.« Er stand auf, um anzuzeigen, daß das Gespräch für ihn beendet war. Alberta wußte nicht mehr, was sie noch fragen konnte. Aber selbst wenn sie dem Direktor weitere Informationen entlockte, so hatte ihn Hermann mit Sicherheit angelogen. Sie folgte ihm zur Tür.

»Grüßen Sie Robert noch einmal von mir, er wird sicher seinen Weg machen«, sagte er.

»Ich danke Ihnen.« Alberta lächelte mechanisch und ging zum Parkplatz. Nach ein paar Schritten knickten ihre Beine weg. Sie setzte sich schnell auf eine kleine Mauer und gab vor, die Umgebung zu betrachten. Es war unangenehm schwül geworden, und am Himmel hatte sich eine grauschwarze Wolkenwand zusammengeballt. Ein dumpfes Grollen in der Ferne kündigte das nahende Gewitter an. Alberta starrte zum Himmel, als könnte der eine Lösung ihrer Probleme offerieren.

Was hatte er vor? Würde er Robert etwas antun? Nein, das war undenkbar, Robert war schließlich sein Kind. Das Manöver diente nur dazu, Alberta zu erpressen. In was für eine Schule würde er ihn bringen? Was hatte er ihm gesagt? Der arme Robert, wieder herausgerissen aus einer gerade vertrauten Umgebung. In Alberta begann langsam eine unglaubliche Wut aufzusteigen. Wie konnte er das seinem Sohn antun, nur um sie damit zu treffen?

Der erste Blitz zerriß die Wolkenwand, dicht gefolgt von einem ohrenbetäubenden Donnerschlag. Alberta schrak zusammen. Sie lief zum Auto, während bereits dicke Tropfen schwer auf den Boden klatschten. In Mi-

nutenschnelle verwandelte sich die liebliche Umgebung in ein Inferno aus Blitzen und krachenden Donnerexplosionen, die eine mittlerweile nachtschwarze Kulisse für Augenblicke in gleißendes Licht tauchten. Sie duckte sich auf dem Fahrersitz und steckte die Finger in die Ohren. Sie hatte nur noch Angst, Angst vor dem Gewitter, Angst vor Hermann, Angst vor der Zukunft. Sie wußte nicht, wie lange sie reglos in dieser Stellung verharrt hatte, die bedrohlichen Geräusche gingen allmählich in ein monotones Rauschen über. Sie ließ den Motor an und stellte den Hebel der Scheibenwischer auf die höchste Stufe. Diesen gelang es jedoch kaum, ihr Sicht durch die ständig nachdrängenden Wassermassen zu verschaffen.
Sollte sie zur Polizei gehen? Hermann war erziehungsberechtigt, genau wie sie auch. Es war bestimmt keine strafbare Handlung, seinen Sohn auf einer anderen Schule anzumelden. Sie würde höchstens ausgelacht werden. Wenn sie nur wüßte, was sie tun sollte! Sich mit Hermann anzulegen wagte sie nicht mehr. Er hielt sich nicht an allgemeingültige Regeln. Irgendwelche läppischen Papiere, die ihm untersagten, sich ihr zu nähern oder vielleicht seinen Sohn zu entführen, würden ihn nicht beeindrucken. Was hatte er gesagt? »Außerdem sorge ich dafür, daß du Robert nie wiedersiehst!« Womöglich schreckte er wirklich nicht davor zurück, seinem Sohn etwas anzutun. Sie würde die Scheidungsklage zurücknehmen, zumindest so lange, bis sie Robert wiederhatte. Alles andere war zu gefährlich.

»Haben Sie sich das wirklich gut überlegt?« fragte Dr. Amesmeier.
»Ja«, sagte Alberta, »mein Entschluß steht fest.
»Hat er Sie vielleicht unter Druck gesetzt?« fragte der Anwalt.
»Nein, es ist einfach im Interesse der Familie. Ich habe dabei zuwenig an meinen Sohn gedacht.«
»Wenn Sie meinen. Es ist natürlich Ihre Entscheidung«, sagte er zögernd.
»Bitte schicken Sie mir den Brief so schnell wie möglich, damit mein Mann sieht, daß es mir ernst ist«, entgegnete sie und legte auf.
Sie wußte, daß sie den Anwalt nicht überzeugt hatte, aber das war ihr egal. Wenn Hermann es schriftlich hatte, daß sie die Scheidungsklage zurückzog, würde er ihr sicher Roberts Aufenthaltsort verraten, und dann konnte sie immer noch überlegen, was der nächste Schritt sein würde. Vielleicht konnte sie sich einen Job suchen, so daß sie von seinem Geld unabhängig war. Sie wußte natürlich, daß sie sich etwas vormachte. Was sollte sie denn tun? Mit einem abgebrochenen Studium und ohne Berufserfahrung würde man nicht gerade auf sie warten. Natürlich konnte sie an der Kasse eines Supermarkts sitzen, vielleicht sogar in einer schicken Boutique für einen Hungerlohn verkaufen, aber von dem Geld würde sie keine Wohnung bezahlen können, wahrscheinlich nicht einmal ihre monatliche Krankenversicherung. Die Wut stieg wieder in ihr hoch. Hermann hatte doch die Regeln verletzt. Er war aus diesem Arrangement ausgebrochen und nahm einfach das

Recht des Stärkeren in Anspruch, und sie hatte es zu akzeptieren.
Das Telefon läutete. Hüllenhagen fragte, ob er mit der Unterschriftenliste vorbeikommen solle, in die sie sich eintragen wollte.
»Ich halte es zum gegenwärtigen Zeitpunkt doch nicht für besonders klug«, sagte sie.
»Ich verstehe«, erwiderte er freundlich.
»Sie verstehen überhaupt nichts«, blaffte Alberta. Dieses ewige Verständnisgetue ging ihr auf die Nerven. Überhaupt war sie ihr ganzes Leben lang schon von Leuten umgeben, die alles besser wußten.
»Haben Sie Ärger bekommen? Hat Ihr Mann erfahren, daß Sie bei einer Versammlung der Bürgerbewegung waren?«
»Das ist es nicht.«
Hüllenhagen wartete, daß sie weitersprach, aber es entstand nur eine lange Pause, die er schließlich beendete.
»Unser nächstes Treffen ist kommenden Donnerstag, falls Sie Interesse haben, und grüßen Sie Robert herzlich von mir.«
Die Erwähnung von Robert ließ Alberta die Fassung verlieren. Seit ihrer Rückfahrt vom Internat quälte sie nur ein Gedanke. Robert könnte einen Unfall haben oder schwer erkranken, und sie könnte ihm nicht helfen. Sie würde nicht einmal erfahren, wenn ihm etwas passierte. Sicher dachte er, sie hätte ihn wieder im Stich gelassen. Sie versuchte das aufkommende Schluchzen zu unterdrücken, aber ohne Erfolg.
»Was ist denn los?« fragte er.

»Das kann ich Ihnen nicht sagen«, antwortete Alberta, vor Verzweiflung heulend, und unterbrach das Gespräch, weil die Tränen jetzt völlig unkontrolliert flossen. Sie vergrub sich in die scheußlichen lindgrünen Kissen und weinte lange und geräuschvoll vor sich hin, bis sie gezwungen war, sich ein Taschentuch zu holen.
Es klingelte an der Haustür. Konnte man sie denn nie in Frieden lassen? Sie ging erst ins Bad, um ihre geröteten Augen mit einem kräftigen Schwall kalten Wassers zu kühlen, und legte sich einen eiskalten Waschlappen auf die Augen, um die Schwellung ihrer Lider etwas einzudämmen. Es klingelte wieder. Verdammt, sie hatte gehofft, den Störenfried, wer immer es auch sein mochte, losgeworden zu sein. Sie ließ noch einmal frisches Wasser über den Waschlappen laufen, als die Glocke erneut ertönte. Irgend jemand war nicht davon zu überzeugen, daß sie nicht zu Hause war. Sie ging widerwillig zur Tür. Zu ihrer großen Überraschung stand Hüllenhagen draußen und sagte: »Entschuldigen Sie den Überfall, aber ich habe mir Sorgen gemacht.«
»Das ist absolut nicht notwendig«, erwiderte Alberta abweisend. Ausgerechnet Hüllenhagen, in dessen Gegenwart sie sich sowieso unsicher fühlte, mußte sie sich mit total verheultem Aussehen präsentieren. Sie verzog ihren Mund zu der Andeutung eines Lächelns. Immerhin war er die einzige Person weit und breit, die sich Sorgen um sie machte. Sie stand ihm immer noch verlegen gegenüber und wußte nicht, was sie sagen sollte. Er würde doch hoffentlich nicht erwarten, daß sie ihn hereinbat? Sie mochte sich gar nicht ausmalen, was pas-

sierte, wenn Hermann den verhaßten Initiator der Bürgerbewegung zu Hause antraf.
»Ich möchte Sie nicht kompromittieren«, sagte er wohlerzogen, und Alberta fühlte sich ganz kurz an ihre Tanzstunde erinnert. »Vielleicht haben Sie Lust, mit mir essen zu gehen?«
Alberta öffnete den Mund zu einer schroffen Ablehnung. Sie konnte sich beim besten Willen nicht vorstellen, daß der Junge, der da vor ihr stand, die Sonnenbrille in die verstrubbelten Haare geschoben, das ungefütterte Leinenjackett über die Schulter geworfen, abends nichts Besseres vorhatte, als mit einer Frau ihres Alters auszugehen. Er ließ seinen Worten ein breites Lächeln folgen, das sicher viele Mädchen für unwiderstehlich hielten.
»Ich ...«, setzte Albert an.
Er unterbrach sie. »Warum sagen Sie nicht einfach ja?«
»Na gut«, stimmte sie völlig gegen ihre Überzeugung zu. Er nannte ihr ein ziemlich bekanntes Restaurant ungefähr eine halbe Stunde von hier als Treffpunkt.
Sie hatte vorgegeben, noch etwas erledigen zu müssen. Sie mochte nicht sagen, daß sie sich in Ruhe fertigmachen wollte und auf ihre verquollenen roten Augen noch eine beruhigende Maske legen mußte, um wieder normal auszusehen. Sie machte sich gewissenhaft zurecht und stand, ganz gegen ihre Gewohnheit, lange vor ihrem Schrank, um etwas Passendes auszuwählen.
Auf der Fahrt zu dem Lokal dachte sie an Hüllenhagen. Es erschien ihr seltsam, daß er sich als fanatischer Kämpfer gegen Hermann gebärdete. Was waren seine

Motive? Ihre Gedanken gingen zurück zu dem Tag, als sie den Namen zum erstenmal gehört hatte.

Es fing damit an, daß im Religionsunterricht in Roberts Klasse das Verhältnis zwischen Mensch und Tier besprochen wurde und die ethische Verantwortung, die der Mensch als höher entwickeltes Wesen der Kreatur gegenüber hatte. Natürlich diskutierte man ausführlich über Massentierhaltung und die Quälerei, die Tieren durch reine Profitgier zugefügt wurde. Robert beteiligte sich so lange lebhaft an dem Gespräch, bis ein Mitschüler ihn vor der ganzen Klasse der Heuchelei bezichtigte, da sein Vater immerhin sein Geld mit Legebatterien verdiente. Robert war tief beschämt und stellte Hermann abends zur Rede. Sein Vater schrie ihn an, er sei undankbar und habe von Arbeit keine Ahnung, mit alberner Gefühlsduselei sei leider kein Geld zu verdienen, und er wisse ja gar nicht, wo das Geld für seinen aufwendigen Lebensstil herkomme. Einmal in Rage geraten, brüllte er auch gleich Alberta an, die versäumt hatte, den Jungen richtig zu erziehen und ihm Respekt vor seinem Vater beizubringen. Am nächsten Tag war er immer noch so aufgebracht, daß er in die Sprechstunde der Lehrerin eilte, um ihr zu sagen, wie unverantwortlich er es finde, daß in der Schule Kinder gegen ihre Eltern aufgehetzt würden, und sie sich lieber an die Zehn Gebote halten solle, da stehe immerhin: Du sollst deinen Vater und deine Mutter ehren. Der denkwürdige Besuch in der Schule sprach sich schnell herum, nicht zuletzt deshalb, weil Hermann so laut war, daß man ihn im benachbarten Klassenzimmer noch gut hören

konnte. Robert weigerte sich drei Tage lang, zur Schule zu gehen, und Alberta schrieb ihm die Entschuldigungen. Einen Tag später schwenkte er triumphierend ein Informationsblatt der Grünen über die geplante Erweiterung von Hermanns Betrieb und die Belastung, die dieser jetzt schon für die Umwelt bedeutete. Von da an verbrachte er seine Freizeit damit, Zettel zu vervielfältigen und in die Briefkästen der umliegenden Haushalte zu werfen, oder er trieb sich in Hüllenhagens Atelier herum. Es dauerte weitere drei Tage, bis Hermann wußte, daß sich sein Sohn den verhaßten Gegnern angeschlossen hatte, und noch einmal zwei Wochen, bis die ersten Mitteilungen der Lehrkräfte kamen, die besagten, daß Robert weder seine Hausaufgaben machte noch in nennenswerter Weise am Unterricht teilnahm. Alberta unterschrieb die ersten Schulaufgaben mit der Note »Sechs«, aber ihre Ermahnungen blieben nutzlos. Die immer mehr ausufernden häuslichen Streitereien führten zu Hermanns Entschluß, Robert ins Internat zu stecken. Er hatte leichtes Spiel, denn sogar Roberts Klassenlehrer befürwortete die Entscheidung, nachdem er sich in der Schule total verweigerte. Albertas Protest hätte nichts mehr auszurichten vermocht, doch Robert nahm es ihr übel, daß sie es nicht einmal versuchte.
Sie fuhr auf den Parkplatz, der schon zum großen Teil belegt war.
Hüllenhagen stand auf, als er sie entdeckte, und musterte sie. »Sie sehen toll aus!« sagte er anerkennend.
»Danke.« Sie setzte sich, ließ sich einen Aperitif bestellen und bewunderte pflichtgemäß die herrliche Aus-

sicht und das schöne Wetter, das den Aufenthalt auf der Terrasse des Restaurants gestattete. Sie fragte sich, ob die diensteifrigen Kellner denken würden, sie sei mit ihrem jungen Liebhaber unterwegs, oder ob man ihn gar für ihren Sohn hielt.

»Wie alt sind Sie eigentlich?« platzte sie mit ihren Gedanken laut heraus und wurde auch noch rot dabei.

»Ich werde nächsten Monat fünfunddreißig. Ist das alt genug?« Er lachte.

Neun Jahre jünger, dachte sie unwillkürlich, und er sieht aus wie Ende Zwanzig. Sie versteckte sich hinter der riesigen Speisekarte, um ihre Verlegenheit zu überspielen.

»Warum hat es Sie denn so aus der Fassung gebracht, daß ich Robert erwähnt habe?« fragte er unvermittelt.

»Ich war ein bißchen überreizt. Sprechen wir über etwas anderes.«

»Warum können wir nicht über Ihren Sohn reden?«

»Weil ich nicht möchte, Dr. Freud!« sagte Alberta scharf. Was für einen Sinn sollte es haben, ihm zu erzählen, was los war.

»Ich dachte, ich kann Ihnen helfen«, erwiderte er, verblüfft über ihren abweisenden Ton.

Alberta lenkte ein. »Es war nicht so gemeint, aber ich habe zur Zeit wirklich Probleme.«

»Eben«, sagte er und lächelte entwaffnend. »Ich biete mich als Zuhörer an.«

Alberta zögerte. Es war zu verlockend, sich einmal den ganzen Ballast von der Seele zu reden. Eigentlich gegen ihren Willen erzählte sie ihm alles, von ihrer beabsichtigten Scheidung und Hermanns drastischem Versuch, sie einzuschüchtern, bis zu Roberts Verschwinden aus dem Internat. Sie unterbrach ihren Monolog nur, als die Vorspeise kam und er den Wein vor dem Einschenken probieren mußte.

Sie hatte alles erzählt und nahm einen tiefen Schluck aus ihrem Glas.

»Und was wollen Sie jetzt tun?« fragte er.

»Ich habe die Scheidungsklage zurückgezogen, und ansonsten weiß ich nicht, was ich machen soll.«

»Dann hat er genau das erreicht, was er wollte.«

»Haben Sie eine bessere Idee?«

»Wenden Sie sich an eine Detektei, um Robert zu finden. Das dürfte nicht so schwierig sein. Er wird ihn kaum unter falschem Namen in einem anderen Internat angemeldet haben.«

Alberta nickte. »Und weiter?«

»Ziehen Sie aus, und dann versuchen Sie ihn mit seinen eigenen Methoden zu schlagen.«

»Wie meinen Sie das?«

»Führen Sie Krieg gegen ihn!« Er ignorierte ihren ratlosen Blick und fuhr fort. »Helfen Sie, Beweise für seine illegalen Unternehmungen zu sammeln. Machen Sie ihn fertig, statt sich von ihm fertigmachen zu lassen.«

Sie hatte es gewußt. Er wollte sie benutzen, um Hermann das Handwerk zu legen. Warum auch nicht? Wenn sie an Robert dachte, wurde ihr Haß auf Hermann so übermächtig, daß ihr fast die Luft wegblieb. Sie hätte ihn liebend gerne fertiggemacht, wenn sie nur wüßte, wie.

»Zuallererst müssen Sie ausziehen!«
»Da gibt es eine Schwierigkeit«, erwiderte Alberta. »Ich habe kein Geld. Ich könnte nicht einmal einen Detektiv bezahlen.«
Er sah sie ungläubig an. »Benutzen Sie Ihre Kreditkarte!«
»Ich habe keine.«
»Ich biete meine Hilfe an.«
»Ausgeschlossen.«
»Völlig unverbindlich«, sagte er und grinste unverschämt. Sie war schon wieder dabei, sich lächerlich zu machen. Natürlich war er nicht an ihr interessiert und amüsierte sich über die Tatsache, sie würde ihm vielleicht sexuelle Motive unterstellen.
»Ich danke Ihnen, daß Sie mir zugehört haben«, erklärte sie steif.
»Nennen Sie mich Christian«, bat er und grinste sie weiter an.
Alberta wurde wieder rot. Wenn sie ihm das abschlug, würde er sie endgültig für eine Zicke halten. »Na gut.«
Einen kurzen Moment dachte sie, daß es schön wäre, wenn er sie tatsächlich begehrenswert fände. Sie wünschte sich auf einmal sehnlich ihre Jugend zurück und die Zeit ihrer Ehe, von der sie langsam wußte, daß sie vergeudet war.
Seine Worte brachten sie wieder in die Realität. »Ich habe Ihnen doch von diesem Hasan Ayaydin erzählt, der umgebracht wurde. Er hat damals Dr. Hirte mitgeteilt, daß er auch noch von anderen Dingen in dem Betrieb wisse, beispielsweise von gefälschten Daten auf

Eierkartons. Vielleicht gelingt es uns, einen anderen Arbeiter zu finden, der darüber auspackt.«
»Dieser Ayaydin hat einmal bei uns auf den Anrufbeantworter gesprochen. Er wollte ganz dringend mit Hermann reden«, sagte Alberta.
Er überlegte eine Weile. »Möglicherweise war da Erpressung im Spiel, oder kommt es Ihnen nicht komisch vor, daß er Ihren Mann zu Hause anruft und nicht in seinem Büro?«
Alberta nickte, daran hatte sie bis jetzt noch nicht gedacht.
»Auf jeden Fall muß es ihm sehr gelegen kommen, daß der Mann tot ist.«
»Wollen Sie vielleicht andeuten, daß Hermann etwas damit zu tun hat?«
»Nein, nur, daß Ayaydin mit Sicherheit vorhatte, Ärger zu machen, und Ihr Mann nicht zimperlich in der Wahl seiner Mittel ist. Sie sollten der Polizei von dem Anruf erzählen.«
Sie überlegten noch eine Weile, wie man Hermann am besten schaden konnte, dann wechselte er das Thema.
»Sie haben wunderschöne Augen«, sagte er unvermittelt.
»Danke für das Kompliment«, entgegnete Alberta unbeholfen. Sie war es nicht gewöhnt zu flirten und kam sich vor wie eine Maus, mit der die Katze ein bißchen spielen möchte.
Er nahm die Sonnenbrille herunter, und die Haare fielen ihm wieder ins Gesicht. Er beugte sich etwas nach

vorne. »Und einen wunderschönen Mund, ungeheuer erotisch.«

»Ich glaube, ich muß langsam nach Hause.«

»Wieso? Darf ich nichts über Ihren Mund sagen?«

»Doch, natürlich«, stammelte sie und fühlte sich immer unsicherer.

Er sah sie weiter an. »Ihre Lippen – sie sind am schönsten, wenn sie nicht geschminkt sind. Sie brauchen nichts, um ihre Perfektion zu betonen. Man fragt sich unwillkürlich, was für ein Gefühl es wäre, sie zu küssen.«

»Ich muß jetzt wirklich nach Hause«, sagte Alberta reserviert. Sie wollte sich nicht länger von ihm in Verlegenheit bringen lassen.

»Natürlich.« Er bestellte die Rechnung.

Er brachte sie zu ihrem Wagen und küßte sie ganz leicht auf die Wange.

»Passen Sie auf sich auf.«

Und Alberta fragte sich den ganzen Heimweg, was es wohl für ein Gefühl wäre, ihn zu küssen.

11

Gute Nachrichten, Hermann«, brüllte Büchl ins Telefon, »der Bauausschuß hat deine Pläne genehmigt. Jetzt muß nur noch der Gemeinderat zustimmen.«

»Das ist ja prima«, erwiderte Hermann. »Denkst du, es gibt noch Probleme bei der Gemeinderatssitzung?«

»Schwer zu sagen, wie viele der Grüne mittlerweile auf seine Seite gebracht hat. Wir müssen auf jeden Fall sehen, daß wir die Sache durchziehen, bevor die neuen Gemeinderäte gewählt werden. Ich glaube, daß diese Bürgerbewegung dann mit einigen Leuten vertreten sein wird.«

»Meinst du wirklich?«

»Die werden immer massiver und verteilen dauernd neue Propaganda. Jede Woche habe ich einen anderen Zettel mit irgendeinem Mist im Briefkasten. Jetzt haben sie wieder Wasserwerte veröffentlicht, die von unseren erheblich abweichen, und behaupten, das Trinkwasser sei viel zu hoch belastet. Was macht eigentlich deine Frau bei denen?«

»Was?« fragte Hermann fassungslos.

»Man hat mir erzählt, deine Frau sei bei einer dieser Versammlungen gewesen.«

»Ich habe sie hingeschickt, damit sie einmal hört, was da so abläuft«, sagte Hermann geistesgegenwärtig, während er innerlich kochte. Diesem falschen Luder war nicht zu trauen. Was hatte sie bloß vor? Und in möglichst gleichgültigem Ton fragte er: »Ihr werdet doch mit den paar Spinnern fertig werden?«

»Das hoffe ich, aber dieser Hüllenhagen hat eine ziemliche Lawine losgetreten. Den würde ich ganz gerne mal in die Finger kriegen.«

»Vielleicht sollte man dem Bürschchen wirklich eine Abreibung verpassen«, meinte Hermann, »nur eine kleine Warnung, daß er sich hier nicht alles herausnehmen kann. Vielleicht zufällig vor der Gemeinderatssitzung, dann haben wir schon eine Gegenstimme weniger.«

»Also dann, Hermann«, sagte Büchl schnell, »wir sprechen uns wieder.«

Natürlich wollte der feige Hund nichts damit zu tun haben, aber Hermann fand, daß das eine gute Idee war. Er mußte sich nur noch genau überlegen, wie das zu bewerkstelligen war und wer dem Typ eins auf die Schnauze hauen konnte.

Das nächste Problem war Alberta. Er hatte zwar heute früh den Brief ihres Anwalts erhalten, in dem stand, daß sie die Scheidungsklage zurückzog, aber er traute ihr keinen Moment. Offensichtlich wollte sie hinter seinem Rücken etwas anzetteln, wenn sie sich mit seinen Feinden verbündete. Das mit Robert war zwar ein genialer Schachzug, aber er war sicher, daß sie nur so lange Ruhe gab, bis sie den Aufenthalt von Robert rausgekriegt hatte. Das würde zwar nicht so einfach sein, denn daß er den Jungen nach England verfrachtet hatte, darauf kam sie bestimmt nicht. Trotzdem war das keine endgültige Lösung. Die endgültige Lösung mußte in ihrem Verschwinden bestehen. Ein netter kleiner Unfall oder ähnliches, und das Problem wäre vom Tisch. Er hatte keineswegs die Absicht, sein Vermögen mit ihr zu teilen noch ihr irgend etwas von seinem sauer verdienten Geld hinterherzuschmeißen. Er brauchte sein Geld gerade jetzt dringend für andere Sachen. Ganz im Gegensatz zu Alberta. Die brauchte er wirklich nicht mehr,

ja tatsächlich war sie ihm schon seit geraumer Zeit nur noch widerwärtig mit ihrem blöden vornehmen Getue und der ewig vorwurfsvollen Miene.
Eigentlich ziemlich genau seit dem Moment, als Mona aufgetaucht war. Mona, die ihm seine Jugend zurückgegeben hatte. Mona, die eine richtige Frau war und Albertas Defizite um so deutlicher erscheinen ließ.
Er würde noch einmal von vorne anfangen, mit Mona eine neue Familie gründen. Von so einer Frau hatte er immer geträumt, und der Altersunterschied spielte keine Rolle, das hatte sie ihm oft genug versichert. Mona konnte noch einen Sohn bekommen, und der würde kein weichlicher Versager werden wie Robert, dafür würde er schon sorgen.
Seine Zukunft lag klar umrissen vor ihm. Er durfte nur mit Alberta keinen Fehler machen. Bei Mord war er in jedem Fall der Hauptverdächtige. Vielleicht könnte man es so hinkriegen, daß es wie Selbstmord aussah. Sie war doch sowieso depressiv, sogar ihrer blöden Mutter war aufgefallen, daß sie in letzter Zeit dauernd heulte. Das würde eine weitere Genugtuung bedeuten, der Alten ihren monatlichen Scheck zu streichen. Das war die gerechte Strafe dafür, daß sie ihm seit Jahren auf die Nerven ging und er ihre dämlichen Sprüche ertragen mußte.
Und noch etwas fiel ihm ein. Albertas Lebensversicherung! Im Falle ihres Todes kassierte er eine halbe Million! Daran hatte er bisher gar nicht gedacht. Das Geld könnte er noch in die Serie stecken, und Mona wäre glücklich und würde ihn endlich damit in Ruhe lassen.

Natürlich mußte er alles gründlich vorbereiten und auch dafür sorgen, daß ihre Freunde und Bekannten von Albertas ständiger Niedergeschlagenheit in Kenntnis gesetzt wurden. Er mußte den verständnisvollen und besorgten Ehemann mimen, der gar nicht mehr wußte, was er noch alles unternehmen sollte. Er würde sie beim Psychiater anmelden, egal, ob sie den Termin dann auch wahrnahm. Er konnte sagen, sie habe sich geweigert, Robert zu besuchen, und sie sei immer merkwürdiger geworden. Wenn das Terrain genügend vorbereitet war, würde man sie eines Tages finden. Sie hatte die Auspuffgase ihres Wagens ins Innere geleitet und das Garagentor verschlossen. Er würde sich eine Zeitlang schreckliche Vorwürfe wegen des tragischen Vorfalls machen, besonders weil er es versäumt hatte, rechtzeitig ihren Konsum von Beruhigungsmitteln einzuschränken. Er mußte nur dafür sorgen, daß jedermann erfuhr, daß sie Tabletten nahm, und die Dinger überall herumliegen lassen. Ob die Versicherung überhaupt bei Selbstmord zahlte? Er suchte den Ordner mit den Policen heraus und las aufmerksam das Kleingedruckte. Ein breites Lächeln erschien auf seinem Gesicht. Nach drei Jahren Versicherungsdauer zahlte die Gesellschaft auch im Falle eines Freitods. Er hatte den perfekten Plan, und den gedachte er auch sofort in die Tat umzusetzen.
Er wählte die Nummer seiner Schwiegermutter. Die Alte war äußerst überrascht, da er sie in der langen Zeit seiner Ehe noch nie angerufen hatte. Er druckste ein bißchen herum und teilte ihr dann seine Besorgnis über Albertas Zustand mit. Das alte Biest sagte, sie habe

auch schon gemerkt, daß sich Alberta verändert habe, aber sie habe es dem Umstand zugeschrieben, daß Hermann eine Freundin habe. Hermann beeilte sich zu versichern, daß er zwar in der Tat eine kleine Affäre gehabt habe, aber nur, weil er den ständig depressiven Gemütszustand seiner Frau nicht mehr ertragen konnte. Natürlich habe er bereits eingesehen, daß das ein Fehler war. Alberta brauche gerade jetzt seine volle Unterstützung. Seine Schwiegermutter erkundigte sich, ob das mit der Scheidung vom Tisch sei, und er beruhigte sie. Das sei nur eine Drohgebärde von Alberta gewesen, die sich in ihrer Verzweiflung nicht mehr zu helfen gewußt habe. Dann bat er seine Schwiegermutter noch unter dem Siegel der Verschwiegenheit um Mithilfe bei einem äußerst delikaten Problem, wie er sich ausdrückte. Albertas überhandnehmender Tablettenkonsum. Er beschwor sie aber, Alberta keineswegs direkt darauf anzusprechen, sie werde es glatt ableugnen oder äußerst aggressiv reagieren. Sie müßten sich verbünden und zusammen einen Plan aushecken, wie sie von ihrer Sucht zu befreien sei. Natürlich unterstütze sie ihn voll, versicherte die Alte, nicht ohne ihm noch ihr Bedauern über Albertas Versagen ausgesprochen zu haben.

Zufrieden legte er auf und wählte die nächste Nummer. Es war ein hartes Stück Arbeit. Nicht alle waren so gutgläubig und so leicht von Albertas Scheitern zu überzeugen wie seine Schwiegermutter. Aber sogar so harte Brocken wie Regine mußten zugeben, daß Alberta zeitweise einen depressiven Eindruck gemacht hatte.

Zum Schluß wählte er noch die Nummer von Markus.

Der war manchmal so irre, vielleicht konnte der einen Psychiater empfehlen. Er versprach, sich zu erkundigen und zurückzurufen. Das war das Angenehme an Markus, er kannte so viele Leute, und solange er etwas von Hermann wollte, war er äußerst hilfreich. Sogar das Internat in England hatte er aufgetrieben und Robert dort angemeldet.

Wütend knallte Markus den Hörer auf den Apparat. Dieses Arschloch glaubte neuerdings, er sei sein Butler. Was bildete sich dieser Bauer ein? Auch noch Beruhigungstabletten, weil er in letzter Zeit schlecht schlief. Wahrscheinlich erschienen ihm seine geschundenen Hühner in peinigenden Alpträumen. Natürlich glaubte er, Markus könnte mit Leichtigkeit jede Art von Drogen beschaffen, was ja auch wirklich so war. Dabei hatte er immer noch keine endgültige Zusage für das Geld gegeben.

Widerstrebend wählte Markus die Nummer seine Exfrau, die nach der aufreibenden Ehe mit ihm dringend einer Therapie bedurfte, wie er sich noch deutlich entsinnen konnte, weil sie ihn oft genug darauf hingewiesen hatte. Flüchtig stieg in ihm die Erinnerung an endlose unnütze Machtkämpfe und immer subtilere Methoden des Schlagabtauschs hoch, bis bei ihm die Gleichgültigkeit die Oberhand gewonnen hatte, was seine Frau erst recht nicht ertragen konnte.

»Darf ich wieder etwas für dich erledigten?« fragte Co-

rina süffisant, die auch das Internat in England empfohlen hatte, da sie sich gerade diverse Schulen dort angesehen hatte, um die passende für ihre gemeinsame Tochter auszusuchen.
»Wie heißt der Psychiater, bei dem du damals in Behandlung warst?«
»Willst du einer deiner hysterischen Freundinnen eine Therapie verpassen?«
»Gib mir einfach den Namen«, entgegnete Markus, der keine Lust auf eines der ermüdenden Wortgefechte mit Corina hatte.
»Prof. Dr. Ansorge«, sagte sie, »aber es ist sehr schwer, bei ihm einen Termin zu bekommen.«
»Gehst du etwa immer noch hin?«
»Ja.«
»Scheint so, als hätte ich gründliche Arbeit geleistet«, sagte er bitter.
Es klingelte auf der anderen Leitung. Gary war am Apparat. Begeistert erzählte er, daß das Treatment von Chris von Paramount abgenommen worden sei. Sie hätten noch ein paar kleine Änderungswünsche, seien aber endgültig bereit, die dreizehn Folgen zu produzieren. Marty wolle so schnell wie möglich über die noch offenen Fragen bezüglich der Rechte und über den Etat verhandeln.
»Wir brauchen dich jetzt hier, Markus«, sagte er.
»Ich kann frühestens übernächste Woche«, erwiderte Markus. »Ich habe die ganze nächste Woche Leute vom Sender da. Es ist Abnahme von meiner Serie, und wir verhandeln über die nächsten Folgen.«

»Dann ruf mich an, wann genau du kommen kannst. Ich faxe dir inzwischen ein paar Rechnungen, die dringend zu bezahlen sind. Chris will natürlich gleich das Geld für das Treatment und die Recherchen.«
»Ich erledige das«, versprach Markus. Er brauchte unbedingt die Zusage von Hermann, sonst war er bald nicht mehr flüssig. Er hatte zwar Wolfgang gebeten, sich noch einmal nach einem anderen Investor umzusehen, aber der hatte ihn bis jetzt nur vertröstet und versichert, Hermann sei durchaus interessiert, sie seien nur noch dabei, sein Zahlenwerk durchzugehen, weil er gleichzeitig vorhabe, seinen Betrieb zu erweitern.
Markus formte sich eine Linie auf dem Schreibtisch, die er hastig aufsog. Seine Vorräte gingen auch langsam zur Neige, und sein Konsum erhöhte sich ständig. Er hatte im letzten Jahr ein kleines Vermögen für das glückbringende Pulver ausgegeben, aber er verdrängte den Gedanken schnell. Er atmete tief durch und wartete, daß mit der Wirkung des Kokains auch die Zuversicht wiederkam, die ihm half, seine riskanten Zahlenspiele zwischen den verschiedenen Konten und dem wenigen Bewegungsspielraum, den er dabei gewann, mit der nötigen Kaltblütigkeit durchzustehen. Fünf Minuten später hatte er seinen Optimismus zurückgewonnen. Sein Deal stand kurz vor dem Abschluß, es lief alles großartig. Die kleine Durststrecke, bis Hermanns Geld eintraf, konnte er wahrscheinlich mit der letzten Rate des Senders für *Notaufnahme* überbrücken. Alles war wieder machbar.
Er wählte Hermanns Nummer, um ihm zu sagen, daß

die Verträge mit den Amerikanern nur noch unterzeichnet werden mußten, und ihm die Nummer des Psychiaters zu geben.
»Was denkst du eigentlich über Monas Karriere?« fragte Hermann unvermittelt.
Markus wußte nicht, worauf er hinauswollte. »Was meinst du damit?« fragte er zurück.
»Glaubst du, sie hat das Zeug zu einer Schauspielerin?«
»Schwer zu sagen.« Markus versuchte diplomatisch zu sein, nachdem er nicht wußte, was das Gespräch bezweckte.
»Ich meine«, sagte Hermann umständlich, »hältst du es für möglich, daß die Rolle in der Serie das Sprungbrett zu einer großen Karriere ist?«
»Möchtest du das denn?« fragte Markus, der allmählich ahnte, worauf Hermann hinauswollte.
»Na ja«, antwortete er, »sie wäre sicher viel unterwegs und hätte weniger Zeit ...«
Markus hätte beinahe laut aufgelacht. Hermann hatte Angst, daß Mona, einmal zum großen Star aufgestiegen, nicht mehr so ohne weiteres die Beine für ihn breit machte. Er war versucht zu sagen, daß die Begabung von Mona bestimmt nicht auf schauspielerischem Gebiet lag und Hermanns Befürchtungen deshalb unbegründet waren, aber er bremste sich rechtzeitig.
»Wenn ich dich richtig verstehe, willst du, daß Mona eine kleine Rolle bekommt, damit sie Ruhe gibt, aber das soll ihr Hauptaugenmerk nicht von dir ablenken.«
»Genau«, sagte Hermann, der die Ironie nicht bemerkte.

Markus legte auf und lachte laut heraus. Wenn Hermann wüßte, wie er ihm entgegenkam. Fast hätte ihm Mona, die sich sicher etwas ganz anderes für ihre Zukunft vorstellte, leid getan. Aber sie war eine zähe Pflanze aus der Gosse, sie würde immer irgendwie zurechtkommen.

12

Alberta hörte, wie Hermann die Haustür aufschloß, und zuckte unwillkürlich zusammen. Bis jetzt war sie ihm erfolgreich aus dem Weg gegangen, und sie hatte mit ihm nie mehr als ein oder zwei Worte gewechselt, wenn sie sich doch zufällig begegnet waren, aber wie lange ließ sich dieser Zustand fortsetzen? Sie wagte es nicht, ihn auf Robert anzusprechen, zu tief saß die Angst, die sein Überfall ausgelöst hatte. Ein Mensch, den sie zu kennen glaubte, war für sie vollkommen unberechenbar geworden. Genausogut hätte sie mit einem völlig Fremden das Haus bewohnen können.
Zu ihrer Überraschung hörte sie seine Schritte auf der Treppe, die zum Gästezimmer führte, das sie kaum mehr verließ. Ihre Hand, die das aufgeschlagene Buch hielt, begann zu zittern. Er klopfte. Alberta erhob sich zögernd, aber sie wagte nicht, die Tür, die sie seit diesem Erlebnis immer abschloß, zu öffnen.
»Alberta, bitte mach auf, ich muß mit dir reden.« Sie

fühlte sich an den bösen Wolf erinnert, der Kreide gegessen hatte, um seine Stimme zu verändern. Genauso harmlos und schmeichelnd hatte er sicher versucht die Geißlein zu überzeugen. Alberta vergaß für einen Moment, daß es sich um ein Märchen handelte, aber auch Märchen hatten oft einen realen Hintergrund, wenn man den Interpretationen der Psychologen Glauben schenkte.

»Was willst du?«

»Mit dir sprechen«, bat der böse Wolf und legte einen weiteren Köder aus. »Ich weiß, daß du sicher wütend auf mich bist, aber in Roberts Interesse sollten wir eine Lösung finden.«

Alberta sperrte die Tür auf, obwohl sie das Bild aus ihrem alten Märchenbuch mit dem Geißlein im Uhrenkasten überaus plastisch vor Augen hatte. Wie oft hatte sie es Robert in seinen Kindertagen vorgelesen und dabei den Wolf möglichst furchterregend nachgeahmt.

Hermann kam herein und setzte sich in einen der Sessel, nicht ohne ein höfliches »Darf ich?« in ihre Richtung zu murmeln. Alberta nickte und blieb in der Nähe der Tür stehen, damit sie die Möglichkeit zur schnellen Flucht hatte, falls er noch einmal handgreiflich werden sollte.

»Ich habe über uns nachgedacht«, sagte Hermann, »und ich muß einräumen, daß ich große Fehler gemacht habe. Ich bin dieser außerehelichen Versuchung erlegen.« Jetzt lächelte er, voll Nachsicht mit sich selbst.

Seit wann redet er so gestelzt, dachte Alberta, als hätte er das vorher aufgeschrieben und auswendig gelernt. Sie wußte gar nicht, daß so ein Wort wie »außerehelich« zu seinem Vokabular gehörte. Eine unsichtbare Alarmglocke schrillte ununterbrochen in ihrem Kopf.

»Wo ist Robert?« unterbrach sie seinen vollmundigen Redeschwall.

»Robert hat mich gebeten, ihn auf eine andere Schule zu geben, weil es ihm dort nicht gefallen hat. Er wollte dich in deinem angegriffenen psychischen Zustand nicht damit belästigen.«

»Was für ein angegriffener psychischer Zustand?«

Jetzt lächelte der Wolf wieder verständnisvoll. »Aber Alberta, wir hatten alle Angst, daß du einen totalen Nervenzusammenbruch erleidest. Du hast Tag und Nacht nur mehr geweint. Weißt du das nicht mehr?«

»Ich bin noch nicht senil, nur psychisch angegriffen«, sagte Alberta böse. »Also wo ist Robert?«

»Auf einem ganz prima Internat, wo es ihm wirklich gut gefällt. Sobald wir alle von deiner Genesung überzeugt sind, fahren wir zusammen hin und besuchen ihn.«

»Wer ist ›wir alle‹?« fragte Alberta, die überlegte, in was für einer Komödie sie da mitspielte.

»Deine Mutter und deine Freunde, alle haben sich wirklich große Sorgen um dich gemacht.«

»Komisch, das hat Mama jedesmal total für sich behalten, wenn ich sie gesehen habe. Sie hat sich wie immer nur um ihr eigenes Wohl Sorgen gemacht.«

»Regine hat dich doch sogar auf deine Depression angesprochen«, sagte Hermann, und Alberta überlegte verzweifelt, ob sich ihre Freunde mit Hermann verbündet hatten. Seit wann telefonierte Regine mit ihm und unterhielt sich mit ihm über Albertas Depressionen? Sie fühlte sich ganz unangenehm an diese schreckliche Zeit erinnert und hatte wie damals das Empfinden, daß sich etwas Unsichtbares über ihr zusammenballte. Graue Wolken, die nicht in einem plötzlichen Regen zerbarsten, sondern einfach Leere transportierten und sich so ausbreiteten, daß irgendwann alles mit diesem grauen Nichts ausgefüllt war, das einem die Luft zum Atmen nahm.

Hermann hatte die ganze Zeit weitergesprochen, ohne daß sie zugehört hätte. Sie versuchte sich wieder auf seine Worte zu konzentrieren.

»Ich denke, wir sollten es noch einmal zusammen versuchen, schon wegen Robert. Ich habe die Adresse eines ausgezeichneten Psychiaters besorgt und dich dort angemeldet. Außerdem finde ich, wir sollten eine kleine Party geben, um deinen Freunden zu zeigen, daß es dir wieder bessergeht.«

»Fahren wir dann zu Robert?«

»Natürlich. Welcher Tag ist dir recht für die Einladung?«

Alberta zuckte mit den Schultern. Ein Tag war so gut wie der andere. Sie wußte nicht, was Hermann vorhatte. Sie glaubte ihm kein Wort. Früher hatte er immer gemeckert, wenn sie Einladungen geben wollte, ihre Freunde gingen ihm eher auf die Nerven. »Freitag?« sagte sie.

»Prima, bis dahin kannst du alles vorbereiten.«

Hermann ging, und sie blieb ratlos zurück. Was bezweckte er damit? Unruhig lief sie auf und ab. Sie konnte die unsichtbare Bedrohung fast spüren, aber sie vermochte nichts dagegen zu tun.

Hermann kam pfeifend und bestens gelaunt aus der Duschkabine und begann sich abzutrocknen. Er warf einen prüfenden Blick in den Spiegel und war mit dem Ergebnis nicht unzufrieden. Ein bißchen Übergewicht, das sich in einer wabbeligen Schicht um seine Hüften gelegt hatte, und der Ansatz eines Bauchs, der aber eingezogen die Silhouette nicht wesentlich beeinträchtigte. Früher hätte man seine Figur als stattlich bezeichnet, doch bei dem idiotischen Schlankheitswahn heutzutage ... Wie fünfzig sah er wirklich nicht aus. Er stellte sich Mona an seiner Seite vor und lächelte zufrieden. Trotz der dreißig Jahre Altersunterschied paßten sie ideal zusammen, optisch und in jeder Beziehung.

Er ging ins Ankleidezimmer und warf die Sachen, die er heute abend tragen wollte, aufs Bett. Es klappte alles wie am Schnürchen, er mußte nur noch den langweiligen Abend überstehen. Zwar wußte er, daß ihm Alberta von seiner Geschichte kein Wort glaube, aber das spielte für seine Pläne keine Rolle. Wichtig war nur, daß der Anschein erweckt wurde.

Dann begab er sich in die Küche, füllte zwei Gläser mit reichlich Campari und etwas Orangensaft, nahm sie mit in sein Bad, wo er mit dem mitgebrachten Messer zwei der Beruhigungstabletten sorgfältig zerdrückte. Markus hatte ihm versichert, daß die sogar einen Ochsen außer Gefecht setzen würden, wenn man sie nicht gewöhnt war, und Alberta nahm nie irgendwelche Tabletten. Er schüttete das Pulver in eines der Gläser und rührte gewissenhaft um. Dann ging er hinunter und klopfte an Albertas Tür.

»Bist du fertig? Unsere Gäste werden jeden Augenblick hier sein«, sagte er, obwohl noch eine Menge Zeit war. Sie öffnete.

»Hier, damit du ein bißchen in Stimmung kommst.« Er reichte ihr das Glas. Sie probierte und verzog das Gesicht. »Du hast zuviel Campari hineingetan, es schmeckt ziemlich bitter.«

»Um so schneller kommen wir in Stimmung«, meinte er fröhlich und stieß mit ihr an. »Auf einen schönen Abend!« Sie trank folgsam noch ein paar Schlucke. Das würde sicher reichen.

»Ich warte oben auf dich«, sagte er und verließ das Zimmer. Er warf einen Blick auf das verlockende Büfett, das im Wohnzimmer aufgebaut war, und steckte sich schnell ein Schnittchen mit Lachs in den Mund. Es läutete. Albertas Mutter war natürlich wieder zu früh. Sie begrüßte Hermann herzlich, während sie lange seine Hand drückte und ihm einen Blick verschwörerischen Einverständnisses zuwarf.

»Alberta, Schatz, wo bleibst du?« rief Hermann, während er zur Tür ging, um Gemeinderat Büchl nebst Gattin hereinzubitten. Frau Büchl überreichte Hermann, da die Hausfrau noch nicht aufgetaucht war, einen mickrigen Blumenstrauß und bedankte sich wortreich für die Einladung. Hermann schätzte sie auf Ende Vierzig, und ihre mädchenhaft langen blonden Locken bildeten einen merkwürdigen Kontrast zu ihren herben Gesichtszügen, mit den unzähligen Falten über der schmalen Oberlippe. Alberta tauchte auf und bedankte sich nun ihrerseits für die Blumen.

»Es ist so schwül und drückend heute abend«, sagte sie. »Das Wetter macht mir richtig zu schaffen.«

Hermann bot Drinks an, und Büchl erzählte einen schlüpfrigen Witz und klopfte ihm dann lachend auf die Schulter.

Die nächsten Gäste kamen im Pulk. Regine mit ihrem Mann Klaus, Marion, die im Tennisclub wegen ihres hoheitsvollen Auftretens Queen Mary genannt wurde, mit Peter und noch ein weiteres Paar, das Alberta aus dem Tennisclub kannte, den sie dieses Jahr noch kein einziges Mal aufgesucht hatte. Hermann registrierte zufrieden, daß es Alberta sichtlich Mühe machte, Begrüßungsfloskeln auszutauschen und die Blumen zu versorgen. Ihr Gang hatte bereits etwas Schleppendes, und ihr Blick war leicht glasig. Er bot allen Platz und etwas zu trinken an und nahm Alberta liebevoll die Blumen aus der Hand, mit denen sie ziellos herumirrte.

»Warum setzt du dich nicht, Schatz? Ich mach das schon«, sagte er fürsorglich und verschwand mit den Blumen in der Küche. Albertas Mutter tauchte unverzüglich auf, um ihre Hilfe anzubieten.

Hermann überließ ihr großzügig das Arrangieren der Sträuße und ging wieder ins Wohnzimmer.

»Was möchtest du trinken, Liebling?« unterbrach er den Redeschwall von Marion, die sich beschwerte,

daß Alberta ihre Freunde so gemieden hatte und nicht einmal zum Eröffnungsturnier des Clubs erschienen war.
»Ich weiß nicht«, sagte Alberta mit unsicherer Stimme, »vielleicht einen Saft.«
»Wie wär's statt dessen mit einem Glas Champagner. Das bringt bei der Hitze deinen Kreislauf wieder in Gang.«
»Ja, ja«, murmelte Alberta teilnahmslos, während ihr Regine zuzwinkerte.
»Er ist ja wie ausgewechselt. So eine kleine Ehekrise wirkt manchmal Wunder.«
Hermann brachte den Champagner. Das würde ihr den Rest geben. Die Tabletten durften auf keinen Fall mit Alkohol eingenommen werden, sonst wurde die Reaktionsfähigkeit stark beeinträchtigt. Er setzte sich neben Alberta und legte den Arm um sie. Das war etwas dick aufgetragen, aber nachdem er allen erzählt hatte, sie wollten einen neuen Anfang machen, durchaus zu vertreten. Frau Büchl schaute auch gerührt auf die Szene trauten Eheglücks, um ihrem Mann dann einen abschätzenden Blick zuzuwerfen. Es war unschwer zu erraten, was sie dachte – daß in ihrer Ehe für liebevolle Gesten schon lange kein Platz mehr war.
»Zum Wohl, mein Schatz!« sagte Hermann, während er seinen Kelch mit einer fast zärtlichen Geste gegen den von Alberta stieß, so daß ein harmonischer Klang entstand. Er dachte dabei an Mona und wie er sie bitten würde, seine Frau zu werden, und war fast gerührt.
»Wir planen eine Reise nach England, eine Art zweiten

Honeymoon«, sagte er und küßte sie dabei auf die Wange. »Alberta muß endlich mal raus und auf andere Gedanken kommen.«

Alberta saß da und stierte mit glasigen Augen vor sich hin, während die Anwesenden eifrig Tips von sich gaben, was sie unbedingt sehen müßten.

»Ihr seid doch sicher auch in London?« fragte Regine. Hermann bejahte, und Regine zählte Ausstellungen, Musicals und Restaurants auf, die man unbedingt besucht haben mußte.

»Wie lange wollt ihr denn bleiben?« wandte sich Klaus an Alberta, die noch kein Wort gesagt hatte.

»Was?« fragte Alberta irritiert und fing besorgte Blicke der Anwesenden auf.

»Ungefähr zehn Tage«, antwortete Hermann fröhlich, den Fauxpas seiner Frau überspielend.

»Ja«, bestätigte Alberta mit schwerer Zunge, »genau.«

Hermann fing einen fragenden Blick von Albertas Mutter auf und zuckte ratlos mit den Schultern.

»Vielleicht solltest du etwas essen, Schatz. Ich hole dir was vom Büfett.« Hermann stand auf und lud sorgsam ein paar leckere Sachen auf einen großen Teller, den er mitsamt Serviette und Besteck vor Alberta auf den Couchtisch stellte. Die Rolle begann ihm allmählich richtig Spaß zu machen. Vielleicht sollte er auch in Markus' Serie mitspielen.

»Danke«, lallte Alberta und stocherte ein bißchen in dem Essen herum.

Die anderen versuchten sie nicht zu beachten, und Hermann benutzte die allgemeine Unterhaltung, um sich

neben Regine zu setzen. Sie war am besten mit Alberta befreundet und würde am ehesten mißtrauisch werden.
»Was ist denn mit ihr los?« fragte sie leise.
»Ich kann es dir auch nicht sagen«, flüsterte Hermann. »Vorhin war sie noch so fröhlich und hat sich auf die Party gefreut. Sie kann nichts genommen haben, ich habe das ganze Haus durchsucht und alle ihre Tabletten weggeworfen.«
»Vielleicht hatte sie irgendwo noch einen geheimen Vorrat. Wenn sie wirklich süchtig nach dem Zeug ist ...«
»Ich glaube, süchtig ist übertrieben«, sagte Hermann, »sie hat die Pillen genommen, um über ihre Depression hinwegzukommen. Ich mache mir wirklich Vorwürfe, daß ich das nicht rechtzeitig gemerkt habe. Ich hätte ihr gleich helfen müssen, statt ...« Er brach ab und lächelte schuldbewußt, weil Alberta Regine bestimmt erzählt hatte, daß er fremdgegangen war.
»Vielleicht braucht sie professionelle Hilfe«, meinte Regine.
»Das halte ich auch für das Beste«, erwiderte Hermann. »Ich habe einen Termin bei einem sehr renommierten Psychiater für sie gemacht. Vielleicht kennst du ihn, Prof. Dr. Ansorge.«
»Nein«, sagte Regine. »Ich bin ja keine Spezialistin für Psychiater, aber ich halte das für eine gute Idee. Meine Mutter hatte auch schwere Depressionen und ist nur mit Hilfe einer Therapie wieder halbwegs gesund geworden. Tranquilizer nützen da gar nichts.«
»Vielleicht kannst du mir helfen, daß sie wirklich hin-

geht«, bat Hermann. »Und die Reise nach England wird ihr sicher auch Spaß machen.«
Regine wollte gerade zustimmen, als Albertas Teller mit einem lauten Krach auf dem Boden landete. Alberta fuhr erschrocken hoch und stieß dabei noch ihr Weinglas um. Hermann sprang auf. »Nichts passiert, Liebling, setz dich wieder hin«, beruhigte er Alberta, die erst fassungslos vor sich hin stierte und dann in Tränen ausbrach. Einen größeren Gefallen hätte sie ihm nicht tun können. Er überließ die Aufräumarbeiten Albertas Mutter und nahm seine Frau in die Arme, während alle Anwesenden beruhigend auf sie einredeten.
»Ich weiß gar nicht ...«, artikulierte Alberta mühsam, um dann weiterzuweinen.
»Vielleicht solltest du dich ein wenig hinlegen«, schlug Hermann besorgt vor. Er half Alberta hoch, die nicht mehr alleine aufstehen konnte, und stützte sie, weil ihr mehrmals die Beine wegknickten. »Laßt euch bitte nicht stören«, bat er noch, während er sie aus dem Zimmer führte.
Er schleifte sie die Treppe hinunter und ließ sie unsanft auf ihr Bett fallen. Dann ging er zurück ins Wohnzimmer.
»Ich bitte euch, diesen kleinen Zwischenfall zu entschuldigen«, sagte er charmant. »Ich dachte wirklich, ich hätte alle ihre Tabletten weggeworfen. Sie muß noch irgendwo welche versteckt gehabt haben. Es ist schade, weil die Party ihre Idee war und sie sich so darauf gefreut hatte. Ich war wirklich der Meinung, sie wäre auf dem Weg der Besserung.« Er fing diverse mitleidige

Blicke auf, die er dankbar zurückgab. Marion beteuerte noch einmal, wie oft sie Alberta angerufen habe, ohne daß sie auch nur einen Rückruf erhalten hätte.
Obwohl Hermann eifrig weiter Gläser einschenkte und sich bemühte, eine Unterhaltung in Gang zu bringen, war die Stimmung dahin. Die Gäste verabschiedeten sich nacheinander, nur Albertas Mutter räumte dankenswerterweise noch die Küche auf.
»Laß das doch«, sagte Hermann.
»Ich helfe dir gerne, du hast schon genug am Hals«, entgegnete sie. Offenbar fühlte sie sich schuldig, daß ihre Tochter so kläglich versagte.
»Den Rest kann wirklich die Putzfrau machen«, erklärte er, als seine Schwiegermutter nicht aufhörte, an dem Teppich herumzuschrubben.
»Ein Jammer«, murmelte sie dabei. »Das geht bestimmt nicht mehr raus.«
»Sie hat es ja nicht mit Absicht gemacht«, erwiderte Hermann, die Großmut in Person. Einen neuen Teppich war ihm das allemal wert, daß Alberta endlich aus seinem Leben verschwand.
»Soll ich mich noch um sie kümmern?« fragte Albertas Mutter, wobei sie das *sie* abschätzend betonte.
»Nein, nein«, versicherte Hermann. »Sie ist morgen früh wieder in Ordnung. Es wird ihr nur wahnsinnig peinlich sein, wenn sie sich überhaupt daran erinnert.«
»Sie kann wirklich dankbar sein für so einen Mann.« Ein gequälter Blick traf Hermann. »Ich weiß nicht, wie viele Männer sich so großzügig verhalten würden.« Damit ging sie endlich.

Hermann holte noch das Campariglas aus Albertas Zimmer und stellte es mit in die Spülmaschine, die mit einem Summen ihre Tätigkeit aufnahm. Er ging noch einmal zurück und warf einen Blick auf die tief schlafende Alberta. Sie hatte den Mund leicht geöffnet, und ein leises Pfeifen war zu hören, wenn sie einatmete. Er beobachtete sie eine Weile. Warum nicht gleich, dachte er auf einmal. Vielleicht kam eine so günstige Gelegenheit nicht bald wieder. Er hatte eigentlich vorgehabt, die Sache noch intensiver vorzubereiten, beispielsweise mit verzweifelten Anrufen bei ihren Freunden, denen er erzählen würde, sie hätte mit Selbstmord gedroht. Aber der Abend war so optimal gelaufen, daß es nicht verwundern würde, wenn die völlig verstörte Alberta sich später wieder aus dem Bett schlich, um sich umzubringen. Vielleicht war es auch ein unglücklicher Unfall. Sie wollte wegfahren und war dann bei laufendem Motor in der geschlossenen Garage eingeschlafen. Wer konnte das schon genau wissen bei einem Menschen, der halb betäubt von seinen Tabletten war? Die Version war sogar noch besser. Die schwere Feuerschutztür schloß das Haus hermetisch zur unterirdischen Garage ab, und er dankte seiner Weitsicht, daß er nachträglich eine Wand eingezogen hatte, weil Alberta mit ihrer katastrophalen Parkerei ihm kaum Platz für seinen Mercedes gelassen hatte. Seitdem ließ sie ihren Wagen oft einfach auf der Straße stehen, statt ihn in das enge Abteil zu manövrieren, aber das war jetzt durchaus von Vorteil. Er konnte sich noch gut an die Warnung des Handwerkers erinnern, nur ja eine Lüftung einzubauen, um etwaigen

Unfällen vorzubeugen, falls jemand den Motor nicht gleich abstellte. Vielleicht mußte er nachträglich eine Strafe der Baubehörde bezahlen, weil er die Auflagen nicht erfüllt hatte, aber das würde er mit Freuden tun. Hermann ging näher zum Bett und rüttelte sie versuchsweise. Es kam keine Reaktion. Er hob sie hoch. Sie war schwerer, als er erwartet hatte, obwohl sie so dünn war. An den entscheidenden Stellen haben ihr schon immer die entsprechenden Rundungen gefehlt, dachte er boshaft. Zum Glück mußte er sie nicht weit schleppen. Das Gästezimmer lag der Garage gegenüber. Er stieß die Garagentür auf und ließ Alberta auf den Boden gleiten. Sie hatte ihren Wagen dermaßen blöd geparkt, daß man kaum von der Fahrerseite einsteigen konnte. Um sie hineinzubekommen, mußte er das Auto anders hinstellen. Er schaute erst auf die Straße, aber es war absolut nichts zu sehen und zu hören. Ein Glück, daß das Haus so abgelegen war. Er öffnete das Garagentor und rangierte den Wagen so, daß man bequem einsteigen konnte. Das Tor schloß sich wieder fast geräuschlos. Mit viel Mühe bugsierte er Alberta hinter das Lenkrad. Der Zündschlüssel! Besser, man fand seine Fingerabdrücke nicht darauf, falls man ihn je untersuchte. Er lief wieder zurück und streifte sich Handschuhe über. Sein Blick kontrollierte noch einmal den Innenraum des Fahrzeugs und Alberta. Sie hatte keine Schuhe an. Falls die Version des Unfalls zum Tragen kam, war es besser, sie hatte welche an. Er ging noch einmal zurück, nahm ihre Slipper, die vor dem Bett lagen, und zog sie ihr an. Mit den Resten einer alten Plastikplane dichtete er den kleinen Spalt, den die Schiebetür zum Boden ließ, ab. Die konnte man später mit einem Handgriff entfernen. Jetzt war alles perfekt. Mit einem Drehen des Schlüssels schaltete er die Elektronik ein und öffnete die Fenster, damit die Auspuffgase ungehindert ins Innere dringen konnten. Er drehte den Schlüssel weiter und startete den Motor.

13

Alberta wurde von einem ungeheuren Brechreiz geschüttelt. Instinktiv beugte sie sich aus dem Fenster und übergab sich auf den Boden der Garage. Erschöpft hing sie über der Tür, während ihr Körper sich immer wieder aufbäumte, um den Rest ihres Mageninhalts von sich zu geben. Der unglaubliche Gestank verursachte weiteres Würgen, obwohl sie längst nichts mehr im Magen hatte. Woher kam nur dieser entsetzliche Geruch, der ihre Übelkeit verursachte? Ihre Augen fielen wieder zu. Das Geräusch, woher kam dieses gleichmäßige Geräusch? Ein neuerliches Würgen zerriß ihre Eingeweide. Sie war im Auto, aber sie fuhr nicht. Sie hielt ihre Hände schützend vor das Gesicht, um diesen fürchterlichen Gestank abzuwehren. Mühsam riß sie die Augen auf. Es war stockdunkel. Wenn ihr nur nicht so schlecht wäre, dann könnte sie in Ruhe schlafen, aber ihr Magen revoltierte in neuerlichen Krämpfen. Sie tastete nach irgendwelchen Knöpfen, und die Scheinwerfer flammten auf. Um sie herum war dichter Nebel, der sie nichts erkennen ließ. Sie erbrach weitere Magensäfte, die ein scheußliches Brennen in ihrer Kehle verursachten. Ihr war so schlecht, am liebsten wäre sie gestorben, um diese Übelkeit nicht mehr ertragen zu müssen. Ein lautes Summen ertönte. Sie machte erneut die Augen auf. Das Licht, sie hatte das Licht angeschaltet und die Tür geöffnet, damit sie sich nicht aus dem Fenster beugen mußte. Mit wieder geschlossenen Augen tastete sie nach dem Lenkrad. Ihre Hände fanden den Zündschlüssel, und sie drehte ihn in einem Reflex. Das gleichmäßige Geräusch erstarb. Der Warnton für das eingeschaltete Licht ertönte erneut. Sie warf noch einen kurzen Blick auf die Nebelschwaden, die der Scheinwerfer durchteilte. Sah aus wie ihre Garage. Sie beugte sich weiter vor und versuchte die Augen offenzuhalten, obwohl es unglaubliche Mühe kostete. Es war tatsächlich die Garage, und der Nebel bestand aus Abgasen, fügten ihre Gedanken in einem kurzen klaren Moment das Puzzle zusammen. Mit ungeheurer Anstrengung fand ihre rechte Hand die Taste an der elektronischen Fernbedienung, die sie immer auf dem Beifahrersitz liegen hatte. Mit einem Ruck schwang das Tor nach außen auf. Alberta wurde wieder ohnmächtig.

Als sie das nächstemal wach wurde, fror sie erbärmlich, und ihr war immer noch übel. Die Abgaswolken waren von der kühlen Nachtluft verdrängt worden, nur der durchdringende Geruch war noch deutlich wahrzunehmen. Sie versuchte zu begreifen, was geschehen war, aber sie vermochte sich nicht zu konzentrieren. Was hatte sie in der Garage gemacht, und wo wollte sie hinfahren? Der Warnton, der daran erinnern sollte, daß das Licht eingeschaltet war, ertönte immer noch, und Alberta machte die Scheinwerfer aus. Sie kletterte aus dem Auto und schleppte sich in das Gästezimmer. Im Bad wusch sie sich flüchtig den Mund aus und ließ sich dann angekleidet auf das Bett fallen und zog die Überdecke bis zum Hals hoch. Im Nu war sie eingeschlafen.

Das durchdringende Klingeln des Telefons weckte sie wieder auf. Sie hatte keine Lust, mit irgend jemandem zu sprechen, und ignorierte das hartnäckige Läuten. Es hörte nicht auf und verursachte ihr geradezu physische Schmerzen. Also nahm sie ab und meldete ich.

»Sag bloß, du schläfst noch!« giftete ihre Mutter ins Telefon.

»Mir ist nicht gut«, verteidigte sich Alberta.

»Das kann ich mir lebhaft vorstellen. Obwohl mich Hermann gebeten hat, dir keine Vorwürfe zu machen, muß ich dir doch sagen, daß ich dein Verhalten aufs äußerste mißbillige.«

»Was für ein Verhalten?« fragte Alberta, die sich inständig wünschte, nicht ans Telefon gegangen zu sein.

»Ich rede über dein Benehmen gestern abend.«

Alberta versuchte über gestern abend nachzudenken, aber es fiel ihr nichts ein.

Ihr Schweigen provozierte ihre Mutter. »Dein unmögliches Benehmen auf der Party gestern.«

»Was für eine Party?«
Am anderen Ende herrschte Schweigen. »Ich kann dir nur sagen, du hast einen äußerst liebevollen Mann, und du solltest den Termin beim Psychiater unbedingt wahrnehmen.« Ein Klicken beendete das Gespräch.
Alberta setzte sich auf. Ein stechender Schmerz raste durch ihren Kopf. Ihr war immer noch schlecht, und ihr Magen revoltierte. Sie schlug die Überdecke zurück und setzte vorsichtig die Beine auf den Boden. Sie sah an sich hinunter. Das völlig zerknitterte schwarze Leinenkleid wies noch Spuren davon auf, daß sie sich übergeben hatte. Sie taumelte ins Bad und stopfte das Kleid in den Wäschesack. Dem ekelhaften Geschmack in ihrem Mund versuchte sie durch ausgiebiges Zähneputzen beizukommen. War sie betrunken gewesen und konnte sich deshalb an nichts erinnern? Das würde zumindest die selbstgerechte Empörung ihrer Mutter erklären.
Sie ließ das Wasser auf ihren Körper prasseln und versuchte ihre Gedanken zu ordnen. Das Kleid und auch der Schmuck wiesen zumindest darauf hin, daß sie auf einer Einladung gewesen war. Vielleicht war sie so betrunken heimgekommen, daß sie mit laufendem Motor in der Garage eingeschlafen war. Aber wieso wußte ihre Mutter davon, und was hatte Hermann damit zu tun? Außerdem war sie nur ein einziges Mal so betrunken gewesen, daß sie sich an nichts mehr erinnern konnte, und das war mit sechzehn Jahren gewesen, als ein Freund sie zum Whiskytrinken überredete, und hatte ihr vier Wochen Hausarrest eingebracht.

Sie versuchte sich mit aller Kraft zu erinnern, aber die Anstrengung verstärkte nur noch ihre Kopfschmerzen. Sie ging hinauf in die Küche, um sich einen Kamillentee zu machen. Auf der Arbeitsplatte standen sorgsam aufgereiht, gespült und abgetrocknet, Wein- und Champagnergläser. Die Party hatte hier stattgefunden. Wahrscheinlich hatte ihre Mutter die Gläser abgespült und wußte nicht, in welchen Schrank sie kamen. Aber wo wollte sie dann mitten in der Nacht noch hinfahren? Vielleicht zu Robert? Sie wußte immer noch nicht, wo er war, oder hatte sie es vergessen? Hermann wollte mit ihr zu Robert fahren, das fiel ihr wieder ein. Hermann, der böse Wolf, der Kreide gefressen hatte. Plötzlich hatte sie ein anderes Märchen aus dem Buch vor Augen – Schneewittchen! Die böse Stiefmutter, die Schneewittchen den vergifteten Apfel reichte. Sie biß hinein und fiel tot um.

Alberta hängte den Beutel mit dem Tee in eine Tasse und goß sie mit heißem Wasser auf. Wieso mußte sie jetzt an Schneewittchen denken, was hatte sie darauf gebracht? Aber ihr Unterbewußtsein gaukelte ihr nur unaufhörlich das Bild aus dem Märchen vor, ohne die entsprechende Assoziation preiszugeben.

Sie warf noch einen Blick ins Wohnzimmer. Alles war tadellos aufgeräumt, nur auf dem hellen Teppich befand sich ein großer Fleck, der vorher noch nicht dagewesen war. Sie nahm ihre Tasse und ging wieder nach unten. Auf dem Weg ins Gästezimmer öffnete sie die Tür zur Garage. Der Geruch der Dieselabgase hing immer noch kalt und abgestanden in der Luft, vermischt

mit dem Gestank von Erbrochenem. Sie zog ruckartig die Tür zu, sonst hätte sie sich gleich wieder übergeben müssen.
Sie flüchtete ins Gästezimmer und setzte sich an den kleinen Schreibtisch. Ihr Blick fiel auf eine ellenlange Einkaufsliste. Natürlich, sie hatte doch selbst die Einkäufe für die Party gemacht und die Gäste eingeladen. Es war Hermanns Idee gewesen, damit sie ihre Freunde davon überzeugen konnte, daß sie wieder in Ordnung war. Sie war auf alles eingegangen, weil er ihr einen Besuch bei Robert in Aussicht gestellt hatte. Wieso konnte sie sich an die Gesellschaft nicht erinnern? Das Bild des schönen Schneewittchens drängte sich wieder in ihr Bewußtsein, wie es in den roten Apfel biß. Es nahm ihn entgegen, und auf einmal sah sie statt des Apfels ein Glas Campari mit Orangensaft, das Hermann ihr reichte. Dann war sie entsetzlich müde geworden und hatte schon große Mühe gehabt, die Leute überhaupt zu begrüßen. Hatte ihr Hermann etwas in den Drink getan? Und warum sollte er das tun? Sie verspürte wieder das Gefühl der Bedrohung, das sie schon empfunden hatte, als er vor ein paar Tagen im Zimmer stand und etwas von Versöhnung faselte. Von Albertas Depressionen war auch die Rede gewesen und von Robert, den man damit nicht behelligen durfte. Sie mußte etwas über den gestrigen Abend herausfinden.
Kurz entschlossen wählte sie Regines Nummer.
»Alberta«, säuselte Regine verlegen, »ich wollte dich gerade anrufen und mich noch einmal für die Einladung bedanken.«

»Hat es dir gefallen?«

»Es war ganz reizend, und ich freue mich, daß du dich mit Hermann wieder so gut verstehst.«

»Hat er dir das erzählt?«

»Das war ja wohl offensichtlich. Ich habe ihn selten so fürsorglich erlebt.«

»Ja, er bemüht sich sehr«, sagte Alberta, um das Gespräch in Gang zu halten.

»Euer Englandaufenthalt wird sicher herrlich. Wie ich dich beneide«, schwärmte Regine weiter und versah Alberta mit diversen Ratschlägen, was sie sich dort alles ansehen solle, um nicht über den gestrigen Abend sprechen zu müssen. Dann erinnerte sie sich plötzlich an einen dringenden Termin und daß sie schon spät dran sei und legte auf.

Offenbar habe ich mich wirklich total danebenbenommen, dachte Alberta, aber das war ihr egal. Viel lieber hätte sie gewußt, was Hermann vorhatte, was die Komödie vom verständnisvollen Ehemann und die Reise nach England sollte. Was hatte er ihr ins Glas getan, das sie so außer Gefecht setzte, daß sie sogar bei laufendem Motor einschlief?

Hermann war so wütend, er hätte platzen können. Diese unglaubliche Enttäuschung, als er morgens, nachdem er sich ganz normal ins Bett gelegt und geschlafen hatte, als erstes in die Garage ging und Albertas Auto leer vorfand. Nur der säuerliche Geruch von

Erbrochenem war in dem schalen kalten Verschlag noch wahrzunehmen. Sie hatte die Garage vollgekotzt und sich dann offensichtlich ins Bett gelegt, wie er durch vorsichtiges Niederdrücken der Klinke an ihrer abgesperrten Tür feststellte. Sonst hätte er sie in seiner maßlosen Wut vielleicht gleich hier erledigt. Die ganze Mühe umsonst. So eine Gelegenheit würde bestimmt nicht so schnell wiederkommen, wahrscheinlich war sie jetzt mißtrauisch. Sie würde sich zweifellos fragen, wie sie in die Garage gelangt und was auf der Party passiert war. Vielleicht ging sie sogar zur Polizei? Sie würden ihm keinesfalls etwas nachweisen können, beruhigte er sich, dafür waren seine Vorkehrungen zu gründlich gewesen. Wenn sie sich ein bißchen umhörten, würden sie schnell herausfinden, daß Alberta als depressiv und tablettenabhängig galt.
Aber was jetzt? Wie konnte er sie ein für allemal aus dem Weg schaffen? Es gab so viele Möglichkeiten, Selbstmord zu begehen, aber alle waren äußerst schwer zu bewerkstelligen, wenn das Opfer seinen Freitod unfreiwillig wählte. Sie konnte von einem Hochhaus springen, sich vor den Zug werfen, sich mit Tabletten vergiften oder die Pulsadern aufschneiden. Hochhaus, das wäre nicht schlecht, weil eventuelle Spuren, die darauf hindeuteten, daß sie sich gewehrt hatte, sicher auf einem völlig zerschmetterten Körper nicht mehr festzustellen waren. Noch besser war die Großhesseloher Brücke, traurige Endstation für etliche Selbstmörder. Die Strömung der Isar würde noch zusätzliche Hilfe leisten. Aber das konnte er unmöglich selbst erledigen,

das war viel zu riskant. Wenn ihn jemand mit Alberta zusammen sah, war er geliefert.
Er war auf seinem Parkplatz angekommen und stellte den Motor ab. Er mußte noch einmal ganz gründlich darüber nachdenken, diesmal durfte nichts schiefgehen.
In seinem Büro wartete Kommissar Sammer. Hermanns Miene verfinsterte sich unmerklich. Wann würde er diesen Typ endlich loswerden?
»Wir haben gehört, daß sich Hasan Ayaydin nach seiner Krankmeldung mit Ihnen in Verbindung setzen wollte. Haben Sie vielleicht noch mit ihm gesprochen?«
»Nein, habe ich nicht, sonst hätte ich es Ihnen gesagt«, antwortete Hermann unwirsch. »Wer behauptet denn so einen Unsinn?«
»Er hat sogar versucht, Sie zu Hause zu erreichen. Offensichtlich war es ihm sehr wichtig.«
»Wer sagt das, meine Frau?«
»Ich frage mich, was er so Dringendes von Ihnen wollte«, wich Sammer aus.
»Woher soll ich das wissen, ich habe ja nicht mit ihm gesprochen.«
»Vielleicht wollte er irgendeine Entschädigung für seine gesundheitliche Beeinträchtigung.«
»Ich habe Ihnen schon mal gesagt, daß er sich die nicht hier im Betrieb geholt hat.«
»Offensichtlich war Ayaydin da anderer Meinung, aber das werden wir noch herausfinden. Schade jedenfalls, daß er nicht mehr die Gelegenheit hatte, mit Ihnen zu reden, sonst wüßten wir sicher mehr.«

Hermann entgegnete nichts darauf. Der Typ wußte nichts, gar nichts, er wollte ihn nur durch seine ständigen Besuche verunsichern. Offensichtlich war die Analyse der Blutprobe auch nicht so einfach, wenn man nicht wußte, nach welchem Stoff man suchen sollte. Trotzdem mußte Hermann vorsichtig sein im Hinblick auf seine Pläne mit Alberta.

»Kann ich Ihnen noch weiter behilflich sein?« fragte er. Der unfreundliche Ton strafte die höfliche Formulierung Lügen.

»Nein, es war sehr entgegenkommend, daß Sie mir Ihre Zeit geopfert haben«, sagte der Kommissar verbindlich. »Ich hoffe, ich muß Sie in dieser Angelegenheit nicht mehr belästigen.«

Hermann wußte, daß er wiederauftauchen würde, aber das war ihm egal. Um ihn aus der Fassung zu bringen, brauchte es mehr als die Anwesenheit eines dämlichen Polizisten.

Das Telefon klingelte, und seine Sekretärin kündigte ihm Büchl an.

»Hermann, da ist etwas im Gange«, sagte Büchl aufgeregt. »Die Staatsanwaltschaft will gegen dich ermitteln.«

»Woher weißt du das?«

»Ich habe einen Hinweis gekriegt. Offensichtlich hat es eine Anzeige von den Grünen über irgendwelche Unregelmäßigkeiten in deinem Betrieb gegeben. Da ist doch alles in Ordnung?«

Hermann wußte genau, daß der Schleimscheißer nur fragte, weil er Angst hatte, selbst mit drinzuhängen.

Immerhin hatte er sich seit Jahren schmieren lassen.
»Selbstverständlich ist alles in Ordnung«, beruhigte ihn Hermann. »Die können ruhig kommen, sie werden nichts finden.«
»Das wäre auch äußerst ungünstig für die Abstimmung über dein Bauvorhaben. Wir müssen dafür sorgen, daß es nicht bekannt wird.«
Er hat Angst, daß er die Kohle wieder zurückgeben muß, dachte Hermann, aber das war sein geringstes Problem.
»Mach dir keine Sorgen, es ist alles in bester Ordnung«, sagte er und beendete das Gespräch. Er riß die Tür zum Vorzimmer auf und brüllte, daß Kerner unverzüglich bei ihm zu erscheinen habe.
Fünf Minuten später stand sein Farmleiter vor ihm, und Hermann erteilte hektisch Anweisungen für den Fall, daß die Farm unter die Lupe genommen würde. Die Belegungszahlen mußten stimmen, die überzähligen Hennen mußten raus, und zwar unverzüglich.
»Was machen wir damit?« fragte Kerner, obwohl er wußte, daß die ausgemergelten Kreaturen nicht mal mehr als Suppenhühner brauchbar waren.
»Vergasen!« befahl Hermann. »Und keine Manipulationen mit Datum oder Güteklassen. Es läuft ab jetzt alles streng nach Vorschrift! Verstanden?«
Hermann wartete, bis Kerner den Raum verlassen hatte, dann griff er zum Telefon. Diesem Scheißgrünen mußte man einen Denkzettel erteilen, der sollte sich nicht noch einmal in seine Angelegenheiten mischen.

»Wo wollen wir hingehen?« fragte Mona.
»Können wir nicht einmal abends zu Hause bleiben«, erwiderte Hermann. »Mir ist nach einem ruhigen Abend. Ich habe zur Zeit so viel Streß in der Firma. Wir könnten doch hier gemütlich essen.«
»Was?« fragte Mona.
»Du kannst ja was kochen.«
»Ich kann nicht kochen.«
»Dann lernst du es eben. Jede Volkshochschule bietet Kochkurse an.«
»Ich will aber nicht kochen lernen.«
»Und ich will nicht jeden Abend zum Essen ausgehen.«
»Was hast du denn plötzlich? Bis jetzt bist du immer gerne weggegangen.«
»Ich möchte eben mal zu Hause bleiben, ist denn das so schwer zu verstehen? Ich denke auch an unsere gemeinsame Zukunft. Wir können doch nicht jeden Abend in einem Restaurant verbringen.«
»Was sagt denn deine Frau zu unserer gemeinsamen Zukunft?«
»Das laß mal meine Sorge sein«, fuhr Hermann sie an.
»Entschuldige«, sagte Mona demonstrativ beleidigt.
»Ich habe es nicht so gemeint«, lenkte Hermann ein. Herrgott, mußten alle Weiber immer gleich beleidigt sein. Er nahm sie in den Arm. »So ein zwangloser Abend zu Hause hat doch auch seine Vorteile.« Grinsend fuhr er mit der Hand unter ihren Rock. Sie schob ihn weg.
»Du hast versprochen, daß wir heute abend zu Luigi gehen.«

»Ich habe Lust auf ein Bier und was Richtiges zu essen, nicht diese Portionen, die man mit der Lupe auf dem Teller suchen muß.«
Mona zog ihren Schmollmund. »Da sind immer so interessante Leute.«
»Was ist denn an diesen Filmfuzzis interessant? Außerdem brauche ich keine anderen Leute, du reichst mir völlig. Ich dir vielleicht nicht?«
»Doch, natürlich«, sagte Mona und lächelte etwas gequält, »ich hatte mich schon so darauf gefreut.«
Hermann zog sie an sich. »Das holen wir nach, Schatz, wir haben doch noch so viel Zeit.« Er vergrub sein Gesicht in ihren Haaren und konnte deshalb Gott sei Dank den Blick nicht sehen, den sie gen Himmel warf.

14

Alberta schreckte zusammen, als das Telefon läutete. Sie lebte derart abgekapselt in dem Gästezimmer, der einzige Platz, wo sie sich richtig sicher fühlte, weil der Raum überschaubar war und sie absperren konnte. Oben im Haus hielt sie sich nur mehr ganz selten auf, und bloß wenn sie genau wußte, daß Hermann nicht daheim war, schlich sie sich manchmal in die Küche. Genausogut hätte sie sich ein Apartment suchen können, aber dafür fehlte ihr das Geld. Sie hatte es bis jetzt noch nicht gewagt, sich wieder an den Anwalt zu

wenden. Einmal war sie Hermann nach dieser ominösen Party im Haus begegnet. Er hatte sie prüfend von oben bis unten gemustert, ohne ein Wort zu sagen.
»Du wolltest mit mir zu Robert fahren«, erinnerte sie ihn.
»Wollte ich das?« fragte er, warf ihr einen feindseligen Blick zu und ging davon.
Ihr war klar, daß sie auch durch weiteres Stillhalten Roberts Aufenthaltsort keineswegs erfahren würde. Also hatte sie sich dazu entschlossen, wenigstens dem Kommissar von diesem seltsamen Anruf von Ayaydin zu erzählen. Sie bat ihn allerdings inständig, nicht zu erwähnen, daß die Information von ihr stammte.
Sie griff nach dem Hörer, und das hartnäckige Klingeln brach in der Mitte ab.
»Wie geht es Ihnen?« fragte Christian, der offensichtlich voraussetzte, daß sie seine Stimme erkannte.
»Danke, gut«, sagte Alberta steif und wurde rot, was er zum Glück nicht sehen konnte.
»Ich habe ein paar interessante Neuigkeiten. Wenn Sie mit mir essen gehen, erzähle ich sie Ihnen.«
Alberta zögerte. »Ich weiß nicht ...«
»Haben Sie Angst vor mir?« fragte er mit einem Lachen.
»Wie kommen Sie denn darauf?« fragte Alberta zurück. Sie ärgerte sich, daß er es immer schaffte, sie total zu verunsichern.
»Dann ist es ja gut. Soll ich Sie abholen, oder wollen wir uns treffen?«
»Besser, wir treffen uns«, sagte Alberta, die Angst hatte,

er könnte unter Umständen Hermann in die Arme laufen. Zwar verbrachte Hermann nach seinem völlig unmotivierten Versöhnungsangebot die Abende wieder außer Haus, aber meistens kam er vorher noch heim, um sich umzuziehen und sich mit einer Wolke von After-shave einzunebeln.
Sie notierte sich die Adresse des Restaurants und legte auf. Es gelang ihr nicht, das Gefühl der Erregung zu ignorieren, das sie seit seinem Anruf verspürte und das auch seit dem Abend, den sie zusammen verbracht hatten, die flüchtigen Momente begleitete, wenn sie an ihn dachte. Sie beeilte sich dann, die Bilder, die sie vor Augen hatte, schnell durch vernünftige Gedanken zu ersetzen. Trotzdem musterte sie ihre knabenhafte Figur kritisch vor dem Spiegel, als sie sich nach dem Duschen abtrocknete. Natürlich war sie mit dem Ergebnis nicht zufrieden, sie hatte sich noch nie mit ihrem Aussehen richtig anfreunden können. Schon in ihrer Schulzeit hatten ihr die Blicke der Jungs recht gegeben, die viel lieber an den Rundungen ihrer Mitschülerinnen hängenblieben als an ihrem mageren, sehnigen Körper, der auch lange nach der Pubertät ausgeprägte weibliche Merkmale vermissen ließ. Und ihr Gesicht, das von dichten braunen Haaren eingerahmt war, die sich schon wieder in unbeabsichtigten Locken kringelten, hatte sie ebenfalls nie als besonders hübsch empfunden. Unwillkürlich betrachtete sie ihren Mund. Wie ertappt drehte sie sich abrupt um und begann sich anzuziehen. Sie hörte, wie Hermann oben das Haus betrat, und hielt instinktiv in ihrer Bewegung inne. Sie prüfte leise, ob sie

auch nicht vergessen hatte, abzuschließen, aber die Tür ließ sich nicht öffnen. Geräuschlos schlüpfte sie in die zurechtgelegten Sachen, obwohl er ihr bestimmt wie immer gar keine Beachtung schenken würde. Noch während sie sich im Bad schminkte, schlug er die Haustür schon wieder hinter sich zu. Sie holte tief Luft und merkte erst durch die spürbare Erleichterung, in welche Angst sie seine Gegenwart jedesmal versetzte. Sie fuhr sich unwirsch mit der Bürste durch die Haare und griff nach ihrer Handtasche.

Ihre Augen suchten ungeduldig die Tische ab, und etwas enttäuscht registrierte sie, daß er noch nicht da war. Ein Kellner eilte ihr zu Hilfe und begleitete sie zu einem reservierten Tisch. Sie nickte auf die Frage nach einem Aperitif. Vielleicht konnte sie damit ihre Unsicherheit bekämpfen. Sie bejahte auch die Frage nach der Karte, so hatte sie zumindest etwas zu tun, während sie wartete. Wenn er wüßte, wie sie es haßte, alleine in Lokalen herumzusitzen, würde er sie vielleicht nicht warten lassen, dachte sie. Dabei war sie extra eine Viertelstunde zu spät gekommen, um diese Situation zu vermeiden.
Sie nippte an ihrem Glas und studierte die handgeschriebene Speisekarte. Sie hatte sich schnell entschieden, so große Auswahl bot das Restaurant nicht. Ein Geräusch ließ sie aufschauen, und sie erwartete Christian zu sehen, wie er sich atemlos zwischen den schmalen Tischen durchdrängte und eine Entschuldigung für sein Zuspätkommen vorbrachte. Aber es war nur der Kellner, der sie fragte, ob sie schon bestellen wolle. Sie

sagte, daß sie noch warte, und sah zum wiederholten Male auf die Uhr. Er war schon vierzig Minuten zu spät, und sie ärgerte sich über die Unhöflichkeit. War es nur Unachtsamkeit oder doch Geringschätzung, wie sie argwöhnte. Den Gedanken an ein Verkehrschaos oder ähnliches verwarf sie sofort wieder, denn die Straßen waren vollkommen frei gewesen, und er hatte den gleichen Weg wie sie. Wahrscheinlich war ihm etwas dazwischengekommen, und er hielt es nicht für notwendig, Bescheid zu sagen. Sie fühlte geradezu die Blicke der anwesenden Gäste auf sich ruhen, die sich wahrscheinlich lustig darüber machten, daß sie versetzt worden war. Was sollte sie tun? Eine Stunde war vorbei, und er würde bestimmt nicht mehr kommen. Mit einer Ausrede zu gehen war mit Sicherheit noch peinlicher, als schnell etwas zu essen.

Sie winkte dem Kellner und bestellte sich einen gegrillten Fisch mit Salat und ein Glas Weißwein. Er nahm ihre Bestellung freundlich auf, geradezu mitleidig, wie sie fand. Ihr Blick streifte die anderen Leute, die in angeregte Gespräche vertieft waren, aber sie sicher verstohlen musterten, wenn sie nicht hinsah.

Der Fisch wurde gebracht. Während sie aß, stellte sie sich vor, was ihn wahrscheinlich von der Verabredung ferngehalten hatte. Sie sah ein junges hübsches Mädchen mit einer aufregenden Figur vor ihm stehen, und er sagte zu ihr: Eigentlich hatte ich schon etwas vor, aber das war nicht so wichtig.

Sie bat um die Rechnung und verließ schnell das Restaurant. Auf dem Heimweg liefen ihr Tränen über die

Wangen. Sie ärgerte sich über ihre Phantasie, die ihr kurz etwas völlig Realitätsfremdes vorgegaukelt hatte. Von Anfang an wußte sie, daß er kein Interesse an ihr hatte. Er flirtete mit ihr, weil ihn ihre hilflose Reaktion belustigte. Wahrscheinlich fand er auch die Vorstellung komisch, daß sie eine Stunde in einem Lokal saß und wartete.

Hermann hörte sich zufrieden den Bericht des vor ihm stehenden Farmleiters an. Alles war erledigt. Wenn die Typen von der Staatsanwaltschaft kamen, würden sie ihm nichts mehr nachweisen können. Die Ställe waren vorschriftsmäßig belegt, alles entsprach der vorgeschriebenen EU-Norm. Die Daten auf den Eierkartons stimmten mit den Tagen, an denen sie abgepackt worden waren, überein. Vielleicht hatte Büchl auch nur falschen Alarm gegeben, aber das glaubte Hermann eigentlich nicht. Er war immer erstaunlich gut informiert und hatte viel Einfluß.

Hermann wartete, bis Kerner gegangen war, und wählte dann die Nummer von Markus Tomani. Ihm war eine zugegeben etwas abenteuerliche Idee gekommen.

Er ließ sich von Markus noch einmal die ganze Situation mit Paramount erläutern, obwohl ihn das überhaupt nicht interessierte. Für die Zahlen war Wolfgang Kleine zuständig. Er wollte nur keinen Verdacht erregen, indem er gleich zur Sache kam. Nachdem Markus

seinen öden Vortrag beendet hatte, fragte Hermann beiläufig: »Diesen Berater, den ihr da für das Buch hattet, bleibt der weiterhin dabei?«
Markus sagte, daß er ein paarmal mit Chris Fletcher telefoniert habe, und der habe sich ganz euphorisch über die kompetenten Informationen geäußert, die Carlos lieferte. Man wolle ihn auf jeden Fall fest verpflichten, bis die Bücher alle abgenommen seien, und er habe auch schon das erste Honorar für ihn angewiesen.
»Ja, der scheint sich ziemlich gut auszukennen«, sagte Hermann, der sich hauptsächlich daran erinnerte, daß Carlos etwas über Auftragsmorde erzählt hatte und daß er in Kolumbien genügend bezahlte Killer kannte, die für eine äußerst bescheidene Summe jeden wegpusten würden, den man ihnen zeigte.
»Wann fliegst du denn rüber, um die Verträge zu unterzeichnen?« fragte er.
»Nächsten Dienstag, das ist der früheste Termin, an dem ich wegkann.«
»Hört sich alles gut an«, meinte Hermann. »Ich lasse dir das Geld anweisen und möchte gern nach Los Angeles mitkommen.«
»Prima«, sagte Markus, der offenbar bemüht war, sich seine Überraschung über Hermanns plötzlichen Meinungsumschwung nicht anmerken zu lassen. »Ich sorge dafür, daß für dich und Mona ein Flug gebucht wird.«
Hermann lehnte sich zurück und genoß seine Zufriedenheit. Man mußte sich nur zu helfen wissen. Einen Profikiller aus Kolumbien würde wohl kaum jemand mit ihm in Verbindung bringen. Außerdem brauchte er

dem Typ sicher nur zu sagen, es solle nach Selbstmord aussehen, und der würde das arrangieren. Wenn der Alberta von einem Hochhaus schmiß oder unter einen Zug, dann könnten sie lange nach Fingerabdrücken suchen, abgesehen davon, daß Profis immer Handschuhe trugen. Das Problem war so gut wie erledigt. Das einzige, was ihm noch Kopfschmerzen bereitete, war die Verständigung mit Carlos. Er konnte sich schlecht von Patrick oder Markus übersetzen lassen, wenn er den Auftrag erteilte, seine Frau umzulegen. Aber es mußte auch nicht allzuviel besprochen werden. Ein paar Sätze Englisch hatte Hermann durch seine Kassetten gelernt, und den Rest würde er einfach aus dem Wörterbuch zusammensuchen. Keine Zeugen, das war am sichersten. Er mußte nur ein gutes, ausführliches Wörterbuch kaufen, dann konnte er auch schon vorher die entsprechenden Wörter nachschlagen. Und das wichtigste Wort kannte er sowieso schon: *kill!*

Mona wird begeistert sein, wenn sie von der Reise hört, dachte er. Kurz überlegte er, ob seine Pläne nicht ohne sie leichter in die Tat umzusetzen waren, aber er mußte sich ja nur einmal mit Carlos zu einem Gespräch verabreden, und das würde bestimmt nicht lange dauern. Die restliche Zeit war langweilig ohne Mona. Er hatte nicht die Absicht, sich wieder die ermüdenden Verhandlungen zwischen Markus und den Amis anzuhören. Ein bißchen Erholung hatte er wirklich verdient nach den aufreibenden letzten Tagen, und ohne Zweifel würde sich Mona für diese Reise dankbar zeigen. Sie fühlte sich in Hollywood absolut in Hochstimmung, wie sie ihm das letztemal verraten hatte. Sollte sie sich ruhig noch ein bißchen Illusionen über ihre Karriere machen, später würde er ihre Interessen schon unauffällig in die richtigen Bahnen lenken. Vielleicht sollte er sie einfach mal zu so einem Kochkurs anmelden, wenn sie wieder zurück waren. Außerdem, wenn Frauen erst mal schwanger waren, hatten sie auch das natürliche Bedürfnis, zu Hause zu bleiben. Die besaßen alle so einen biologischen Drang zum Nestbau, das hatte er einmal gelesen. Was wollten sie denn wirklich? Heiraten! Selbst die hartgesottenen Emanzen, die er früher in Albertas Studentenumfeld kennengelernt hatte, waren sofort bereit, ihre Prinzipien über Bord zu werfen, sobald sie einen Mann zu fassen kriegten. Mona würde da keine Ausnahme sein. Sollte sie ruhig ein bißchen vor der Kamera herumhüpfen. Sie würde überglücklich sein, wenn er ihr einen Ring an den Finger steckte.

Der Anblick ihrer Mutter vor der Tür entlockte Alberta ein Stöhnen, das sie nur mühsam unterdrücken konnte. Ihre Mutter wedelte vorwurfsvoll mit der Zeitung unter ihrer Nase herum, die um elf Uhr vormittags noch nicht einmal aus dem Briefkasten geholt war.

»Ich mache mir Sorgen um dich«, sagte sie. »Deshalb wollte ich einmal vorbeischauen.«

»Das ist absolut unnötig«, entgegnete Alberta patzig, ohne sie hereinzubitten.

»Bietest du mir wenigstens einen Kaffee an?«

»Natürlich.« Sie ging voraus in die Küche und füllte den Filter mit Kaffeepulver, goß Wasser in den Behälter und schaltete die Kaffeemaschine ein. Geräuschvoll knallte sie zwei Kaffeetassen auf den Eßtisch, um zu demonstrieren, wie unwillkommen ihr der überraschende Besuch war.

»Hast du denn inzwischen etwas unternommen?« fragte ihre Mutter.

»Was denn?«

»Hast du den Termin beim Psychiater wahrgenommen, den Hermann für dich gemacht hat?«

»Wenn Hermann einen Termin vereinbart hat, so hat er das für sich behalten. Soll er doch selbst hingehen, er hat das bestimmt nötiger!«

»Du brauchst professionelle Hilfe!«

»Hat er dir das eingeredet?« Ihre Mutter errötete, also war sie auf der richtigen Fährte. »Du kannst mir vielleicht helfen, indem du mir sagst, was er dir noch alles erzählt hat. Vielleicht kriege ich dann endlich raus, was er vorhat.«

»Deine Feindseligkeit gegen Hermann ist absolut unangebracht. Er ist geradezu rührend um dich besorgt.«

»Mir kommen gleich die Tränen«, sagte Alberta, die wirklich am liebsten geheult hätte. Warum war ihre Mutter nie auf ihrer Seite? Sie erinnerte sich an Streitereien aus ihrer Kinderzeit, bei denen ihre Mutter stets die Position ihrer Widersacher bezog und Alberta ins Unrecht setzte. In ihrem Bestreben, aus Alberta einen anpassungsfähigen, bescheidenen Menschen zu machen, hatte sie ständig die Vorzüge der anderen betont,

denen ihre Tochter nacheifern sollte. Sie sollte sich anstrengen, so klug, schön, strebsam und ehrgeizig wie ihre jeweiligen Freundinnen zu werden, aber sosehr sie sich auch anstrengte, es hatte nie ausgereicht, um die Anerkennung ihrer Mutter zu gewinnen – oder ihre Liebe. Genauso würde sie jetzt darauf beharren, daß Hermann im Recht war, ganz gleich, was für Argumente Alberta vorbrachte. Sie überlegte, ob es ihr mit Robert ähnlich gehen würde. Ob sich die Bande einmal so lockerten, daß sie sich als Fremde gegenüberstanden, jeder unfähig oder unwillig, den anderen zu verstehen. Das wollte sie sich nicht vorstellen, dazu liebte sie ihn zu sehr. Die Angst überfiel sie wieder, daß ihm etwas passiert sein könnte und sie nichts davon erfuhr.
Sie griff nach der Zeitung, als könnte sie durch die Meldungen etwas über ihren Sohn erfahren.
»Ich spreche mit dir«, sagte ihre Mutter beleidigt, aber Albertas Blick war an einer Überschrift der Landkreisausgabe hängengeblieben. »Gründer von Bürgerinitiative von unbekannten Rowdies zusammengeschlagen.« Es folgte ein kurzer Artikel, daß Christian von H. am Donnerstagabend bewußtlos von Spaziergängern aufgefunden worden war. Der herbeigerufene Notarzt veranlaßte seine Einweisung ins Krankenhaus, wo er noch einige Tage zubringen muß. Eine erste polizeiliche Vernehmung ergab lediglich, daß er von drei Männern, die Skimasken über den Kopf gezogen hatten, mit Baseball- oder Hockeyschlägern verprügelt worden war. »Christian von H. vermutet, daß der Überfall im Zusammenhang mit seiner politischen Tatigkeit steht. Die Polizei

bittet um Hinweise, falls jemand Zeuge des Geschehens war.«
Donnerstag abend – deshalb hatte sie also umsonst gewartet. Fast spürte sie so etwas wie Erleichterung, die aber unverzüglich in Besorgnis umschlug. Es stand nichts Näheres über seine Verletzungen in der Zeitung, aber sicher waren sie schwerwiegend, wenn er bewußtlos gefunden worden war. Ob Hermann etwas damit zu tun hatte?
»Tut mir leid, Mama, ich muß einen Krankenbesuch machen«, sagte Alberta. »Am besten unterhältst du dich sowieso mit Hermann, wenn du dir Sorgen um mich machst. Da könnt ihr euch dann gegenseitig für euer Verständnis beweihräuchern«, fügte sie boshaft hinzu.

Christian machte den Versuch eines Lächelns, verzog aber sofort schmerzhaft das Gesicht.
»Wie geht's?« fragte Alberta, während sie vorsichtig ins Zimmer trat, als könnte ihr lautes Auftreten ihm weitere Unannehmlichkeiten verursachen.
Er deutete auf einen Stuhl, damit sie sich setzte. »Es geht schon wieder, es sind nur Prellungen und eine angeknackste Rippe.«
»Sieht ziemlich übel aus«, sagte Alberta mit einem Blick auf seine aufgeplatzte Lippe und ein riesiges Pflaster an seinem rechten Auge.
»Meine Schönheit ist ziemlich beeinträchtigt, aber noch mehr hat mein Ego gelitten, daß ich mich gegen drei Männer mit Baseballschlägern nicht zur Wehr setzen

konnte. Im Ernst, es ist ein beschissenes Gefühl, wenn man nur darauf wartet, welcher der Typen als nächstes zuschlägt.«

»Es tut mir leid. Haben Sie eine Ahnung, wer es war?«

»Ich müßte mich sehr täuschen, wenn nicht Ihr Mann dahintersteckte. Die Typen haben auch irgendwas von letzter Warnung gefaselt, aber da war ich schon halb weggetreten. Was ich Ihnen an dem Abend eigentlich erzählen wollte, war, daß wir eine Anzeige bei der Staatsanwaltschaft gegen ihn eingereicht haben. Hasan Ayaydin hat damals zu Dr. Hirte gesagt, er wisse, daß die Daten auf den Eierkartons gefälscht werden, außerdem habe ich schon öfter gehört, daß die Ställe weit über die zulässige Grenze hinaus belegt werden. Vielleicht nehmen die den Betrieb mal etwas unter die Lupe, bevor er auch noch vergrößert wird und den ganzen Landstrich verpestet.«

»Haben Sie nicht Angst, daß er so was noch mal versucht?«

»Haben Sie Angst?«

»Ja«, sagte Alberta.

»Warum sind Sie dann immer noch nicht ausgezogen?«

»Es klingt albern, aber ich weiß nicht, wohin, und ich habe nicht die Mittel, um mir eine Wohnung zu suchen.«

»Es wird uns wohl kaum gelingen, ihn aus dem Verkehr zu ziehen. Wenn die Ermittlungen etwas ergeben, kommt er sicher mit einer Geldstrafe davon.«

»Das denke ich auch. Wenn ich wenigstens wüßte, wo Robert ist, dann hätte er ein Druckmittel weniger.«

»Ich habe ein bißchen nachforschen lassen, in Deutschland scheint er nicht in einem Internat zu sein.«
Auf einmal fiel Alberta Regines Geschwätz über London wieder ein und daß Hermann zu ihr gesagt hatte, sie würden nach England fahren. »England!« stieß sie aufgeregt hervor. »Er hat ihn nach England gebracht!«
Christian sah sie überrascht an, und sie erzählte ihm von der seltsamen Party, an die sie sich nicht mehr erinnern konnte, und von dem Gespräch mit ihrer Freundin. Nur das Erlebnis in der Garage verschwieg sie. Es war ihr peinlich, daß sie nicht mehr wußte, was sie dort eigentlich wollte.
»Wenn er in England ist, kriegen wir leicht heraus, wo«, sagte Christian. »Aber ich finde es ausgesprochen unheimlich, daß Ihr Mann Ihnen insgeheim Tabletten gibt. Was bezweckt er damit?«
»Ich habe keinen Beweis, daß er es wirklich getan hat«, antwortete Alberta wahrheitsgemäß.
»Anders läßt sich doch die Erinnerungslücke überhaupt nicht erklären, oder haben Sie die Gewohnheit, sich sinnlos zu besaufen?« fragte er.
»Nein«, sagte Alberta, wollte ihm allerdings nichts davon erzählen, daß Hermann vorgeschlagen hatte, sie solle wegen ihrer psychischen Instabilität zum Psychiater gehen. Dann hätte sie vielleicht erwähnen müssen, daß sie wirklich eine Weile depressive Verstimmungen gehabt hatte, und das mochte sie nicht. Sie hatte sich vor einem praktisch Fremden schon genug entblößt, aber das lag vielleicht daran, daß Christian schon durch die Tatsache, daß er verletzt neben ihr im Bett

lag, auch etwas von seiner Intimsphäre preisgeben mußte.

»Ich werde herausfinden, wo Robert ist, und dann müssen Sie weg aus dem Haus. Ich kann Ihnen doch etwas leihen. Natürlich völlig unverbindlich«, setzte er mit einem Grinsen hinzu.

»Warum tun Sie das alles für mich?«

»Vielleicht will ich Sie vollkommen in meine Abhängigkeit bringen.«

Alberta ignorierte den Spott. »Sind Sie denn als Maler so erfolgreich?« fragte sie.

»Sie meinen, ob ich so viel verkaufe, daß ich mir davon einen Porsche leisten kann? Leider nicht, aber das Erbe meiner Großmutter erlaubt mir solche Extravaganzen, bis ich mit meiner Kunst auch den kommerziellen Zenit erreicht habe.«

»Welche Art von Malerei ist es denn? Ich meine, welche Stilrichtung?«

»Interessiert Sie das wirklich, oder fragen Sie nur aus Höflichkeit?«

»Es interessiert mich.«

»Dann zeige ich Ihnen etwas von meinen Sachen, wenn ich hier wieder draußen bin.«

»Ich muß jetzt gehen.«

»Ich danke Ihnen, Florence Nightingale, Ihr Besuch hat mich wieder aufgerichtet.«

Alberta warf ihm einen genervten Blick zu, während sie aufstand.

»Im Ernst, so kenne ich Sie gar nicht. Bis jetzt waren Sie mehr als Kratzbürste unterwegs.«

»Gute Besserung«, sagte Alberta lakonisch, drehte sich um und ging mit raschen Schritten zur Tür.

15

Hermann war von einer unbezähmbaren Unruhe ergriffen. Sogar Mona machte sich über seine Nervosität lustig, die alle den nicht enden wollenden Verhandlungen mit den Amerikanern zuschrieben. Endlos debattierten sie mit Markus über die Vertriebsrechte. Dabei war das Hermann herzlich egal, er hatte nur fest angenommen, daß bei einer der Besprechungen Carlos auftauchen würde, damit er mit ihm über sein kleines Privatproblem reden konnte.

»Wie geht's denn jetzt mit den Büchern weiter?« fragte er Patrick ungeduldig.

»Es sind noch nicht alle Autoren verpflichtet, aber Chris ist der Headwriter und wird alles koordinieren«, antwortete Patrick. Das liegt dann in der Verantwortung der Amerikaner. Wir müssen nur die Storylines so absprechen, daß alles zueinanderpaßt.«

»Wäre es nicht vernünftig, sich noch einmal mit diesem Carlos oder wie der heißt zu unterhalten?« fragte Hermann.

»Der steht für die ganze Produktion als Berater zur Verfügung.«

Das wußte er selbst, aber er wußte nicht, wie er an ihn

rankommen sollte, ohne Verdacht zu erregen. Dabei hatte er sich schon die ganze kleine Rede aus dem Wörterbuch zusammengesucht und aufgeschrieben. Alles war perfekt, bis auf die Tatsache, daß der Mann gar nicht in Erscheinung trat. Mona räkelte sich neben ihm auf der Liege und kramte wieder ihr Sonnenöl hervor. Sie konnte regelrecht Stunden damit zubringen, ihren Körper einzuölen.

»Ist es nicht herrlich hier?« schwärmte sie und blinzelte unter ihrer Sonnenbrille auf das türkisfarbene Wasser des Pools. »Ich könnte für immer hier bleiben.«

»Viel zu heiß«, brummte Hermann, »außerdem hast du keine Ahnung, was für Preise die in dem Hotel verlangen.«

»Ich denke, das bezahlt die Produktion von Markus«, sagte Mona schläfrig.

»Ich denke, das bezahle alles ich«, erwiderte Hermann schlecht gelaunt, »oder was glaubst du, wozu er soviel Geld für die Vorbereitung braucht?«

»Das kommt doch alles wieder rein, allein der Gewinn bei sechsundzwanzig Folgen.«

»Seit wann verstehst du denn etwas davon?« fragte Hermann gereizt. Mona beachtete ihn nicht und begann mit dem Ritual des Einölens. Sie hatte eine aufreizende Art, ihren Körper dabei so zu massieren, daß man seinen Blick kaum davon abwenden konnte. Sie wußte genau, wie das auf Männer wirkte. Jeder wünschte sich instinktiv, ihr das Öl aus der Hand zu nehmen und ihre Haut damit selbst einzureiben.

»Gib her, ich mach das«, sagte Hermann auch prompt

und goß die glitschige Flüssigkeit in seine Handfläche. Mit Besitzerstolz knetete er ihre Rückseite, und Mona stieß pflichtgemäß wohlige Laute aus. Zum erstenmal dachte er dabei nicht ans Vögeln, sondern daran, wie es ihm gelingen sollte, unauffällig Kontakt mit Carlos aufzunehmen.

Patrick kam angeschlendert, um zu fragen, wo er einen Tisch reservieren solle.

»Wer geht denn alles mit?« fragte Hermann.

»Markus ist schon zum Essen verabredet, ihr müßt also mit mir vorliebnehmen«, antwortete Patrick. Das hatte sich Hermann sowieso gedacht. Nachdem er das Geld hatte, legte Markus wieder seine übliche Arroganz an den Tag, und Patrick war dazu abgestellt, sich um Hermann zu kümmern. Er mußte etwas unternehmen, der Rückflug war in zwei Tagen gebucht, und er würde nicht unverrichteter Dinge nach Hause fahren.

»Ich fände es ganz lustig, wenn dieser Kerl von der Drogenmafia mit zum Essen käme. Das ist doch eine einmalige Gelegenheit, ihn ein bißchen auszufragen; ich meine, man kommt ja sonst nicht mit Leuten aus so einem Milieu zusammen«, sagte er möglichst harmlos.

»Wenn dich das interessiert«, entgegnete Patrick, »kann ich ja versuchen ihn zu erreichen.«

»Mach das mal, ist doch 'ne Abwechslung, einen Abend mit einem echten Mafioso zu verbringen.«

»Wo wollt ihr denn hin? Ins Spago?« fragte Patrick.

»O ja«, jubelte Mona. Sicher hoffte sie wieder irgendwelche Prominenz zu entdecken.

»Meinetwegen«, stimmte Hermann zu, dem herzlich egal war, wo man den Abend verbrachte.

Markus wählte die Nummer der Telefonzentrale und sagte Bescheid, daß er nicht gestört werden wolle. Dann öffnete er die Flasche Bordeaux, die ihm die Direktion aufs Zimmer gestellt hatte, und sog die bereitgelegte weiße Linie auf. Er wollte seinen Triumph alleine genießen. Zwar hatten ihm die Amerikaner noch die meisten Vertriebsrechte abgehandelt, was einen Batzen weniger Geld bedeutete, aber immerhin konnten die Verträge morgen unterzeichnet werden. Noch einen Abend mit Hermann hätte er sowieso nicht ertragen. Seine Anwesenheit bereitete ihm geradezu physisches Unbehagen, und es machte ihm größte Schwierigkeiten, selbst die simpelste Konversation mit ihm aufrechtzuerhalten. Spätestens nach dem zweiten Glas Wein glotzte er sowieso stupide in Monas Ausschnitt, als wären ihre Titten eines der sieben Weltwunder. Dank Patricks Diplomatie war es immer wieder gelungen, eine Unterhaltung in Gang zu bringen, an der sich Markus meistens nicht beteiligte.
Heute mittag, nach der letzten Besprechung, war er einfach davongegangen und ins Getty-Museum gefahren, um etwas Ruhe zu finden. Er saß lange vor van Goghs Schwertlilien mit den fast hypnotisch schönen Farben und dachte darüber nach, ob er nun das erreicht hatte, was er wollte. Aber da war nichts als ein Gefühl der großen Leere. Er war am Ziel, er war Koproduzent der *Harry-Lime*-Serie, dreizehn Folgen in Europa, dreizehn

Folgen in Amerika, außerdem hatte er einen neuen Auftrag für *Notaufnahme* in der Tasche, eigentlich müßte er glücklich sein, aber er empfand nichts, nicht einmal Erleichterung. Er lief drei Stunden durch das Museum und versuchte zu ergründen, was er eigentlich wollte. Warum gab ihm das keinen Kick, endlich eine internationale Produktion auf die Beine zu stellen? Im Grunde waren die Verhandlungen mit amerikanischen Studioexecutives, die sich so überheblich gebärdeten, als wäre Deutschland ein Entwicklungsland und nicht der drittgrößte Fernsehmarkt, genauso ermüdend wie mit den Producern der deutschen Privatsender, deren Fähigkeiten sich oft darin erschöpften, jung zu sein, und die allesamt vom Programm keine Ahnung hatten und nur daran interessiert waren, Werbezeiten mittels Quoten zu verkaufen.

Wenn er wirklich reich wäre, würde er vielleicht nur noch moderne Kunst sammeln. Sicher war es ein tolles Gefühl, ein Bild zu ersteigern, hinter dem alle her waren, oder einen Künstler, der nicht verkaufen wollte, doch dazu zu überreden.

Aber er wußte, daß er sich etwas vormachte. Selbst wenn er den Manet, vor dem er gerade stand, in seinem Wohnzimmer hängen hätte, würde ihm das auch nichts bedeuten.

Am glücklichsten war er noch, wenn er mit seiner Tochter zusammen war, aber vielleicht lag das nur daran, daß die Zeit, die er mit ihr verbringen konnte, durch Corinas Eifersucht, die sich auf das Kind erstreckte, so gnadenlos limitiert war.

Wenn er ganz ehrlich mit sich war, wußte er, daß ihm nur noch das Kokain, das er neuerdings manchmal rauchte, um die Wirkung zu verstärken, diesen Kick verschaffte. Und auch damit wurde es immer schwerer.
Als er mit dem Zeug anfing, machte es ihm noch Spaß, mit seinen häufig wechselnden Begleiterinnen zu schlafen. Er war sogar richtig süchtig danach, weil die Droge sein sexuelles Empfinden gewaltig steigerte. Mittlerweile fand er, daß der Aufwand und die Mühe, eine Frau einen Abend, im schlimmsten Fall sogar die ganze Nacht zu ertragen, den kurzen Moment der Ekstase, den das Erschauern im Orgasmus bot, kaum mehr rechtfertigte.
Anfangs konnte er phantastisch arbeiten mit dem Zeug, es machte seinen Verstand scharf und klar und erlaubte ihm die Grenzen der Müdigkeit ständig weiter hinauszuschieben, mittlerweile konnte er nicht nur mit Koks besser arbeiten, er konnte ohne es überhaupt nichts mehr tun.
Er streckte sich auf dem Sofa aus und versuchte ein Gefühl der Freude in sich wachzurufen, aber es mißlang auch diesmal. Was konnte noch Besonderes kommen, außer dem Alter, das unweigerlich mit dem Verlust von Attraktivität und Gesundheit verbunden war. Eine grauenhafte Vorstellung, bei dem morgendlichen Blick in den Spiegel ein faltiges, vielleicht noch von Geheimratsecken eingerahmtes Gesicht vorzufinden oder seine Muskeln allmählich in schlaffes Fett übergehen zu sehen. Frauen beklagten immer, daß sie nur auf ihr Aussehen reduziert wurden, wenn die ersten Falten unweiger-

lich den Beginn des Verfalls ankündigten, als ob Männer unter dem Schwinden ihres guten Aussehens nicht ebenso leiden würden, sie durften es nur nicht zugeben. Der Verlust von Jugend und Schönheit war für beide Geschlechter ein tragischer Prozeß, der durch Fitneßwahn und Schönheitschirurgie nur höchst unvollkommen gestoppt werden konnte. Und selbst gestrafft und geliftet, würde es nicht gelingen, abgebrühten Zynismus als Ergebnis langjähriger Erfahrungen in jugendliche Naivität umzumünzen.
Er zog noch eine zweite Linie hoch und dachte an das bescheidene Glück, wenigstens heute abend Hermann nicht ertragen zu müssen.

Patrick war es tatsächlich gelungen, Carlos ins Spago zu bestellen. Mona meckerte zwar, daß sie den Typ schmierig fand und daß sich Hermann aufgrund der Sprachbarriere sowieso nicht mit ihm unterhalten könne, aber Hermann beharrte darauf, daß er das fremde Milieu interessant fand und mehr darüber wissen wollte. Vielleicht würde er Mona irgendwann ins Vertrauen ziehen, aber momentan schien es ihm sicherer, niemanden einzuweihen, und er konnte auch schlecht einschätzen, wie sie auf seinen Plan reagieren würde.
Also entschied er sich dafür, Carlos bei der Begrüßung heimlich einen Zettel zuzustecken. Auf den hatte er geschrieben: »I must see you alone!« Dazu hatte er noch die Nummer seines Hotelzimmers im Beverly Hills geschrieben und alles dick unterstrichen. Während das

Essen bestellt wurde, merkte er, wie Carlos ihn und Mona unauffällig musterte. Er konnte sich natürlich weder die überraschende Einladung zum Essen noch die seltsame Nachricht, die er mit einem schnellen Blick beim Hinsetzen entziffert hatte, erklären. Hermann registrierte ein eigenartiges Lächeln des Kolumbianers, und ihm wurde schlagartig klar, daß er ihn für schwul hielt und dachte, er wolle auf diesem Weg ein Rendezvous arrangieren. Hermann wurde rot, was ihm sicher seit dreißig Jahren nicht mehr passiert war. Er beantwortete das Lächeln mit einem finsteren Blick und legte demonstrativ den Arm um Mona. Carlos verstärkte sein Grinsen, als wollte er sein Verständnis für diese kaschierende Demonstration veranschaulichen. Hermann sah schnell woandershin. So etwas Peinliches war ihm schon lange nicht mehr unterlaufen. Oder war der Kerl selbst vom anderen Ufer? Ein südamerikanischer Macho, ein eiskalter Mafioso, eine Schwuchtel? Ob so was möglich war? Hermanns Weltbild geriet gehörig ins Wanken. Vielleicht hätte er auf den Zettel noch etwas anderes schreiben sollen, aber es war schon mühsam gewesen, den kurzen Satz aus dem Wörterbuch zusammenzusuchen. Für längere Erklärungen fehlte ihm die Geduld.

Nachdem das Essen bestellt war, fragte Patrick, was Hermann gerne von Carlos wissen wolle. »Frag ihn, wie viele Leute er auf dem Gewissen hat«, sagte Hermann. Patrick weigerte sich jedoch und begann eine Unterhaltung mit Carlos, aus der er dann stinklangweilige Anekdoten ubersetzte. Mona machte kein Hehl aus ihrem Desinteresse und blickte sich gähnend nach den anderen Gästen um, aber es waren keine Prominenten zu entdecken. Patrick fragte sich offenbar, was das Ganze sollte, und so schleppte sich der Abend etwas mühsam dahin. Hermann sagte ziemlich bald, daß er müde sei, und Patrick bestellte die Rechnung. Bei der Verabschiedung machte Hermann noch eine Geste in Richtung Carlos, daß er ihn anrufen solle, und der nickte und grinste wieder schmierig.

Mona wollte noch in die Polo Launch, aber er winkte ab und sagte, er gehe aufs Zimmer. Sie folgte ihm beleidigt. Als er die Tür aufsperrte, hörte er schon das Telefon läuten.

»Hi, it's Carlos«, meldete sich die Stimme mit dem harten spanischen Akzent.

»In the Bar?« fragte Hermann und setzte ein »five Minutes« hinzu.

»Okay«, antwortete Carlos und hängte ein.

»Ich muß noch mal ganz schnell runter, Patrick will mir noch was wegen der morgigen Besprechung sagen«, verkündete er Mona, die gerade aus dem Bad kam.

»Ich komme mit.«

»Nein, du bleibst hier«, bestimmte er und verließ das Zimmer, bevor sie weiter protestieren konnte.

Carlos wartete schon an der Bar. Hermann registrierte die äußerst schummrige Beleuchtung und dachte an sein Wörterbuch, das er unter den Arm geklemmt hatte. Hier konnte man nicht lesen, und außerdem war es zu voll. »Lobby!« kommandierte er.

Sie ließen sich in einer abgelegenen Sitzgruppe in der

Halle nieder, die um diese Zeit angenehm menschenleer war. Hermann hatte schon Vorarbeit geleistet. Er zog ein Stück Papier, das er in das Wörterbuch geklemmt hatte, heraus und gab es Carlos zu lesen.

»Who can kill my wife for money?« stand da.

»What a pity.« Carlos lachte, aber Hermann zuckte nur mit den Schultern zum Zeichen des nicht Verstehens.

»Where?« fragte Carlos. Auf Hermanns unverständlichen Blick hin suchte er im Wörterbuch das entsprechende »wo« heraus und hielt es ihm unter die Nase.

»Germany.«

»Fiftythousand an the flight«, sagte Carlos knapp. »Business Class of course.«

»Mark?« fragte Hermann hoffnungsvoll.

»Dollar!« antwortete Carlos. Das war teurer, als er gedacht hatte, und normalerweise hätte er wenigstens versucht zu handeln, aber Carlos sah nicht aus, als ob er mit sich reden ließe, und es war auch zu mühsam in der fremden Sprache. Er gab mit einem Nicken sein Einverständnis.

»Half of the money now, the other half after the job«, sagte er und griff nach dem Buch, um Hermann die entsprechende Übersetzung zu zeigen. »Hälfte jetzt, Hälfte später«, radebrechte er. Hermann nickte wieder. Langsam spürte er, wie die Anspannung von ihm wich. Es ging wesentlich leichter, als er erwartet hatte. Im Grunde hatte er gefürchtet, daß sich der Kolumbianer vielleicht erst zieren würde und mühsame Überredungs-

künste notwendig waren. Es ging doch nichts über richtige Profis.
»I need the address«, sagte Carlos und suchte im Buch die entsprechende Übersetzung.
Hermann schrieb die Adresse des Hauses in sauberen Druckbuchstaben auf den Block des Beverly Hills Hotels und angelte sein Scheckbuch aus der Jackentasche. Er stellte einen Scheck über fünfundzwanzigtausend Dollar aus, den Carlos lächelnd in Empfang nahm.
»The flight!« erinnerte er freundlich.
Säuerlich lächelnd füllte Hermann ein zweites Formular über einen teuren Business-Class-Flug aus. Er mußte Carlos noch erklären, daß es wie ein Selbstmord aussehen sollte. Er blätterte im Wörterbuch und deutete auf das komplizierte Wort suicide.
»Ah, it has to look like a suicid«, sagte Carlos sofort und klopfte Hermann beruhigend auf die Schulter. »Don't worry, a friend of mine will do the job and it will be perfect!« Er sprach langsam und beschwörend und untermauerte seine Worte mit entsprechenden Gesten, so daß Hermann verstand, was er meinte. »Now we need a drink!« Er schob Hermann in Richtung Bar. Beim Aufstehen griff er noch einmal nach dem Buch und deutete mit dem Finger auf das Wort *wann?*
Next week zeigte Hermann und lächelte zufrieden dabei.

Er griff noch einmal nach der Visitenkarte, die ihm Carlos in die Tasche gesteckt hatte, als er auf den Hotelaufzug wartete, und genoß ein triumphierendes Gefühl der

Vorfreude. Kurz malte er sich die bevorstehende Beerdigung aus, da würde er zum letztenmal für Alberta Geld springen lassen, sah sich in tiefer Trauer, aber doch gefaßt hinter dem Sarg hergehen, um einen aufrechten Gang bemüht, was unter der Last des unglaublichen Schicksalsschlags fast zuviel verlangt war. Neben sich Albertas Mutter, die sich unter Tränen des Selbstmitleids verlogenen Selbstanklagen hingab. Der einzige, der wirklich verzweifelt sein würde, war Robert, aber vielleicht war es sowieso besser, ihn in der Schule zu lassen. Hermann hatte ein unangenehmes Gefühl, wenn er an seinen Sohn dachte und an seine zweifelnden Blicke, als er von Alberta und ihren schweren Depressionen gesprochen hatte.

Die Türen des Aufzugs glitten mit einem dezenten Geräusch auseinander, und Hermann trat auf den tiefen Teppich des Flurs, der seine Schritte dämpfte. Mona war mittlerweile schwer beleidigt, weniger wegen seines langen Ausbleibens als wegen der Vorstellung, vielleicht in der Bar etwas Aufregendes versäumt zu haben. Hermann ging zur Minibar und entnahm ihr eine Flasche Champagner. Er schenkte zwei Gläser ein und zog die immer noch schmollende Mona auf seinen Schoß.

»Ich will feiern«, sagte er und stürzte sein Glas mit einem Zug hinunter.

16

Alberta balancierte vorsichtig über offene Farbtuben, herumliegende Pinsel, halbaufgezogene Leinwände und Spraydosen. Obwohl das Atelier über beachtliche Ausmaße verfügte, war fast der ganze Boden und der riesige Tisch mit Malutensilien bedeckt. Das nennt man wohl kreatives Chaos, dachte sie, während sie Christian zu der Staffelei unter der Fensterfront folgte.

Das halbfertige Bild fesselte sofort ihre Aufmerksamkeit. Die schwelgerischen Farben zogen sie geradezu in ihren Bann. Rottöne in allen Nuancen flossen verschwenderisch ineinander, durch helle und dunkle Schattierungen, die Form von Blütenblättern andeutend. Eine Vase auf dem Tisch mit welkenden Klatschmohnblüten verriet das Vorbild.

»Es ist wunderschön!« sagte Alberta mit ehrlicher Bewunderung.

»Wollen Sie noch mehr sehen?«

»Gerne.«

Er ging zur Wand zu einem Stapel gegeneinander gelehnter großformatiger Bilder und drehte das erste um. Ein heroischer Großstadtturm im gleißenden Gegenlicht, das die obere Hälfte des Gebäudes verschwimmen ließ, war zu sehen. Das Licht brach sich in vielen bunten Reflexen, was dem Gemälde etwas Surreales verlieh.

»Das ist ein Hotel, in dem ich einmal gewohnt habe«, sagte er.

Das nächste Gemälde zeigte den Anschnitt einer Blockhütte in dem elektrisierenden Blau der Dämmerung, kurz vor der einbrechenden Dunkelheit.
»Das Licht ist so ...« Alberta suchte nach passenden Worten.
»Real«, ergänzte er. »Realismus kann man am besten mit der Präsenz des Lichts erreichen, nicht durch irgendeine Detailtreue.« Er zog weitere Bilder aus dem Stapel. Es waren Landschaften, die die Weite und Unendlichkeit nur durch die Atmosphäre des Lichts deutlich machten.
»Ich möchte einfache Bilder malen mit einfachen Farbflächen, denen man sich nicht entziehen kann, die gewissermaßen die geistige Einheit von Mensch und Natur dokumentieren.«
»Ich kann mir schwer vorstellen, daß Sie keinen Erfolg haben.«
»Die Kunstszene ist schwierig, und für meine Bilder ist es im Moment problematisch, einen Markt zu finden, wie man mir immer wieder sagt. Ich stehe aber mit einem Galeristen in Verbindung, der mich in nächster Zeit ausstellen will. Bis jetzt habe ich mich nämlich beharrlich geweigert, die Wände irgendwelcher Zahnarztpraxen oder Restaurants mit meinen Werken zu bestücken.«
»Das verstehe ich. Ich beneide Sie um Ihr Talent.«
»Jeder Mensch hat Talent«, sagte er wegwerfend.
»Ja, ich weiß, und jeder Mensch ist eigentlich ein Künstler. Das ist doch Unsinn! Vielleicht hat jeder ein gewisses kreatives Potential, das nur zu schnell im Lauf

der Zeit verlorengeht, aber im Grunde soll das uns unbegabte Klötze nur darüber hinwegtrösten, daß wir eigentlich für nichts Talent haben.«
Er lachte. »Das glaub ich nicht, daß Sie für nichts Talent haben. Sie sollten einfach mal etwas ausprobieren.«
»Ja, ein bißchen Ikebana oder Seidenmalerei, dazu wird es wohl noch reichen. Ich möchte mich aber nicht beschäftigen, ich würde gern etwas Sinnvolles tun, etwas, was mich begeistert und fordert.« Sie brach ab. »Ich weiß, das klingt absolut albern ...«
»Tut es nicht. Ich verstehe, was Sie meinen. Man muß die Leidenschaft wachhalten.« Er sah sie an. »Jetzt haben Sie sich doch mit Farbe bekleckert.«
»Wo?« Alberta fuhr sich unwillkürlich mit der Hand ins Gesicht.
»Nicht!« rief er lachend. »Sie machen es nur noch schlimmer.« Er ging zu ihr. »Warten Sie.« Er nahm einen relativ sauberen Lappen, tränkte ihn in Terpentin und rieb vorsichtig über den Farbfleck. Alberta schloß kurz die Augen. Mit dem Tuch näherte er sich ihrem Gesicht und fuhr über ihre Wange. Sie hielt die Luft an, weil sie seine Berührung kaum ertragen konnte. Sie wollte sich nicht verraten, aber er stand direkt vor ihr und sah ihr in die Augen. Er hatte immer noch das Pflaster an der Stirn und eine kleine Kruste an der Lippe. Sie fühlte ihr Herz ganz laut klopfen, während sie in seinem Blick versank. Sie schloß die Augen und wartete einen kurzen endlosen Moment, bis sie seine Lippen auf ihren spürte. Seine Hände waren in ihrem Haar, seine Zunge in ihrem Mund. Sie stand noch immer stocksteif da,

und ihre Hände hingen herab, während ihr Herz hämmerte. Er küßte ihren Hals, ihr Ohr, ihren Nacken, sie in seine Arme ziehend, und sie spürte die Wärme seines Körpers. Ihr Gefühl triumphierte über ihre Vernunft und ließ ihr keine Wahl.

Sie preßte sich an ihn und erwiderte seine Küsse.

Er schob sie kurz von sich. »Ich glaube, wir sollten die Räumlichkeiten wechseln, sonst können wir nachher in Terpentin baden.« Er nahm ihre Hand und zog sie hinter sich her durch das Atelier in seine Wohnung, die nur aus einem einzigen riesigen Raum bestand. Durch eine offene Wand war das Badezimmer abgeteilt und noch ein begehbarer Kleiderschrank. Den Mittelpunkt des Bereichs bildete das Bett, eigentlich nur eine Matratze in gigantischen Ausmaßen, die von Lautsprechern und einer Unmenge von Büchern eingerahmt war. Er ließ sich vor dem CD-Player nieder. »Was möchtest du hören?«

Alberta starrte auf das Bett und dachte an die zahlreichen jungen und hübschen Mädchen, die es sicher schon mit ihm geteilt hatten. Die Angst stieg wieder in ihr hoch, die Angst, daß er sich über sie lustig machen könnte, die Angst, alt zu sein, seinen Ansprüchen nicht zu genügen, die Kontrolle zu verlieren.

Er sah sie an. »Was ist los?«

»Ich muß gehen.«

»Warum?«

»Ich glaube, es ist besser.«

»Für dein Alter bist du ein bißchen zickig«, sagte er mit diesem ironischen Lächeln.

Sie drehte sich um und ging wortlos zur Tür, und er machte keinen Versuch, sie zurückzuhalten.

Hermann tobte. Das hatte ihm diese Ratte eingebrockt, als Rache für seinen Krankenhausaufenthalt. Dem hätte er noch ganz anders zusetzen müssen. Die Jungs hätten ihm das Nasenbein zertrümmern und ein paar Zähne ausschlagen sollen. Dann hätte er sich wahrscheinlich nicht getraut, ihm diese verdammten Tierschützer auf den Hals zu hetzen. Das war eindeutig Einbruch und Sachbeschädigung. Das hatten die Polizisten auch gesagt, die den Schaden aufnahmen, aber sie machten ihm wenig Hoffnung, die Täter zu ermitteln. Sie stimmten ihm zu, daß diese Typen immer radikaler wurden, doch die wenigsten waren der Polizei bekannt. Die Aktionen wurden immer nachts durchgeführt, und sie rieten zu einer Bewachung der Ställe. Doch das brachte ihm die Hühner auch nicht wieder, die sie mitgenommen hatten. Natürlich war das nur eine geringe Anzahl, gemessen an seinem ganzen Bestand, und doch war es ärgerlich, und mit der Versicherung würde es bestimmt ein endloses Gerangel geben, bis sie sich dazu entschlossen zu zahlen. Er hatte sofort in die Wege geleitet, daß das ganze Gelände eingezäunt wurde, damit es von scharfen Hunden bewacht werden konnte. Dann sollte sich der nächste Tierschützer hertrauen, das würde ein Fest werden!
Von den angeblichen staatsanwaltlichen Ermittlungen

war auch kein Wort mehr zu hören. Zu ärgerlich, wenn die ganzen Vorsichtsmaßnahmen umsonst gewesen wären. Dafür vertraute ihm Büchl an, daß die blöde Bürgerbewegung zweitausendvierhundert Unterschriften für einen Entscheid gegen eine Erweiterung des Betriebs gesammelt hatte. Die Gemeinderäte würden unter diesen Umständen das Projekt wahrscheinlich nicht befürworten, weil es dann sowieso zu einem Bürgerentscheid käme. Hermann überlegte sich ernsthaft, ob er nicht mit weiteren Betrieben ins Ausland gehen sollte. Frankreich beispielsweise handhabte seine Umweltbestimmungen viel großzügiger, auch Amerika wäre eine Möglichkeit. Was ihn davon abhielt, war die Tatsache, daß er sich aufgrund der mangelnden Sprachkenntnisse total in fremde Hände begeben müßte, vom Kauf eines Geländes bis zu sämtlichen bürokratischen Hindernissen, die es zu umschiffen galt. Er wäre abhängig von Fremden, die ihn mit Sicherheit versuchten zu bescheißen. Er würde sich nicht einmal mit seinem Farmleiter oder den Arbeitern verständigen können. Eine grauenhafte Vorstellung. Eine andere Möglichkeit wäre Norddeutschland mit seiner unglaublichen Konzentration von Massentierhaltung. Aber wer wußte schon, wie sich die Situation dort entwickelte. Außerdem war ihm der Gedanke, vielleicht nach Niedersachsen zu übersiedeln, zutiefst zuwider. Er konnte sich auch kaum vorstellen, daß Mona sich da wohl fühlen würde. Das erinnerte ihn wieder an den versprochenen Autokauf. Mona hatte ihn schließlich davon überzeugt, daß sie ein Auto brauchte. Es war ja wirklich fast unmöglich, mit öffentlichen Verkehrsmitteln zu den Studios zu gelangen, wo Markus vorhatte, die Innenaufnahmen von *Harry Lime* zu drehen. Natürlich war das noch Zukunftsmusik, aber Mona konnte ganz schön hartnäckig sein. Letzten Endes fand er die Idee gar nicht so schlecht, war er doch ziemlich mühsam, jeden Abend die Strecke nach München zu fahren. Mit dem Auto konnte Mona auch zu ihm kommen, wenn er mal zu müde war, sich noch so spät auf den Weg zu machen. Alberta ließ sich abends grundsätzlich nicht mehr blikken. Sie hatte sich in dem Gästezimmer vollkommen verschanzt, aber das würde bald sowieso keine Rolle mehr spielen. Vielleicht noch ein paar Tage, dann würde die Arme ihrem unnützen Leben ein tragisches Ende bereiten.

Hermann überlegte, ob der Killer vielleicht schon in der Stadt war, und wurde von einer merkwürdigen Erregung erfaßt. Es erinnerte ihn an den Morgen, als Büchl ihn auf die Jagd mitgenommen hatte und der Rehbock nach stundenlangem Ausharren auf dem unbequemen Hochstand endlich auf die Lichtung getreten war. Die fast lautlosen Handgriffe, die routiniert und schnell getroffen wurden, bis der dröhnende Schuß die Stille zerriß und der Bock in die Knie ging und auf dem Boden liegenblieb. Etwas von diesem Jagdfieber verspürte er jetzt wieder, wenn er daran dachte, daß jeder Moment Albertas letzter sein konnte. Die Tatsache, daß er nicht einmal wußte, wann genau das sein würde, machte seine Rolle in dem Spiel noch unverdächtiger. Er würde auf jeden Fall überrascht sein, wenn er sie fand oder, was noch wahrscheinlicher war, ihm irgendwann die Nachricht von ihrem Selbstmord überbracht wurde.

17

Fassungslos starrte Markus auf den Brief. Er sah noch einmal auf den Absender, die Anwaltskanzlei Marks, Rutherford and Partner, die ihm mitteilte, daß die Rechte der Figur Harry Lime bei den Erben Graham Greenes lägen, die deren Verwendung in einer Fernsehserie keineswegs zustimmten. Sie verlangten die Offenlegung sämtlicher Verhandlungen über das Projekt und reichten gleichzeitig eine Schadensersatzklage ein, deren Höhe nach Feststellung des erfolgten Schadens festgesetzt werden würde. Das Schreiben endete mit der Aufforderung, sich sofort mit der Kanzlei in Verbindung zu setzen, und abschließenden freundlichen Grüßen.

Er las den Brief wieder und wieder, aber er wußte sofort, daß es das Ende bedeutete.

Das war's dann. Die Vorbereitungen mußten gestoppt werden, er schuldete Hermann anderthalb Millionen, die er nicht zurückzahlen konnte, ganz zu schweigen von dem kommenden Schadensersatz. Er war nicht einmal in der Lage, die nächsten sechs Folgen von *Notaufnahme* zu finanzieren, auch da waren die Bankkredite bereits ausgereizt. Das bedeutete Konkurs, nichts anderes. Den konnte er vielleicht noch eine Weile verschleppen und von Hermanns restlichem Geld ein paar Gehälter bezahlen, aber es würde nichts ändern. Es war eine Katastrophe, die da in Form eines schlichten Briefs über ihn hereingebrochen war.

Er überlegte, ob er Gary anrufen sollte, oder Patrick. Aber weshalb? Sein Schicksal war so oder so besiegelt. Er fühlte sich nur noch müde. Was würden all die hektischen Überlegungen noch nützen, wie die Firma zu retten war, wie man die Serie vielleicht doch noch auf die Beine stellen konnte. Er war zu ausgebrannt, um noch einmal neu anzufangen. Natürlich gab es in der Branche viele, die kurz nach einer Pleite wieder auftauchten wie Phönix aus der Asche, die einen Offenbarungseid ablegten und sich mit Strohmännern behalfen, wenn sie nicht geschäftsfähig waren, aber wozu das alles? Er konnte direkt Patrick hören, wie er sagte: »Das schaffst du wieder, Markus, du kannst doch jetzt nicht aufgeben! Gary würde prompt, auch wenn es bei ihm jetzt mitten in der Nacht war, professionellen Optimismus verbreiten und ihm sofort neue Partner und neue Projekte vorschlagen, vorausgesetzt, er zahlte pünktlich seine Rechnungen. Es war ihm alles so gleichgültig.

Automatisch griff er nach dem Pulver in seiner Schublade und verteilte es auf dem Papier des Schreibens. Er formte eine schöne dicke Linie vom Briefkopf bis zur Unterschrift und zog sie hoch. Dann lehnte er sich auf seinem Stuhl zurück und schloß die Augen. Das Gefühl der Müdigkeit begann langsam zu weichen. Er sah immer klarer vor sich, was er zu tun hatte. Er stopfte den

Beutel mit dem restlichen Pulver in die Tasche seines Jacketts und verließ pfeifend das Büro. Es war ein herrlicher Tag. Ein gutes Omen, dachte er, als er sich ins Auto setzte. Er hielt noch einmal auf einem kleinen, nicht einsehbaren Parkplatz am Waldrand. Dort nahm er das restliche mitgebrachte Kokain. Diesmal war die Menge so gewaltig, daß er wirklich die Explosion in seinem Kopf wieder spürte. Es war ein wundervolles, starkes Gefühl, und er genoß es für ein paar Augenblicke, ehe er mit äußerster Konzentration den Wagen wieder zurück auf die Landstraße steuerte. Es war kein Verkehr. Er trat das Gaspedal voll durch, und die Nadel des Tachos schwenkte auf hundert. Er drückte seinen Fuß weiter gegen das Pedal, bis er die Höchstgeschwindigkeit erreicht hatte. Der Wagen raste mit zweihundert dahin, und er hatte das Gefühl zu fliegen. Er sah noch einmal in die strahlende Sonne. Schön, dachte er, ehe er das Lenkrad nach rechts herumriß, wo die Straße von einer dichten Reihe Bäume eingesäumt wurde.

Bei jedem Blick auf die vor sich hin flennende Mona mußte Hermann die Lippen noch fester zusammenpressen. Er war richtig weiß im Gesicht vor unterdrücktem Zorn. Daß ihn Mona noch hierhergeschleppt hatte, um dem Scheißkerl die letzte Ehre zu erweisen, war das letzte. Der konnte von Glück sagen, daß er selbst seinem erbärmlichen Leben ein Ende gesetzt hatte, sonst hätte Hermann das gerne erledigt. Zumindest hätte er

ihm ein paar Zähne aus seiner makellosen Visage geschlagen.
Schon das Foto des völlig zerfetzten Wracks von Markus' Jaguar auf der Titelseite der Abendzeitung hatte bei ihm ein äußerst unangenehmes Gefühl wachgerufen. Der nachfolgende Artikel, der sich mit dem mysteriösen Tod des bekannten Produzenten befaßte, verstärkte noch seine Bedenken. Trotz strahlendem Wetter und vollkommen trockener Straße war der Wagen von der Fahrbahn abgekommen. Das war vielleicht auf die total überhöhte Geschwindigkeit zurückzuführen, aber noch wahrscheinlicher hatte Markus Tomani seinen Wagen mit Absicht gegen einen Baum gesteuert. Bis jetzt unbestätigte Gerüchte sprechen von geschäftlichen Schwierigkeiten des Fernsehmannes. Die Polizei hatte ihre Untersuchungen bei Redaktionsschluß noch nicht beendet.
Ein Anruf bei Patrick bestätigte dann seine schlimmsten Befürchtungen. Sein Geld war weg. Anderthalb Millionen in den Wind gepustet. Er stieß wüste Beschimpfungen gegen Markus aus, der ihn so geleimt hatte. Patrick sagte mit tränenerstickter Stimme, daß Markus absolut nichts dafür könne und Hermann sowieso zu blöde sei, das zu kapieren, und er solle sich doch ins Knie ficken. Dann legte er einfach auf und ließ Hermann in ohnmächtiger Wut zurück. Der nächste Anruf bei Wolfgang Kleine brachte auch nicht das gewünschte Ergebnis. Wolfgang war vollkommen bestürzt über Markus' Tod und sagte, er müsse das erst mal verdauen. Hermann solle sich aber nicht allzuviel Sorgen machen,

man könne sicher einen großen Teil des Geldes als Verlust abschreiben. Mona reagierte absolut hysterisch und fing sofort zu flennen an. Hermann konnte bis zu einem gewissen Grad verstehen, daß sie über den Verlust der Rolle enttäuscht war, aber das war doch etwas übertrieben. Demnächst würden sie noch die Staatstrauer ausrufen wegen dem Dreckskerl. Seine ungeschickten Versuche, Mona über den Verlust ihrer Fernsehkarriere hinwegzutrösten, fruchteten nichts. Sie legte einfach den Hörer auf. Am nächsten Tag bestand sie darauf, zur Beerdigung zu gehen. Wenn Hermann sie nicht begleiten wolle, gehe sie eben alleine. Er war natürlich mitgekommen. Bei der Gelegenheit konnte er feststellen, daß das Jackett seines schwarzen Anzugs sich vorne nicht mehr über seinem Bauch schließen ließ, ohne daß die Knöpfe ernsthaft gefährdet waren. Er überlegte kurz, ob er sich für Albertas bevorstehende Beerdigung einen neuen Anzug kaufen sollte, verwarf aber den Gedanken. Er mußte jetzt wirklich etwas kürzertreten nach diesem finanziellen Debakel.

»Du siehst ja unmöglich aus!« sagte Mona schlechtgelaunt, als sie sich vor dem Eingang des Friedhofs trafen. Hermann erwiderte nichts, sondern schaute nur ungläubig auf die Unmenge von Leuten, die sich in die Aussegnungshalle drängten. Ein Fernsehteam versuchte die Prominenten unter den Trauergästen herauszufischen, und zahlreiche Fotografen lauerten auf Beute. Hermann ließ drei verlogene Reden, von vielen Schluchzern unterbrochen, über sich ergehen, während er still seinem Geld nachtrauerte. In der ersten Reihe saß Markus' Exfrau, die die Rolle der trauernden Witwe an sich gerissen hatte, mit der blassen, tief verstörten Tochter an der Hand. Daneben ein älteres Ehepaar, sicher seine Eltern. Mona, eifrige Leserin von Klatschspalten, flüsterte ihm die Namen der verschiedenen Personen zu. In der zweiten Reihe saßen Patrick und das gesamte Team von *Notaufnahme*. Alle hatten rotgeweinte Augen oder trugen tarnende Sonnenbrillen. Als die Musik einsetzte, war es um die Fassung der meisten Anwesenden geschehen. Lautes Schluchzen wetteiferte mit den Streichern. Mindestens zwei Drittel der Anwesenden waren Frauen, die aus ihrem Schmerz keinen Hehl machten. Ob er die vielleicht alle gevögelt hatte? überlegte Hermann, während er sich unauffällig umsah.

Nach Beendigung der Musik wurde der Sarg in das gleißend helle Licht des Sommertages hinausgetragen. Die Fotografen und Fernsehleute beeilten sich, an die Spitze des Zugs zu kommen, um von dort aus den besten Überblick zu haben. Außerdem waren die Prominenten bemüht, möglichst nah hinter dem über und über mit Blumen geschmückten Sarg herzugehen. Wer wohl dieses pompöse Spektakel bezahlte? Hermann streifte ganz kurz der Gedanke, daß dafür vielleicht noch sein Geld verwendet wurde. Einer nach dem anderen aus der langen Prozession trat vor das offene Grab, um eine Schaufel Erde und die mitgebrachten Blumen auf den Sarg zu werfen. Ein wahres Blumenmeer wurde in dem dunklen Loch versenkt.

»Mir reicht's jetzt, laß uns abhauen«, flüsterte Hermann Mona zu, die ihm durch tränenverhangene Wimpern einen vernichtenden Blick zuwarf. So blieb ihm nichts übrig, als in der brütenden Hitze ewig zu warten, bis die ganzen Weiber sich vor dem Grab ausgeheult hatten. Die beste Szene legte unbestreitbar Nathalie hin, die mit einem Arm voller roter Rosen vortrat und einen wirklich überzeugenden Zusammenbruch simulierte, nachdem sie die Blumen mit einem lauten Aufstöhnen in die Grube geworfen hatte. Hermann wollte sich dem Defilee vor das Grab nicht anschließen, also ging Mona alleine. Laut schluchzend ließ sie die Erde in die Tiefe fallen, um dann ihre Blumen in einer Geste unendlichen Schmerzes hinterherzuwerfen. Hermann hatte endgültig genug. Die Eifersucht überwältigte ihn. Er trat mit zwei Riesenschritten nach vorne und zerrte die widerstrebende Mona von dem Grab weg.

»Hör endlich auf«, sagte er mit mühsam gedämpfter Stimme. »Der Scheißkerl hat mich um ein Vermögen gebracht.«

»Du bist der Scheißkerl!« schrie Mona zurück. »Und dein Geld kannst du dir in den Hintern schieben!«

Hermann sah nur mehr einen roten Schleier vor seinen Augen. Er registrierte nicht, daß das Fernsehteam die Kamera auf ihn geschwenkt hatte und ein paar Fotoapparate klickten.

»Du undankbare kleine Nutte!« brüllte er. »Wo wärst du denn ohne mich?«

Mona sah ihn voller Verachtung an. Sie drehte sich um und eilte über den Kies dem Ausgang zu. Jetzt bemerkte

Hermann die auf ihn gerichteten Blicke. Er schluckte eine neuerliche Beschimpfung hinunter und lief wutschnaubend hinter ihr her.

Auch Alberta hatte natürlich die Berichte über den Tod von Markus Tomani gelesen und dabei das vage Entsetzen und Mitgefühl empfunden, das normalerweise mit Nachrichten dieser Art einherging und daran erinnerte, daß man selbst ebenfalls nicht unsterblich war. Was mochte wohl den vom Schicksal sicherlich verwöhnten Markus dazu bewogen haben, sich umzubringen?
Sie dachte an ihr eigenes, im Moment total verkorkstes Leben.
Nachdem Amesmeier seine Rechnung geschickt hatte, war sie auf die Bank gegangen und hatte versucht einen Kredit aufzunehmen, aber außer ein paar höflichen Floskeln und der Empfehlung, mit ihrem Gatten wiederzukehren, war nichts dabei herausgekommen. Sie hatte noch fünfhundert Mark auf dem Konto. Hermann hatte am Anfang des Monats kein Haushaltsgeld überwiesen. Offenbar war er der Meinung, daß sie, wenn sie nicht für ihn kochte, auch kein Geld brauchte. Sie würde sich nicht so weit erniedrigen, ihn um Geld zu bitten, aber wo sollte sie es hernehmen? Wenn sie nicht bald aus dem Haus ausziehen konnte, würde sie verrückt werden. Das ewige Versteckspiel und die Tatsache, daß sie gezwungen war, in ihrem eigenen Haus das Gästezimmer zu bewohnen, zerrten an ihren Nerven.

Sie wußte einfach keinen Ausweg. Christians Angebot, ihr zu helfen, konnte sie jetzt schon gar nicht mehr annehmen, aber sie hatte es auch vorher nicht ernsthaft in Erwägung gezogen. Sie schob den Gedanken an ihn ganz schnell beiseite, ehe er sie wieder in eine totale Gefühlsverwirrung geraten ließ. Seit dem überstürzten Abgang aus seiner Wohnung wünschte sie sich, sie hätte nicht so reagiert. Eine Weile hoffte sie noch, er würde wieder anrufen, aber sie hörte nichts. Natürlich nicht, er hatte gar keinen Grund, anzurufen. Sie hatte sich absolut kindisch benommen. Er wollte mit ihr schlafen, und sie wollte es auch. Sie wollte es so sehr, daß sie nachts davon träumte und sich tagsüber bei dem Gedanken daran ertappte. Warum hatte sie es nicht einfach getan? Hätte er ihr erst einen Heiratsantrag machen müssen oder zumindest ewige Liebe schwören? Warum konnte sie nicht einmal spontan ihrem Gefühl nachgeben, ohne sich hundertmal die Konsequenzen zu überlegen? Konnte sie nicht einmal etwas ohne Sicherheitsnetz wagen? Wohin hatte sie denn ihr fortwährendes Streben nach Absicherung gebracht? Das Chaos, in dem sie sich momentan befand, war die höhnische Antwort darauf. Sich Gewißheit über Gefühle zu verschaffen war sowieso nicht möglich. Da war man geradezu gezwungen, ein gewisses Risiko auf sich zu nehmen, wenn man nicht zugunsten der fragwürdigen Sicherheit, jede Enttäuschung und Frustration zu vermeiden, einfach am Leben vorbeiging, wie sie es tat. Wenn sie nur genügend Selbstbewußtsein hätte, um zu glauben, daß er sie attraktiv und begehrenswert fand. Das konnte sie sich leider absolut nicht vorstellen. Aber warum sollte er sonst mit ihr schlafen wollen? Sie verbot sich weitere Gedankenspiele. Die Gelegenheit war sowieso vorbei und würde nicht wiederkommen, auch wenn sie es noch so sehr bereute.

Das Telefon klingelte, und sie griff nach dem Apparat. Es war Christian, und sie rang einen kurzen Moment um Fassung. Fast kam es ihr vor, als hätte sie den Anruf durch die Kraft ihrer Gedanken herbeigezwungen. Sie versuchte am Tonfall seiner Stimme etwas herauszuhören, was auf ihre letzte Begegnung schließen ließ, aber er klang unbekümmert wie immer.

»Ich habe Roberts Adresse!«

»Das ist ja toll! Wie hast du das geschafft?«

»Wie ich dir gesagt habe, mit Hilfe einer Detektei. Dein Tip mit England war übrigens goldrichtig.«

Alberta griff nach Zettel und Kugelschreiber, um sich die Anschrift zu notieren.

»Phantastisch, jetzt kann ich ihm wenigstens schreiben«, sagte sie und bedankte sich.

»Warum fliegst du nicht einfach hin?« fragte er.

Sie mochte nicht sagen, daß sie das Geld für einen Flug nicht hatte, da er dann sicher denken würde, sie wolle ihn anpumpen, und so fragte sie zurück: »Warum tust du das alles?«

»Ich tue es auch für Robert«, antwortete er, »und an deiner Stelle würde ich mich ins Flugzeug setzen.«

»Ich denke darüber nach.« Sie hätte so gerne noch etwas gesagt, vielleicht sogar, daß sie sich ganz und gar dumm benommen hatte, aber ehe sie sich noch ein paar

wohlgesetzte Worte überlegen konnte, kam er ihr zuvor.
»Das wollte ich dir nur schnell durchgeben, und grüß ihn von mir!«
Damit legte er auf. Kein persönliches Wort, dachte Alberta, nichts, was daran erinnerte, daß sie sich geküßt hatten. Vielleicht hatte er es schon vergessen. Sie war tieftraurig, trotz der guten Nachricht.
Und er hatte recht, sie mußte hinfliegen. Ihre Mutter hatte immer ein paar Ersparnisse für irgendwelche Notfälle, die dank Albertas lukrativer Eheschließung nie eintrafen. Sie mußte ihr das Geld leihen. Sie würde sich eine überzeugende Lüge ausdenken, damit ihre Mutter es rausrückte.

18

Laß das!« murmelte Frau Büchl im Schlaf, weil sie eine unangenehme Berührung an ihrem Bein spürte und dachte, ihr Mann habe sie in einer Anwandlung seltsamen Humors gezwickt. Sie öffnete ein Auge und sah ihn neben sich liegen. Sein Mund war offen und stieß im Rhythmus des Atmens rasselnde Geräusche aus. Sie hob die Bettdecke an, aber sie konnte im ersten schwachen Dämmerlicht des Morgens nichts erkennen. Sie tastete nach der Nachttischlampe, um die Szene zu erhellen. Ihr durchdringender Schrei ließ Büchl hochfahren. Unter weiteren spitzen Schreien sprang sie aus dem Bett und riß sich das Nachthemd vom Leib. Büchl schaute völlig verdattert auf das groteske Schauspiel. Seine ziemlich übergewichtige Frau sprang in einer Art Veitstanz auf dem Boden herum und schrie dazu hysterisch.

»Was ist denn los?« fragte er, aber sie deutete nur mit dem Ausdruck maßlosen Entsetzens auf das Bett. Er hob die Decke an und sprang im selben Augenblick hinaus.

»Pfui Teufel, was ist denn das?« Er schüttelte ich.

Auf dem Laken krabbelten unzählige schwarze Käfer, jeder so groß wie zwei Stecknadelköpfe. Er schlüpfte in seine Hausschuhe und schaltete die Deckenbeleuchtung an. Als er auf den Läufer vor dem Bett trat, hörte er es unter seinen Füßen knacken. Trotz des verwegenen Musters, das seine Frau gegen seinen Willen ausgesucht hatte, konnte man die Bewegung auf dem Teppich wahrnehmen. Er schien überaus lebendig ... Büchl kämpfte gegen ein heftiges Gefühl der Übelkeit, während seine Frau immer noch schrie. Kann man sie nicht mal abstellen? dachte er und ging vorsichtig ins Bad. Trotzdem knirschte es wieder bei fast jedem Schritt. Im Waschbecken, in der Badewanne, in der Dusche – überall Käfer. Er stieg die Treppe hinunter zur Küche, und auch hier waren sie. Eine Invasion von ekelhaften Krabbeltieren hatte über Nacht sein Haus in Besitz genommen. Er holte aus dem Schrank mit den Putzmitteln eine Dose mit Insektenspray und begann wild umherzusprühen. Als die Dose leer war, stank es erbärmlich, und er hatte erst einen winzig kleinen Teil der Plagegeister erledigt. Er öffnete das Fenster, und sofort kamen neue Viecher hereingekrabbelt. Seine Frau, mittlerweile in einen Bademantel gehüllt, stand fassungslos hinter ihm. Wie in Trance griff sie nach der Dose mit dem Kaffee, obwohl es noch nicht einmal fünf Uhr morgens war. Ein paar Käfer kamen ihr entgegen, und sie ließ die Dose im Schock fallen. Der Kaffee verteilte sich samt den Käfern auf dem Fußboden, während sie mit glasigen Blicken, ohne einen Finger zu rühren, das Geschehen beobachtete.

»Wo kommen die bloß her?« fragte er fassungslos, aber langsam begann es ihm auch schon zu dämmern. Nicht sehr weit von seinem Haus entfernt hatte Hermann letztes Jahr Felder gekauft, um einen Teil des anfallenden Hühnermists dort abzukippen. Vielleicht war das die einwandfrei biologische Lösung der Fliegenplage. Büchl konnte sich ganz dumpf erinnern, daß von Käfern die Rede gewesen war, als Hermann ihm stolz mitgeteilt hatte, daß das Problem gelöst sei. Den Mistkerl konnte er nicht mal guten Gewissens auf Schadensersatz verklagen, ohne daß rauskam, wieviel Geld er von ihm schon genommen hatte. Aber diesmal war er zu weit gegangen. Den mach ich fertig, dachte Büchl. Eine anonyme Anzeige beim Veterinäramt würde sicher fürs erste reichen, und wenn nicht, fiele ihm noch etwas anderes ein.

»Hast du dafür eine Erklärung?« fragte seine Frau mit zitternder Stimme.

»Keine Ahnung, wo die herkommen, Schatz«, sagte er.

»Ich bestelle eine Schädlingsbekämpfungsfirma, und du machst am besten ein paar Tage Urlaub bei deiner Mutter. Bis zu zurück bist, ist der Spuk vorbei.«
Hoffentlich dachte er, als wieder ein neuer Schwarm gegen das mittlerweile geschlossene Fenster brummte. Es hörte sich an wie ein Hagelschauer, als die Insekten gegen die Scheibe prasselten.

Mona spulte das Band noch einmal zurück und ließ es von vorne laufen. Das Relikt ihrer Hoffnungen und Träume waren diese Probeaufnahmen, die ihr Patrick, der mit der Abwicklung und Auflösung von Markus' Firma beschäftigt war, mit ein paar Zeilen geschickt hatte. Wenn sie an Markus dachte, überfiel sie immer noch eine eigenartige Traurigkeit, obwohl sie eigentlich wütend auf ihn war, daß er ihre Karrierechancen vermasselt hatte. Bloß wegen dieser Scheißkokserei hatte er so eine Kurzschlußhandlung begangen, das war auch Patricks Meinung. Sonst hätte man bestimmt einen Ausweg finden können, und es war auch noch gar nicht sicher, ob die englischen Anwälte mit ihrer Klage durchgekommen wären.
Sie drückte auf die Stopp-Taste ihrer Fernbedienung. Das war alles Schnee von gestern. Sie war noch jung genug, es würde eine neue Chance geben. Jetzt aber hatte sie an hier und heute zu denken, und das hieß, sich mit Hermann auszusöhnen, weil der ihre nächste Miete zahlen mußte. Den Luxus, das Arschloch in den Wind

zu schießen, konnte sie sich zum gegenwärtigen Zeitpunkt nicht leisten. Der Tag würde zweifellos kommen, nur nicht jetzt. Aber er sollte bluten, zumindest das Auto war fällig. Entschlossen wählte sie seine Nummer. Er schmollte etwas, aber sie machte ihm gleich klar, daß er sie viel mehr gekränkt hatte, indem er Nutte zu ihr gesagt hatte.

»Das meinst du doch nicht wirklich?« fragte sie und schluchzte dabei ein bißchen ins Telefon.

»Natürlich nicht, ich war eben sauer«, antwortete er.

»Das hat mich unglaublich verletzt«, sagte sie immer noch unter Tränen.

»Es tut mir leid, Mona.«

»Das glaube ich dir nicht.«

»Ich schwöre dir, daß es mir leid tut«, erwiderte er in leicht gereiztem Ton.

»Siehst du, du bist immer noch böse.«

»Nein, bin ich nicht. Ich habe hier nur größere Probleme am Hals.«

»Wenn ich das Auto schon hätte, könnte ich dich heute abend abholen und auf andere Gedanken bringen«, sagte sie mit schmeichelnder Stimme. »Soll ich dir erzählen, was ich alles mir dir machen würde?« Sie ließ ihre Stimme noch verführerischer klingen. »Ich lasse dir zuerst ein Bad mit einem köstlich riechenden Öl ein. Dann streife ich dir deine Kleider ab, Stück für Stück, und lasse dich dabei zusehen, wie ich mich ausziehe. Wenn ich nackt bin, steige ich zu dir in die Wanne. Ich verteile dieses wunderbare Öl mit meinen Händen überall auf deinem Körper und ...«

»Mona, ich bin in einer Besprechung«, unterbrach er sie mit heiserer Stimme.
»Schade«, flüsterte sie, »ich bin richtig geil geworden.«
»Paß auf, vielleicht kann ich das mit dem Auto morgen einrichten. Ich rufe dich später noch einmal an.«
»Tu das, du wirst es nicht bereuen«, hauchte sie in den Hörer und legte auf. Wenn mal gar nichts mehr geht, kann ich immer noch Telefonsex machen, dachte sie.

Hermann wandte sich wieder Kerner zu. »Und wieso erfahre ich erst jetzt davon?«
»Weil wir es eben erst bemerkt haben. Unsere Käfer haben zwar brav die Fliegenlarven vertilgt, aber gleichzeitig auch gründlich für Nachwuchs gesorgt. Das sieht man eben erst, wenn die Viecher aus den Eiern geschlüpft sind.«
»Haben Sie diesen Insektenkundler angerufen?«
»Ich habe ihm auf Band gesprochen, daß er dringend zurückrufen soll, aber bis jetzt hat er sich noch nicht gemeldet.«
»Das sieht dem Wichser ähnlich. Sprühen Sie alles mit Insektenvernichtungsmittel ein, wir werden wohl noch mit ein paar Käfern fertig werden.«
»Sie sollten sich die Sache lieber mal ansehen, es handelt sich um Zigtausende, nicht um ein paar. Außerdem müssen wir erst die entsprechenden Mengen besorgen und damit alle Felder besprühen, auf denen wir Mist abladen.«
»Dann kümmern Sie sich darum. Lassen Sie sich von

Gerber und Co. mit dem entsprechenden Quantum beliefern, und machen Sie's dringend. Ich schaue mir heute nachmittag die Felder an, jetzt muß ich noch einmal weg.« Hermann scheuchte seinen Farmleiter mit einer ungeduldigen Handbewegung aus dem Zimmer. Kerner ging ihm wirklich auf die Nerven. Wegen ein paar harmloser Käfer so einen Aufstand zu machen, das sah ihm ähnlich. Für das, was er bei ihm verdiente, konnte er auch mal selbst etwas in die Wege leiten, statt immer bei Hermann rumzujammern.

Die beiden grünen Punkte begannen auf der Tafel, die die Flüge ins Ausland anzeigte, hinter London und der Gatenummer abwechselnd aufzuleuchten. Alberta bezahlte ihren Espresso und ging hinüber zum Schalter, um ihre Bordkarte abzugeben. Sie reihte sich in die Schlange der Passagiere ein, die auf das Einsteigen warteten. Sie hatte es geschafft. Der kurze Flug nach London und dann noch eine zweistündige Autofahrt, und sie würde bei Robert sein. Ein boshaftes Lächeln erschien auf ihrem Gesicht, als sie daran dachte, wie sie ihrer Mutter das Geld abgenommen hatte.

Nach langen Überlegungen entschied sie sich für die Variante einer besonders lukrativen Geldanlage, die natürlich Hermann empfohlen hatte.

»Mama, Hermann läßt dir ausrichten, daß er dir, wenn du ein bißchen Geld verdienen willst, Vorzugsaktien von einer Merchandisingfirma besorgen kann, die ge-

rade an die Börse geht. Ein todsicherer Tip, den er von seinen Fernsehleuten bekommen hat.«
»Aber Aktien sind doch nie wirklich sicher«, wandte ihre Mutter ein.
»In diesem Fall schon, die gehen hundertprozentig erst nach oben, und dann kann man schnell verkaufen. Ich will dich aber keinesfalls überreden. Hermann wollte dir nur einen Gefallen tun, weil man normalerweise an die Papiere gar nicht rankommt und er für sich selbst auch kauft.«
»Das ist natürlich was anderes. Sag bitte Hermann, daß ich mich herzlich bedanke.« Ihre Mutter rückte einen Scheck über zehntausend Mark raus, den Alberta sofort bei ihrer Bank gutschreiben ließ. Sie hatte nicht einmal die Spur eines schlechten Gewissens, denn erstens lebte ihre Mutter sowieso hauptsächlich von ihrem beziehungsweise Hermanns Geld, und zweitens hätte sie, wenn Alberta ihr die Wahrheit erzählt hätte, sofort einen Grund gefunden, Hermanns Handeln zu rechtfertigen und als Konsequenz daraus Alberta das Geld zu verweigern. Der Scheck versetzte sie in die Lage, noch einen weiteren Entschluß zu fassen.
Sofort nach ihrer Rückkehr würde sie in eine möglichst billige Pension ziehen und erneut die Scheidung einreichen. Mit dem Geld würde sie sicher so lange auskommen, bis ihr Anwalt einen Vorschuß auf eine Abfindung durchgesetzt hatte, und dann konnte sie endlich eine Wohnung suchen. Sie würde Robert alles erzählen, bis auf die Tatsache, daß sein Vater beinahe versucht hatte, sie zu erwürgen.

Sie nahm sich eine Tageszeitung und setzte sich auf ihren Platz am Fenster. Endlich hatte sie wieder eine Zukunft vor sich.

19

Hermann sah in das entschlossene Gesicht mit der trotzig vorgeschobenen Unterlippe seines Farmleiters.

»Darf ich fragen, warum?«

»Ich nehme an, Sie kennen die Antwort. Ich habe keine Lust zu warten, bis ich selbst wegen der ganzen Sachen dran bin, die ich hier verantworten soll.«

»Sie sind schon dran, oder meinen Sie, was Sie bis jetzt veranlaßt haben, ist bereits verjährt?«

»Dazu haben Sie mich gezwungen, ich habe nur Ihre Anweisungen ausgeführt.«

»Und was hat sich jetzt geändert?«

»Daß dauernd der Kommissar hier herumschnüffelt.«

Hermann überlegte kurz, ob Kerner ein bißchen geplaudert hatte und wie sich das schlimmstenfalls auswirken würde. Wahrscheinlich hatte Sammer ihn als Schwachstelle erkannt und versucht ihn weiter auszuhorchen.

»Was haben Sie ihm erzählt?«

»Natürlich nichts. Ich möchte nur mit diesen illegalen Aktionen nichts mehr zu tun haben.«

Hermann glaubte ihm kein Wort. Das Telefon auf seinem Schreibtisch klingelte, und er nahm ab.
»Ich bin in fünf Minuten da. Soll ich dich in deiner Firma abholen?« fragte Mona.
»Nein. Fahr zu mir nach Hause, ich habe dir doch den Schlüssel gegeben.« Er wollte nicht, daß Mona die schäbigen Büroräume und die triste Umgebung sah.
»Ich möchte ihr aber auf keinen Fall begegnen«, sagte sie.
»Das wirst du nicht, sie läßt sich nie blicken. Geh ins Wohnzimmer, und mach's dir gemütlich, ich bin gleich da.«
Er legte auf und wandte sich wieder an Kerner. »Es bleibt mir nichts anderes übrig, als Ihre Kündigung anzunehmen, obwohl ich es im Moment als äußerst unfair empfinde. Haben Sie wegen der Käfer etwas unternommen?«
»Ich bin noch nicht dazu gekommen, weil dieser Polizist die ganze Zeit hier rumgeschnüffelt hat.«
Das war eine faule Ausrede, ganz bestimmt. Kerner wollte ihn einfach in dem ganzen Schlamassel sitzenlassen. Er überlegte, was der Kerl alles wußte. Es war eine ganze Menge, die da zusammenkam. Aber er mußte den Mund halten, sonst würde er sich selbst auch belasten. Besser, er machte ihm das noch einmal deutlich klar.
»Falls Sie sich jemals genötigt fühlen, irgendwelche Firmeninternas der Polizei zu erzählen, werde ich sagen, daß Sie eigenmächtig gehandelt haben. Dann sind Sie dran!«

»Das wird Ihnen niemand glauben. Aber Sie brauchen sich keine Sorgen zu machen.«
»Was genau haben Sie Sammer denn erzählt?« hakte Hermann noch einmal nach und registrierte, wie Kerner rot wurde.
»Nichts! Das habe ich doch schon gesagt.« Er drehte sich um und ging zur Tür. Hermann ließ ihn gehen. Der Schaden war sowieso nicht mehr gutzumachen. Wahrscheinlich hatte ihn Sammer geschickt unter Druck gesetzt und dann erfahren, was er wissen wollte. Trotzdem würde es nur für saftige Bußgelder reichen, den Mord konnte er ihm nie nachweisen. Aber er mußte damit rechnen, daß sein Laden spätestens morgen früh gründlich unter die Lupe genommen wurde. So eine gottverdammte Scheiße! Im Moment hatte sich wirklich alles gegen ihn verschworen. Der einzige Trost war Mona, die sich sicher für das neue Auto äußerst dankbar erweisen würde.
Er sperrte sein Büro ab und fuhr zu den Feldern hinter den Ställen, um die Käferplage in Augenschein zu nehmen. Auf den ersten Blick war nichts Ungewöhnliches an den aufgetürmten dunklen Haufen zu erkennen. Als er etwas näher kam, erhob sich auf einmal eine regelrechte Wolke von Insekten von einem der Hügel. Brummend flogen sie Hermann entgegen, und für einen Moment war es regelrecht schwarz vor seiner Windschutzscheibe. So hatte er sich das nicht vorgestellt. Sicher mußte das ganze Gebiet und die Ställe mit Gift eingenebelt werden. Er würde sich gleich morgen früh darum kümmern. Für heute hatte er einfach die Nase voll. Au-

ßerdem war es sowieso zu spät, um etwas zu unternehmen. Er löste die Handbremse und setzte den Mercedes wieder rückwärts auf die Landstraße, um nach Hause zu fahren. Einen kurzen Moment überlegte er, wie blöd Alberta schauen würde, wenn sie tatsächlich Mona in die Arme lief, aber das würde nicht passieren. Sie ließ sich nie mehr blicken. Ein paarmal hatte er hoffnungsvoll gedacht, sie wäre vielleicht schon tot, aber dann hatten ihn doch Geräusche aus dem Gästezimmer eines Besseren belehrt. Hoffentlich hatte Carlos oder der Typ, den er beauftragt hatte, nicht die Absicht, ihn zu bescheißen. Die Woche war längst um, und es war noch nichts passiert. Aber er hatte auch keine Lust, sich darüber Gedanken zu machen. Heute abend wollte er sich nur noch entspannen. Er verfügte über die praktische Fähigkeit, Unangenehmes wie auf Knopfdruck beiseite schieben zu können. In all den Jahren hatte es nicht einmal ein Problem gegeben, das ihn an seinem guten Schlaf gehindert hätte. Morgen früh war noch genug Zeit, sich mit allen anstehenden Schwierigkeiten zu beschäftigen.
Er trat fest auf das Gaspedal und fuhr zehn Minuten später in die Garage. Fröhlich pfeifend ging er ins Haus. Er hatte erwartet, Mona im Wohnzimmer vorzufinden, aber da war sie nicht. Vielleicht war sie auch bereits im Schlafzimmer. »Mona!« rief er. Er hörte ein leises Plätschern und erinnerte sich an das Telefongespräch. Vielleicht hatte sie ihm schon das Badewasser eingelassen. Er lächelte in Erwartung der kommenden Dinge. »Ich bin schon da«, sagte er, öffnete die Tür zum Badezim-

mer – und blieb wie versteinert in der Tür stehen. Sein Verstand weigerte sich, den grauenvollen Anblick zu akzeptieren. Monas wundervoller Körper lag in der randvollen Badewanne, deren Wasser sich von ihrem Blut rot gefärbt hatte. Die Enden ihrer langen blonden Haare schwammen ebenfalls in dem blutigen Wasser. Ihre Augen waren geschlossen. Fast konnte man denken, sie schliefe, wenn da nicht die brutalen Schnitte an ihren Handgelenken gewesen wären, mit denen die Pulsadern durchtrennt waren. Wo ihre Arme im Wasser hingen, hatten sich dichte dunkelrote Wolken von Blut zusammengeballt. Hermann kämpfte mit einem heftigen Brechreiz. Er ging vorsichtig näher zum Kopfende und mußte sich an der Wanne festhalten, weil ihn ein plötzlicher Schwindel überfiel. Mit einer Hand tastete er nach Monas Hals. Kein Puls war mehr zu spüren. Er zog sie ein Stück aus der Wanne. Ihr Körper war noch warm, genauso wie das Wasser. Die Schnitte hatten aufgehört zu bluten. Sie atmete nicht mehr. Kein Herzschlag. Sie war tot. Er ließ sie los, und steif glitt sie zurück in ihr eigenes Blut. Jetzt wurde das Würgen übermächtig. Hermann kotzte in die Kloschüssel.

Eine Szene erschien vor seinem Auge – wie Carlos am Morgen nach dem Gespräch am Pool des Beverly Hills Hotels herumgehüpft war und mit einer Polaroidkamera Schnappschüsse machte. Die meisten schenkte er Mona, die vorher für in posiert hatte. Zwei oder drei wollte er selbst behalten. »Souvenir«, sagte er und steckte die Bilder ein.

Hermann stürzte durch das Haus in die Garage und

startete seinen Wagen. Er raste davon, ohne bestimmtes Ziel, nur weg von hier. Schweißtropfen liefen seine Schläfe hinunter, während er mit Vollgas in Richtung Autobahn brauste, verfolgt von dem schrecklichen Bild von Mona, die in ihrem Blut badete. Er perfekter Selbstmord, hämmerte es hinter seiner Stirn, während sich sein Verstand immer noch weigerte, das Geschehene zu begreifen. Sein Fuß trat das Gaspedal bis zum Anschlag durch, aber er konnte das Bild nicht abschütteln.

Hatte Carlos wirklich gedacht, er wolle Mona aus dem Weg räumen? Vielleicht hatte der Killer seit Tagen Alberta beobachtet und immer gedacht, sie wäre die Falsche, bis endlich Mona auftauchte, die Hermann selbst in das Haus geschickt hatte. Der Gedanke war so aberwitzig, daß er auf einmal anfing irre zu lachen. Seine Schultern wurden von einem hysterischen Gelächter geschüttelt, das unvermittelt in Schluchzen überging.

Und Alberta lebte immer noch. Sie schien sieben Leben zu haben, wie eine Katze. Mona war tot, und sie lebte. Das soll sie büßen, dachte er in einem Anfall von ohnmächtigen Haß. Es ist alles ihre Schuld, und dafür muß sie bezahlen. Sobald er etwas zur Ruhe gekommen war, würde er sich überlegen, wie er sie aus dem Weg räumen konnte.

Auf einmal fühlte er eine unendliche Erschöpfung. Er war nur noch müde und wollte nicht mehr denken. Das Schild mit der nächsten Ausfahrt tauchte aus dem Dunkel auf, und er wechselte auf die rechte Spur und verlangsamte die Geschwindigkeit. Er hatte nicht einmal mitbekommen, in welchem Kaff er sich überhaupt befand. Er mietete sich in irgendeinem Gasthof ein Zimmer und fiel ins Bett.

Alberta wuchtete ihre Reisetasche auf das Rollband, das den Weg zum Ausgang etwas beschleunigte. Sie hatte einerseits das Gefühl, überhaupt nicht weg gewesen zu sein, andererseits war der kurze Aufenthalt in England so entscheidend gewesen, daß sie dachte, eine lange Zeit wäre zwischen Abflug und Ankunft vergangen. Endlich hatte sie sich mit Robert ausgesöhnt, und es war gar nicht schwer gewesen.

Er freute sich dermaßen, sie zu sehen, daß er ihr vor seinen Mitschülern regelrecht um den Hals fiel. Sofort wurde ihm bewußt, wie unmännlich das war, und er löste sich verlegen von ihr. Sie redeten buchstäblich Stunden miteinander, und Alberta brachte ihm so schonend wie möglich bei, daß sie sich scheiden lassen wolle. Robert war keineswegs traurig darüber, vor allem nach den Lügen, die ihm Hermann über sie aufgetischt hatte, und versicherte, daß er sowieso in jedem Fall bei ihr bleiben würde. Zu ihrer großen Überraschung wollte er aber am liebsten weiter in England zur Schule gehen. Das versetzte Alberta einen kleinen Stich, doch im Grunde war es das Beste. Wie hätte sie Robert in dem momentanen Chaos ein normales Leben bieten können. Sie versprach, regelmäßig zu schreiben und anzurufen, und in den Sommerferien wollten sie zusammen verreisen. Das Gespräch hatte sie unendlich erleichtert und

die Tatsache, daß mit ihm alles in Ordnung war. Die Schule schien wirklich gut zu sein, und Alberta fragte sich, wie Hermann sie gefunden hatte.
Während sie ihren Wagen aus dem Parkhaus steuerte, überlegte sie die nächsten Schritte. Sie würde sofort den Anwalt anrufen und ihm sagen, daß ihr Versöhnungsversuch gescheitert sei und er die Scheidung so schnell wie möglich betreiben solle. Dann würde sie sich eine Pension suchen und ausziehen, ohne ihre künftige Adresse irgend jemandem mitzuteilen. Diesmal würde sie es schaffen, und Hermann würde das Nachsehen haben. Die einstündige Fahrt nach Hause kam ihr richtig kurz vor, so war sie mit dem Planen ihrer Zukunft beschäftigt.
Sie wunderte sich, nicht das Auto von Frau Ottenhuber vor dem Haus zu sehen. Statt dessen stand dort ein schwarzes Golf Cabrio. Es war doch Donnerstag, der Tag, an dem sie normalerweise zum Putzen kam. »Frau Ottenhuber?« rief sie beim Aufsperren, erhielt aber keine Antwort. Es sah auch nicht so aus, als ob jemand saubergemacht hätte. Auf dem hellen Teppich im Eingangsbereich waren diverse Abdrücke von schmutzigen Schuhen, die sich auf der Treppe nach oben fortsetzten. Alberta schaute kurz ins Wohnzimmer, auch dort hatte niemand aufgeräumt. Hatte Hermann die Putzfrau vielleicht entlassen? Ihre Neugier bewog sie, die oberen Räume zu inspizieren, die sie normalerweise gar nicht mehr betrat. Im Schlafzimmer lagen Hermanns Sachen am Boden verstreut, und das Bett war nicht gemacht. Ihr Blick fiel auf die Tür zum angrenzenden Badezim-

mer – sie war versiegelt. Alberta schaute völlig fassungslos auf das Siegel der Polizei, das den Zutritt versagte. Was war hier los? Was hatte die Polizei im Haus zu suchen? Was war passiert? Sie lief die Treppe zum Gästezimmer hinunter und suchte nach der Nummer von Kommissar Sammer. Endlich hatte sie die Karte gefunden und wählte ungeduldig. Nach einer kurzen Wartezeit kam er an den Apparat. Alberta wollte wissen, was das Siegel zu bedeuten habe.

»Ein junges Mädchen hat sich in Ihrer Badewanne die Pulsadern aufgeschnitten, und der Staatsanwalt hat eine Obduktion angeordnet«, erklärte er.

»Was?« fragte Alberta schockiert.

»Ich möchte Sie bitten, vorbeizukommen. Ich habe ein paar Fragen an Sie.«

»Natürlich«, murmelte Alberta, die versuchte zu begreifen, was er gesagt hatte.

Das konnte doch nicht sein. Wer sollte sich ausgerechnet in ihrem Haus umbringen? Wer war das Mädchen, und wie war es überhaupt reingekommen? So viele Fragen stürmten auf sie ein, während sie den Weg zum Polizeirevier einschlug.

Die Beamten residierten in einer vergammelten Vorstadtvilla, die einen neuen Anstrich benötigte. Auch das Büro von Sammer vermittelte den Eindruck, dringend renoviert werden zu müssen.

Er bot ihr Kaffee an und erzählte, daß die Putzfrau das Mädchen gefunden und völlig aufgelöst die Polizei gerufen habe. Erst wußte niemand, was überhaupt los war, weil sie so wirres Zeug redete. Allerdings war das tote Mädchen in der Badewanne wirklich ein scheußlicher Anblick und ihr Schock deswegen allzu verständlich.

»Wissen Sie, wer es war?« unterbrach Alberta.

»Ihr Name ist Monika Krauser. Kennen Sie sie?«

Alberta schüttelte den Kopf. »Nie gehört. Wie ist sie ins Haus gekommen?«

»Sie hatte einen Schlüssel. Den Schlüsselbund haben wir in ihren Sachen gefunden. Daran befand sich auch der Autoschlüssel für den Golf, der vor Ihrem Haus steht. Ihr Führerschein war im Handschuhfach, also konnten wir sie gleich identifizieren.« Er beobachtete sie. »Merkwürdige Sache, finden Sie nicht? Wo waren Sie eigentlich gestern?«

Alberta berichtete von ihrem Besuch in England.

»Wissen Sie, wo sich Ihr Mann aufhält?« fragte Sammer weiter.

»Keine Ahnung, normalerweise ist er um die Zeit in seinem Betrieb.«

»Da ist er heute nicht aufgetaucht«, sagte Sammer und griff nach dem Telefon, das hartnäckig läutete. Eine Pause entstand, während er dem Gesprächsteilnehmer zuhörte. Er bedankte sich knapp und wendete sich wieder Alberta zu.

»Es war Mord. Das hat die Obduktion ergeben. Das Mädchen ist durch einen Schlag auf den Kopf betäubt worden, und dann hat man sie in die Badewanne gelegt, ihr die Pulsadern aufgeschnitten, und sie ist verblutet. Es sollte offensichtlich nach einem Selbstmord aussehen, aber der Gerichtsmediziner hatte sofort seine Zweifel. Vielleicht hätte sich ein Hausarzt täuschen lassen und den Totenschein ausgestellt, aber uns kann man nicht so leicht hinters Licht führen.«

Alberta hatte ihm höchst unkonzentriert zugehört. Mord, dachte sie entsetzt, ein Mord war in ihrem eigenen Haus geschehen. Wer konnte so etwas tun? »Wer war das?« stieß sie hervor.

»Das werden wir herausfinden. Wir nehmen den Tatort gründlich unter die Lupe und sehen, was uns der Täter für Spuren hinterlassen hat.«

»Wie ist der Mörder ins Haus gekommen?« fragte Alberta.

»Sie muß ihn hereingelassen haben, oder er hatte einen Schlüssel. Es gab keinerlei Spuren eines gewaltsamen Eindringens.«

Alberta spürte einen Anflug von Panik. Ein Mörder, der vielleicht über einen Schlüssel zu ihrem Haus verfügte und nach Belieben ein und aus gehen konnte.

»Sie haben sicher noch Ihr Flugticket?« fragte Sammer freundlich.

»Ich habe es sogar in der Tasche.« Alberta wühlte nach dem Flugschein in der großen Umhängetasche, nach der sie automatisch gegriffen hatte, als sie das Haus verließ. Sie händigte ihm das Ticket aus.

»Und Sie haben wirklich keine Ahnung, wo Ihr Mann sein könnte?«

»Nein.« Alberta erklärte ihm kurz, daß sie die Absicht habe, sich scheiden zu lassen, und in das Gästezimmer gezogen sei, um Hermann aus dem Weg zu gehen.

»Wer hat denn noch einen Schlüssel zum Haus?«

»Nur mein Mann, die Putzfrau und ich«, antwortete Alberta und überlegte, was Hermann damit zu tun haben könnte. Er mußte das Mädchen gekannt haben, denn wie sonst wäre sie zu einem Schlüssel gekommen.

»Seltsam, daß Ihr Mann verschwunden ist«, sagte der Kommissar und stand auf, um sie zu verabschieden.

Alberta blätterte in einer Zeitschrift und versuchte sich abzulenken, während sie doch nur den Stimmen und Geräuschen lauschte, die vom Obergeschoß zu ihr ins Wohnzimmer drangen. Ein ganzes Team von Kriminalbeamten war um die Sicherung von Spuren bemüht. Ab und zu konnte sie einen Satz verstehen, den die Männer miteinander wechselten, oder sie hörte Schritte auf der Treppe, wenn noch etwas von draußen geholt werden mußte. Auch das Klingeln eines Handys war manchmal zu vernehmen. Sie konnte nicht ruhig sitzen bleiben und ging in die Küche, um sich eine Tasse Kaffee zu machen. Es war fünf Uhr nachmittags, und sie versuchte nicht an den Moment zu denken, wenn all die Leute das Haus wieder verließen und sie allein zurückblieb. Bei dem Gedanken an das Mädchen und ihren brutalen Mörder kroch die Angst in ihr hoch und steigerte sich bis zur Panik. Warum war sie umgebracht worden? Oder war der Täter ein Wahnsinniger, der sich die Bewohner des Hauses nacheinander vornahm? Ihre Hand, die die Tasse hielt, begann unwillkürlich zu zittern. Sie konnte unmöglich hierbleiben, in diesem abgelegenen unheimlichen Haus. Sie holte sich das Branchenbuch aus der

Schublade und schlug die Seite der Hotels und Pensionen auf. Sie wählte gleich die Nummer, die als erstes eingetragen war. Es spielte schließlich keine Rolle, wie sie untergebracht war, ein schönes Hotel konnte sie sich ohnehin nicht leisten. Sie fragte nach einem Zimmer und bekam eine Absage. Es werde frühestens in zwei Tagen eins frei, weil wegen einer Messe alles belegt sei.

Es klopfte an der angelehnten Tür, und Sammer fragte, ob er sie kurz sprechen könne.

»Kommen Sie herein!« forderte ihn Alberta auf.

»Ich wollte Ihnen berichten, was die Kollegen inzwischen herausgefunden haben«, sagte er. »Diese Monika Krauser war offensichtlich die Freundin Ihres Mannes, zumindest hat er ihre Miete bezahlt und ihr das Auto gekauft. Übrigens erst vor drei Tagen, der Autohändler konnte sich noch ganz genau an die beiden erinnern. Ihr Mann hatte sich am Abend des Mordes hier mit ihr verabredet, dafür haben wir einen Zeugen.«

»Verdächtigen sie ihn?« fragte Alberta und überlegte, ob Hermann wirklich fähig wäre, einen Mord zu begehen. Wenn nicht, warum hatte sie dann solche Angst vor ihm?

»Die Umstände sprechen nicht unbedingt zu seinen Gunsten«, sagte Sammer. »Das Mädchen muß ihren Mörder hereingelassen haben, oder er hatte einen Schlüssel. Es wäre doch ein enormer Zufall, wenn Kassner sie in sein Haus bestellt, und dann kommt unerwartet jemand vorbei und bringt sie um. Außerdem ermitteln wir gegen ihn noch in dem Mordfall Hasan

Ayaydin. Wir wissen jetzt, daß der Türke giftiges Nikotinsulfat in den Ställen versprühen mußte, natürlich ohne irgendwelche Schutzmaßnahmen. Er hatte eine hohe Konzentration davon in seinem Blut. Er wollte unbedingt vor seinem Tod mit Ihrem Mann sprechen und hat auch etliche Male in der Firma angerufen. Ich kann mir vorstellen, daß Ayaydin ihn unter Druck zu setzen versuchte. Vielleicht wollte Kassner einen unangenehmen Zeugen aus dem Weg räumen. Das wäre ein einleuchtendes Motiv. Dr. Hirte hat uns erzählt, daß der Mann beabsichtigte, über die ungesetzlichen Methoden auf der Farm auszupacken.«

Alberta hatte fassungslos zugehört. Sie erinnerte sich an Hermanns Blick, als er ihr die Kehle zudrückte. Vielleicht stimmte das mit dem Arbeiter, aber das Mädchen? Seine Aggression würde sich eher gegen sie richten. Unbewußt äußerte sie laut ihren Gedanken. »Aber weshalb sollte er seine Freundin umbringen?«

»Da gibt es unzählige Möglichkeiten, vielleicht aus Eifersucht, oder sie stellte zu hohe Ansprüche, ist lästig geworden ... Wenn ein Mensch einmal die Hemmschwelle des Tötens überschritten hat ...«

Wenn es stimmte, dachte sie, dann hatte Hermann nichts mehr zu verlieren, ob zwei- oder dreifacher Mord, das machte keinen großen Unterschied.

»Auf jeden Fall brauchen wir seine Aussage. Sollte er sich bei Ihnen melden oder hier auftauchen, geben Sie uns bitte sofort Bescheid.«

Alberta brachte ihn zur Tür und legte die Kette vor. Sie griff wieder nach dem Branchenbuch, wählte die Num-

mer der nächsten Pension und bekam die gleiche Antwort. Es sei wegen der Messe alles ausgebucht. Nach dem zehnten Telefongespräch verließ sie langsam der Mut. Überall erhielt sie die Auskunft, daß kein Zimmer frei sei, manchmal bekam sie noch eine freundliche Empfehlung, wo sie es noch versuchen könne, manchmal wurde sie nur unhöflich angeblafft, als ob ihre Frage schon eine Zumutung bedeutete. Automatisch drückte sie die Zahlen der nächsten Nummer. Es klingelte auf der zweiten Leitung.
»Warst du in England?« fragte Christian.
Alberta holte tief Luft. Sie hatte nicht damit gerechnet, daß er sich wieder melden würde, und sich auch bemüht, jeden Gedanken daran zu vermeiden. Sie versuchte sich ihre Aufregung nicht anmerken zu lassen und erzählte von ihrem Zusammentreffen mit Robert. Sie bedankte sich noch einmal für seine Hilfe, aber er wehrte ab.
»Was ist das für eine Geschichte mit dem toten Mädchen? Ich habe es gerade in der Zeitung gelesen.«
»Sie ist ermordet worden, und die Polizei verdächtigt Hermann. Er hatte sich hier im Haus mit ihr verabredet, sie war seine Freundin.« Es entstand eine Pause.
»Ich finde, du solltest schleunigst von dort verschwinden«, sagte er.
»Das will ich auch. Ich sitze schon die ganze Zeit am Telefon, aber es ist kein Zimmer zu bekommen.«
»Ach ja, die Messe. Paß auf, pack ein paar Sachen zusammen, und ich hole dich ab. Wir werden schon eine Lösung finden.«

Erleichtert legte Alberta auf. Sie war so froh, daß sie sogar jeglichen Einspruch unterließ und sich nicht einmal über seine möglichen Motive Gedanken machte. Sie stopfte eine Anzahl Kleidungsstücke in ihre Reisetasche und verschwand im Bad, um sich umzuziehen und ihre Blässe mit Make-up zu kaschieren. Sie hatte gerade noch Zeit, sich etwas Parfüm hinter die Ohren zu tupfen, bevor es klingelte.

»Du siehst so aus, als könntest du etwas zu essen gebrauchen«, sagte er. »Vielleicht kommt es mir aber nur so vor, weil ich selbst Hunger habe.«

»Du liegst gar nicht falsch. Ich habe das letztemal heute morgen auf dem Rückflug etwas gegessen. Dann war so viel los, daß ich mit keinem Gedanken daran gedacht habe. Die Beamten von der Spurensicherung sind erst vor einer Stunde gegangen, und seitdem habe ich telefoniert.«

Er bugsierte ihre Reisetasche auf den Rücksitz. »Also gehen wir zuerst etwas essen«, bestimmte er. Sie fuhren zu dem Italiener, wo sie einmal vergeblich auf ihn gewartet hatte. Es schien ewig her zu sein. »Eigentlich habe ich doch keinen Hunger«, sagte Alberta, während sie ratlos auf die Speisekarte schaute.

»Du mußt was essen«, entgegnete Christian und vertiefte sich mit dem Kellner in eine Diskussion über die Bestellung. Sie einigten sich auf etwas Pasta und einen gegrillten Fisch mit Salat. Alberta war ganz froh über die autoritäre Fürsorge. Zumindest für einen Abend war sie nicht mehr alleine mit ihren Problemen. Während er den Wein probierte, dachte sie, daß es um die

Zeit nach dem Essen sicher ganz unmöglich war, ein Zimmer aufzutreiben, aber sie hatte keine Lust, sich damit auseinanderzusetzen.

»Meinst du wirklich, er hat sie umgebracht?« fragte Christian.

»Ich weiß es nicht. Ich kann mir nicht vorstellen, weshalb.«

»Hast du sie gekannt?«

»Nein. Aber ich habe von der Polizei erfahren, daß sie erst zwanzig war und sehr hübsch. Er hat einmal im Streit zu mir gesagt, daß er glücklich mit ihr sei, das ist alles, was ich über die Beziehung weiß. Weshalb sollte er seine Freundin töten? Das macht alles keinen Sinn. Wenn es so aussehen sollte wie Selbstmord, warum hat er es dann in unserem Haus getan? Das ist völlig unlogisch. Es wäre doch einleuchtender, sich in den eigenen vier Wänden umzubringen. Der Kommissar verdächtigt ihn außerdem, seinen türkischen Arbeiter erstochen zu haben. Er denkt, Hermann ist von ihm erpreßt worden. Offenbar hat ihn jemand von der Farm mit Informationen versorgt, aber Beweise hat er keine.«

»Traust du ihm denn einen Mord zu?«

Alberta dachte nach. »Wenn du mich das vor einem Jahr gefragt hättest, hätte ich mit einem klaren Nein geantwortet. Nach allem, was inzwischen passiert ist, würde ich ja sagen. Man kann so lange mit jemandem zusammenleben und kennt ihn dennoch nicht.«

»Manche Menschen kennen sich ja nicht einmal selbst.« Christian grinste sie an. »Doch du hast schon recht. Das mit dem Arbeiter würde einleuchten, aber womit hat seine Freundin ihren Tod herausgefordert? Es wäre eher nachvollziehbar, wenn er seine Aggressionen gegen dich richten würde, und das hat er ja auch bisher getan.«

»Ja, bis zu diesem ominösen Gespräch, wo er scheinbar seinen Fehltritt bereut hat und die seltsame Party stattfand, an die ich mich nicht mehr erinnern kann.«

Er forderte sie auf, die Geschichte noch einmal zu erzählen, und Alberta berichtete alles, bis zu dem Augenblick, als sie in der Garage inmitten der Abgasdämpfe zu sich gekommen war und nicht mehr wußte, wo sie hinfahren wollte.

»Bist du nie auf die Idee gekommen, daß er dich ins Auto gesetzt und den Motor gestartet hat?«

Alberta schaute ihn ungläubig an.

»Wenn du glaubst, daß er dir was in den Drink getan hat und die Party bloß eine Inszenierung war, dann muß das doch einem bestimmten Zweck gedient haben?«

»Er wollte mich aus dem Weg räumen«, murmelte Alberta.

»Das wäre folgerichtig. Um so merkwürdiger ist es, daß er dann seine Meinung geändert und seine Freundin umgebracht hat. Hast du dem Kommissar von diesen Vorkommnissen erzählt?«

»Nein«, antwortete Alberta. »Ich konnte mir das Ganze ja selbst nicht zusammenreimen, und alle taten so, als wäre es meine Schuld, und sagten, Hermann sei so rührend bemüht um mich und meine angegriffene Gesundheit.«

»Du solltest unbedingt der Polizei davon erzählen, vielleicht finden sie die Wahrheit heraus. Seltsam, daß er verschwunden ist. Damit macht er sich doch verdächtig. Außerdem ist in seinem Betrieb der Teufel los. Wahrscheinlich hat der Mann, der bei der Polizei geplaudert hat, sein Gewissen gründlich erleichtert. Veterinäramt, Staatsanwaltschaft, es kommt jetzt von allen Seiten.«

Er berichtete ihr von der Käferplage, die durch die Bekämpfung der Fliegen entstanden war und für absolute Empörung bei den betroffenen Anwohnern sorgte. Alberta mußte zum erstenmal lachen, als sie daran dachte, was Hermann für ein Eigentor geschossen hatte. Christian erzählte, daß er eine anonyme Aufforderung bekommen habe, doch unbedingt dieser unglaublichen Sauerei nachzugehen, und den starken Verdacht hege, daß es sich dabei um ehemalige Befürworter der Hühnerfarm handele, die jetzt inoffiziell die Sache zu Fall bringen wollten. Alberta mußte immer mehr lachen und merkte, daß sie ziemlich beschwipst war. Sie hatte schnell getrunken, weil der Wein für eine angenehme Entspannung nach der ganzen Aufregung sorgte.

Er sah auf die Uhr. »Wir werden heute kein Hotel mehr finden. Ich biete dir mein Bett an und schlafe im Atelier. Du bist dort absolut sicher, auch vor mir«, sagte er mit einem spöttischen Lächeln, das sie wieder verlegen machte, weil sie ungern an ihr kindisches Verhalten erinnert wurde.

Durch den mittlerweile strömenden Regen liefen sie mit Jacken über dem Kopf zum Auto und wurden trotzdem klatschnaß. Ein wahrer Wolkenbruch prasselte nieder und ließ links und rechts neben dem Wagen riesige Fontänen aufspritzen, als er sich eine Schneise durch das auf der Straße stehende Wasser bahnte. Alberta saß verkrampft neben ihm im Auto und versuchte die Anspannung zu unterdrücken. Sie mußte wieder an die Szene in seinem Atelier denken und schloß unwillkürlich die Augen. Es würde sich nicht wiederholen, er würde sie nicht anrühren, das wußte sie genau. Sie dachte mit einem Gefühl des Bedauerns daran, daß wohl jeder und sie ganz besonders gefangen war in seinen Verhaltensmustern, auch wenn er es noch so gerne ändern wollte. Nur das Geräusch der hektisch hin- und herrasenden Scheibenwischer unterbrach das eintönige Rauschen des Regens.

»Was macht die Ausstellung?« fragte sie in das Schweigen.

»Die ist in drei Wochen, und ich habe bis dahin noch wahnsinnig viel zu tun. Manchmal bereue ich, daß ich mir diese Bürgerbewegung angetan habe. Das beansprucht immer mehr Zeit, die ich jetzt eigentlich nicht mehr habe. Sosehr es mich natürlich freut, daß es ganz nach einem fulminanten Sieg aussieht. Vielleicht schaffen wir es sogar, daß die Hühnerfarm hier völlig verschwindet. Spätestens dann ziehe ich mich aus der Sache zurück.«

Es schüttete immer noch ohne Unterlaß, als sie vor Christians abgeschiedenem Haus ankamen. Obwohl sie das kurze Stück Weg von der Garage zum Haus im Sprint zurücklegten, wurden sie noch einmal total durchnäßt. Er wies mit einer Handbewegung in Richtung Bad.

»Am besten ziehst du die nassen Sachen aus, drin hängt ein Bademantel.« Er ging weiter in Richtung Atelier.

Alberta schlüpfte aus den Kleidern und wickelte sich in den Bademantel, der noch schwach nach seinem Rasierwasser duftete. Es schien ihr eine seltsam intime Handlung. Verlegen bürstete sie die nassen Haare. Es war ein sonderbares Gefühl, in seiner Wohnung in seinem Bademantel herumzulaufen, und sie kam sich entblößt vor, obwohl sie der weiße Frotteestoff nahezu bis an die Füße verhüllte. Zögernd betrat sie das Wohnschlafzimmer oder wie immer man diesen Allzweckraum bezeichnen sollte. Christian erhob sich von einem Sofa, das Alberta bei ihrem ersten Besuch gar nicht wahrgenommen hatte. Er hatte sich Jeans und ein altes T-Shirt übergezogen und war damit beschäftigt, einen Haufen herumliegender Zeitschriften auf einem Tisch zu ordnen.

»Magst du noch etwas trinken, ein Glas Wein vielleicht?«

Alberta nickte. Er ging in den angrenzenden Raum, zweifellos die Küche, und kam mit einer Flasche und zwei Gläsern wieder.

»Was war dieses Haus ursprünglich?« fragte sie.

»Ein Stall, den ich umgebaut habe, und das Atelier ist ein ehemaliger Heustadel.«

»Es ist toll und sehr ungewöhnlich. Du wärst vermutlich ein guter Innenarchitekt.«

»Kann schon sein, zumindest macht es mir Spaß.«

Er erhob sich und legte eine CD auf. Die charakteristischen Klänge von Miles Davis' Trompete erfüllten den Raum. Die Musik half ihr über die Unsicherheit, bis sie sich ein neues Gesprächsthema überlegt hatte. Sie scheute sich, die Vertrautheit herzustellen, die sich durch schweigendes Zuhören und gelegentliche Blicke ergab.

»Warum bist du zu den Grünen gegangen?« fragte sie.

»Weil ich damit meinen Vater am meisten ärgern konnte. Er hat auch fast vor lauter Wut einen Herzinfarkt bekommen. Das war der zweite Affront, der erste war, auf die Kunstakademie zu gehen, gegen seinen Willen.« Er schwieg, und Alberta spürte die Verbitterung, die sich hinter seinem spöttischen Ton verbarg.

»Was solltest du denn seiner Vorstellung nach werden?«

»Ein Banker, das ist Tradition in der Familie. Er hatte auch schon nach dem Abitur eine Banklehre für mich arrangiert und konnte es nicht fassen, daß ich mich widersetzte. Er dachte, er könne mich erziehen wie seine Jagdhunde, mit strenger Hand, wie er gern sagte, und daß das dauernde Geschwätz von Verpflichtung und Tradition mich nachhaltig beeindrucken würde. Hat es aber nicht. Es hat nicht einmal etwas genützt, daß er mich ohne einen Pfennig rausgeschmissen hat. Meine Großmutter, die eine ungewöhnliche Frau war, mit einem ausgesprochenen Faible für schwarze Schafe, hat mich während des Studiums unterstützt und mich später zum ausgesprochenen Ärger meines Vaters zu ihrem Erben gemacht.«

Alberta sagte nichts und nippte an ihrem Weinglas. Das war das erstemal, daß er etwas von sich preisgab und zeigte, daß er auch verletzlich war.

»Als Robert damals auftauchte und wie ein junger Hund hinter mir herlief, hat mich das sehr an meine eigene Jugend erinnert. Dieser Konflikt mit seinem Vater, der auch nicht das geringste Verständnis für seinen Sohn aufbrachte, weil der so verschieden von ihm war ...«

Er brach ab. »Wozu erzähle ich das alles, man sollte seine Leichen im Keller lassen.« Er sah sie an. »Aber nicht, daß du denkst, das sei das Motiv gewesen, deinen Mann zu bekämpfen. Ich hasse solche Typen, die sich auf Kosten von wehrlosen Tieren und der Umwelt skrupellos bereichern.«

»Robert hat dich jedenfalls grenzenlos bewundert. Du hast alles verkörpert, was er bei seinem Vater vermißt hat.«

»Ich glaube, er hat ziemlich viel vermißt, aber er hat ja noch dich«, entgegnete er lächelnd.

Sie lächelte zurück und fühlte sich sofort wieder unsicher, weil sie fürchtete, etwas von ihren Empfindungen preiszugeben. Dabei wünschte sie sich nichts sehnlicher, als daß er sie in die Arme nahm.

Er stand auf. »Ich gehe jetzt schlafen.« Ganz leicht streifte er mit den Lippen ihre Wange. »Gute Nacht.«

Der Kuß hatte nur den Bruchteil einer Sekunde gedauert, aber einen Aufruhr in Albertas Gefühlen verursacht, gegen den sie nicht mehr ankämpfen wollte.

»Bleib da«, sagte sie leise.

Er sah sie skeptisch an, ehe er sich langsam umdrehte, und Alberta streckte wie zur Bestätigung ihrer Worte die Hand nach ihm aus. Sie machte einen Schritt auf ihn zu, und er wartete, bis sie ihn küßte. Alberta hatte ein solches Verlangen nach ihm, daß sie ihre Hemmungen vergaß. So lange hatte sie ihre Gefühle einer rigiden Kontrolle unterzogen, daß sie jetzt gegen die ständige Verleugnung rebellierten. Ihre Zunge fuhr über seine Lippen, und sie küßte ihn wieder und wieder. Sie schoben sich engumschlungen zum Bett und hörten nicht auf sich zu küssen, bis sie darauf niederfielen. Er schob ihren Bademantel auseinander, und sie zog ihm das T-Shirt über den Kopf. Sie fuhr mit ihren Fingerkuppen über seinen Nacken und seinen Rücken und streichelte jeden Zentimeter seiner Haut, den sie erreichen konnte, während er ihren Hals und ihre Brüste küßte und dann ihren ganzen Körper mit Küssen bedeckte. Sie durchwühlte mit ihren Händen das Haar an seinem Hinterkopf und wunderte sich darüber, wie weich es war, während sie die Augen schloß, um nur noch zu fühlen. Sie dachte flüchtig, daß ihre Empfindungen schon so lange alles entschieden hatten, nur ihr Verstand weigerte sich, eine Erklärung zu finden. Das Sprichwort vom siebten Himmel hatte durchaus seine Berechtigung, zumindest verlor sie jedes Gefühl für Zeit und Raum, während sie gegenseitig Zärtlichkeiten austauschten, die sie immer mehr erregten. Ihre Körper verschmolzen aneinandergepreßt, um sich wieder zu lösen und in anderer Formation erneut zueinanderzufinden.

Nach einer kurzen Phase der Entspannung beugte sich Alberta wieder über ihn und schmiegte sich an ihn, als wollte sie ihr ganzes versäumtes Leben in dieser Nacht nachholen, und sie hatte nur eine Angst – daß sie zu schnell vorübergehen könnte.

20

Hermann hatte noch nie in seinem Leben so lange geschlafen, aber er fühlte sich keineswegs erfrischt. Das anhaltende Klopfen des Zimmermädchens holte ihn aus seinen wirren Träumen zurück, und er konnte sich erst überhaupt nicht erinnern, wo er war. Das heißt, er wußte nur, daß er sich in einem Gasthof befand, der Zimmer vermietete, nicht aber, in welchem Ort. Nachdem er die lästige Person vor seiner Zimmertür verscheucht hatte, kam die Erinnerung an den gestrigen Abend schemenhaft zurück. Wenn er an Mona dachte, fühlte er einen dumpfen Schmerz, gepaart mit Enttäuschung über das Scheitern seiner ganzen Zukunftspläne, worüber er sich erst langsam klar wurde. Er fühlte sich auf unangenehme Weise schwerelos, als würde er hilflos umhertreiben und keinen Halt mehr finden. Wann immer er gedanklich etwas erfassen wollte, entglitt es ihm wieder, wie ihm sein ganzes Leben entglitten war.

Da war nur ein konstantes Gefühl in seinen verworrenen Empfindungen, und das war der Haß auf Alberta. Haß, daß sie noch lebte, daß sie durch ihre Abwesenheit diese Verwechslung möglich gemacht hatte, Haß, daß sie die Scheidung und sein Geld wollte. In dem ganzen Chaos gab es nur einen klaren Gedanken – Alberta mußte weg, dann würde wieder alles gut werden, oder zumindest besser. Außerdem brauchte er dringend das Geld aus ihrer Lebensversicherung, seine finanzielle Lage war mehr als angespannt. Selbst wenn er die Fernsehinvestitionen als Verlust abschreiben konnte, das Geld war erst mal weg. Die Käfer fielen ihm ein und Kerners Kündigung, die Gemeinderatssitzung und die drohenden Ermittlungen auf der Farm. Und immer wieder schob sich das Bild von Mona in der Badewanne vor seine Augen. Ob sie mittlerweile jemand gefunden hatte? Bei der Vorstellung, er könnte zurückkommen und sie läge immer noch da in ihrem Blut, überkam ihn wieder der Ekel. Besser, er wartete noch oder rief zuerst an. Mit schwerem Kopf schleppte er sich unter die Dusche.

Er trank schwarzen Kaffee in der Gaststube und fuhr anschließend durch den Ort, um festzustellen, daß er sich in Österreich befand. Er hatte gar nicht gemerkt, daß er die Grenze überquert hatte, aber es gab ja auch keine Grenzkontrollen mehr. In einem winzigen Kino wurde ein Kriegsfilm gezeigt. Er löste eine Karte und ging hinein. Der brutale Streifen handelte von einer Eliteeinheit, die mit allen Mitteln ihre Gegner niedermetzelte. Die feindlichen Truppen brachen überwiegend in den endlosen Salven der Maschinengewehre zusammen, und wer doch noch überlebte, wurde im blutigen Nahkampf abgeschlachtet. Die Ströme von künstlichem Blut, die auf der Leinwand flossen, lenkten ihn etwas von seinen realen Schwierigkeiten ab. Als er aus dem Kino kam, registrierte er nicht ohne Erleichterung, daß es zu spät war, seine Sekretärin anzurufen. Sie war bereits nach Hause gegangen. Morgen war noch Zeit genug, sich um alles zu kümmern. Zum erstenmal in seinem Leben fühlte er sich zu kraftlos, um Probleme anzupacken. Aber das würde sich ändern, wenn er noch mal richtig ausgeschlafen hatte. Er aß in einer kleinen Bauernwirtschaft zu Abend und sagte dann Bescheid, daß er seinen Aufenthalt um eine Nacht verlängerte.

Sammer lächelte triumphierend. Da war das Motiv. Noch einmal ließ er das Videoband zurücklaufen und schaute sich an, wie Monika Krauser trauernd vor dem offenen Grab von Markus Tomani stand und von Hermann Kassner weggezerrt wurde. Wie die beiden lautstark stritten und der Kameramann mitgeschwenkt hatte, weil er sich das natürlich nicht entgehen lassen wollte. Er sah zufrieden, wie Hermann ihr nachlief, und man konnte sich gut vorstellen, wie der Streit weiterging und tagelang eskalierte, bis er zu der furchtbaren Tat führte. Eifersucht! Ein besseres Motiv ließ sich gar nicht denken, und so, wie sich das Mädchen vor dem Grab benommen hatte, müßte er sich sehr täuschen, wenn Hermann Kassner keinen Grund dazu gehabt

hätte. Oder sie wollte ihn warum auch immer provozieren. Er würde es schon noch herausfinden.
»Herr Ziegler ist da«, meldete Dorbach.
»Es soll reinkommen«, sagte Sammer.
Er taxierte seinen Besucher mit der Routine von dreißig Jahren Polizeidienst. Anfang Dreißig, schlank, einsfünfundachtzig groß, blond, graugrüne Augen, legere Kleidung, offenes sympathisches Lächeln, ein wahrscheinlich glaubwürdiger Zeuge.
»Patrick Ziegler«, stellte er sich vor.
Sammer erklärte, daß er den Mord an Monika Krauser untersuche und ihn um ein paar Informationen bitten wolle.
»Gerne, soweit ich dazu in der Lage bin«, sagte Patrick.
Er erzählte, seit wann er Mona kannte und wie er sie kennengelernt hatte.
»Wie war Ihrer Meinung nach das Verhältnis zwischen Hermann Kassner und Frau Krauser?« fragte Sammer.
»Er war absolut verrückt nach ihr und wollte einen Star aus ihr machen. Meiner Ansicht nach war das der Hauptgrund für sein finanzielles Engagement in Markus Tomanis Produktion.«
»Welche Summe hatte er investiert?«
»Ungefähr anderthalb Millionen, genau kann das sicher der Konkursverwalter sagen.«
»Kostspielige Freundin. Vielleicht war er wütend auf sie, weil er ihretwegen so viel Geld verloren hat.«
»Ich denke, er war eher wütend auf Markus, zumindest hat er mir das am Telefon entgegengeschrien. Aber sicher kann er einen großen Teil des Verlusts abschreiben.

Ich kenne seine Geschäfte nicht, vielleicht ist es steuerlich sogar günstig.«

Sammer dachte kurz an sein eigenes, keineswegs üppiges Gehalt, von dem jeden Monat die Lohnsteuer abgezogen wurde, während Typen wie Kassner jede Menge Möglichkeiten hatten, Geld am Fiskus vorbeizuschleusen.

»Für ein glückliches Paar war der Streit bei der Beerdigung aber ziemlich heftig. Er hat sie als Nutte bezeichnet.«

Patrick zuckte mit den Schultern. »Er ist ein ziemlicher Prolet, aber so ganz abwegig ist das nicht. Sie können sich vielleicht denken, was sich ein Mädchen von Monas Aussehen und Alter von so einem Sugardaddy versprochen hat. Die reine Liebe war es vermutlich nicht.«

»Hatte sie etwas mit Markus Tomani?« fragte Sammer unvermittelt.

Patrick räusperte sich. Offenbar hatte er ins Schwarze getroffen. »Ich weiß es nicht, einmal haben sie jedenfalls zusammen geschlafen.«

»Wußte Kassner davon?«

»Bestimmt nicht.«

»Vielleicht hatte er einen Verdacht?«

»Kann ich mir nicht vorstellen. Er war wohl so naiv zu glauben, Mona sei in ihn verliebt. Er hätte Markus keinen Pfennig mehr gegeben, wenn er so etwas gedacht hätte. Ich glaube, Markus hat nur mit ihr geschlafen, um ihn zu demütigen. Er konnte Hermann nicht ausstehen. Doch er war auf sein Geld angewiesen, und so hat er ihm eins ausgewischt, ohne daß er es ahnte.«

Eine ziemlich fremde Welt, dachte Sammer, der mit seiner Frau seit sechsundzwanzig Jahren eine sogenannte glückliche, aber hauptsächlich langweilige Ehe führte. Ein einziges Mal war die Versuchung in Form einer Kollegin an ihn herangetreten, doch er hatte ihr aus Angst vor möglicherweise drohenden Komplikationen nicht nachgegeben.

»Die Szene am Grab deutet aber eher darauf hin, daß sie um Tomani trauerte und Kassner deswegen eifersüchtig wurde«, sagte er.

»Vielleicht war Mona ein bißchen verknallt in Markus, doch sie war sicher viel zu realistisch, um ihren Gönner ernsthaft vor den Kopf zu stoßen. Soviel ich weiß, bezahlte er ihre Miete. Was Markus anbelangt, der hat sich auf keinen Fall ernsthaft für sie interessiert. Er ist den beiden nach Möglichkeit aus dem Weg gegangen. Außerdem sind ihm so viele Frauen nachgelaufen, das war ihm eher lästig.«

Sammer bedankte sich bei Patrick und meinte, das sei alles für den Moment. Es könne aber sein, daß er ihn später noch einmal brauche.

»Kein Problem, ich habe augenblicklich viel Zeit«, sagte er.

Sammer dachte noch einmal über das Gespräch nach. Es konnte doch sein, daß Kassner herausgefunden hatte, daß ihn seine Freundin betrog. Möglicherweise hatte sie es sogar zugegeben. Vielleicht war sie wirklich in Markus Tomani verliebt gewesen und hatte es Kassner im Streit gesagt. Wie verletzend mußte es sein, wenn man erfuhr, daß die junge schöne Freundin es nebenher

mit einem gutaussehenden Frauenhelden trieb, während man selbst nur der Zahlmeister war? Ein Typ wie Kassner konnte das bestimmt nicht verkraften.
Dorbach legte ihm einen Bericht auf den Schreibtisch. »Ist gerade gekommen.«
Er beugte sich gespannt über die zwei zusammengehefteten Blätter, und sein Mund verzog sich zu einem triumphierenden Lächeln. »Langsam paßt eines zum anderen. Seine Fingerabdrücke waren auf der Badewanne. Hoffentlich reicht das für einen Haftbefehl.« Er schob seinen Stuhl heftig zurück und stand auf. »Ich bin beim Staatsanwalt!« rief er Dorbach zu und verließ eilig den Raum.

Wo waren Sie denn?« fragte seine Sekretärin vorwurfsvoll, als Hermann das Zimmer betrat.
»Wieso?« fragte er unfreundlich zurück.
»Weil hier der Teufel los war. Kommissar Sammer von der Kriminalpolizei war hier und wollte Sie vernehmen, der Amtsveterinär hat gestern mit einem Herrn von der Staatsanwaltschaft überall in den Ställen herumgeschnüffelt, und Kerner ist nicht mehr aufgetaucht. Er hat sich krank gemeldet, und kein Mensch konnte Auskunft geben.«
Dieses Schwein, dachte Hermann, einfach von heute auf morgen zu verschwinden, dabei ist die Kündigung erst zum Quartalsende wirksam. Das nährte nur seinen Verdacht, daß er sich von Sammer gründlich hatte aus-

quetschen lassen. Und der hatte es gleich an die zuständigen Stellen weitergeleitet.

»Jetzt bin ich ja da«, sagte er barsch und ging in sein Büro. Sicher hatten die gar kein Recht, sich hier herumzutreiben, aber die blöde Kuh von Sekretärin war zu dämlich, um das zu verhindern. Weiber waren wirklich zu nichts zu gebrauchen, vom Ficken einmal abgesehen. Ein Stapel Post lag auf seinem Schreibtisch. Ein Brief von der Staatsanwaltschaft Rosenheim. Man ermittelte gegen ihn wegen Überbelegung von Käfigen, Falschangaben auf Eierpackungen, Manipulation von Güteklassen, Verstoß gegen das Tierschutzgesetz wegen des Einsatzes illegaler Chemikalien und gefährlicher Körperverletzung. Hermann legte den Brief beiseite. Das werden sie erst mal beweisen müssen. Außer der Aussage von Kerner hatten die bestimmt nichts. Er riß den nächsten Brief mit dem Absender der Gemeinde auf. Man teilte ihm lapidar mit, daß der Gemeinderat einstimmig sein Bauvorhaben abgelehnt hatte. Von einer unzumutbaren Belastung der Anwohner war noch die Rede, obwohl der geplante Anbau kilometerweit vom nächsten Anwohner entfernt gewesen wäre.

Wutentbrannt wählte er Büchls Nummer. »Einstimmig!« brüllte er ins Telefon. »Wo war denn deine großartige Unterstützung?«

»Es hätte überhaupt nichts genützt, wenn ich dagegen gestimmt hätte«, sagte Büchl. »Da war wegen der Käfer nichts mehr zu machen. Das ist wie in einem Film von Hitchcock. Ein paar von den Gemeinderäten sind persönlich davon betroffen. Denen kannst du erzählen, was du magst, die wollen die Hühner mitsamt Fliegen und Käfern von hier weghaben, sonst nichts. Außerdem war nicht gerade förderlich, daß die Staatsanwaltschaft gegen dich ermittelt.«

»Das sind nur unhaltbare Verdächtigungen von einem gekündigten Mitarbeiter«, sagte Hermann sauer.

»Es tut mir wirklich leid, Hermann. Ich schicke dir die letzten Auslagen zurück.« Büchl legte auf, bevor Hermann noch etwas erwidern konnte.

Den feigen Mistkerl würde er fertigmachen. Zumindest sein Amt würde er verlieren und damit lukrative Einnahmequellen. Hermann konnte sich noch gut daran erinnern, wie Büchl damals für Pfennige den Bauern ihre Wiesen abgeschwatzt hatte, nachdem er durch den Gemeinderat erfuhr, daß in ein paar Jahren die Kanalisation fällig war. Wie erwartet, war aus dem Land teurer Baugrund geworden, und Büchl hatte sich beim Verkauf eine goldene Nase verdient. Damit war jetzt Schluß.

Das nächste Schreiben war von Wolfgang Kleine. Er habe aus der Konkursmasse noch sechstausend Mark für ihn retten können, die er ihm bereits auf sein Konto überwiesen habe. Die verlorene Summe mache er als Verlustvortrag geltend. Hermann hätte fast laut aufgelacht. Sechstausend Mark von anderthalb Millionen, das war der Witz des Jahres. Das würde nicht mal Kleines Rechnung decken, die er sicher nach einer Anstandsfrist schicken würde.

Er riß den nächsten Umschlag auf, der keinen Absender aufwies.

»Request transfer US-Dollar 25 000 immediately«, stand da. Es folgte ein Nummernkonto bei einer Bank in Zürich. Hermann schaute verständnislos auf die Zeilen. Es dauerte eine Weile, bis seine grauen Zellen die entsprechende Verknüpfung herstellten und ihm langsam dämmerte, daß es sich um die geforderte zweite Hälfte des Killerhonorars handelte. Was für eine Perversion, daß er für Monas Tod auch noch bezahlen sollte! Da konnte der Typ lange warten. Kurz kam ihm der Gedanke, wie die Mafia Gegner oder säumige Schuldner zu bestrafen pflegte, oft durch Zeitungen, Fernsehen und Filme dokumentiert. Er konnte sich vorstellen, daß die Kolumbianer in der Beziehung auch nicht zimperlich waren. Mit einem äußerst unangenehmen Gefühl verstaute er den Brief in seinem Schreibtisch. Es würde ihm sicher eine Lösung einfallen. Im Moment hatte er gar keine fünfundzwanzigtausend Dollar auf seinen Konten.
Auf dem nächsten Brief prangte der Stempel der Kanzlei Amesmeier. Der Anwalt schrieb, daß sich seine Frau die Sache wieder anders überlegt habe und unverzüglich die Scheidung einreiche. Nachdem er offensichtlich sein außereheliches Verhältnis entgegen seiner Zusage nicht beendet habe, wie sich auf tragische Weise herausgestellt habe, sehe sie sich leider zu diesem endgültigen Schritt gezwungen. Dann kam noch einmal die gleiche Scheiße wie damals, daß sie einen Vorschuß auf das zu erwartende Vermögen verlangte, der sie in die Lage versetzen sollte, sich eine Wohnung zu suchen, und daß man sich so schnell wie

möglich einigen sollte, und so weiter und so weiter. Hermann fühlte das Blut in seinem Kopf rauschen. Er zerbrach den Bleistift, den er in der Hand hatte, und stellte sich vor, es wäre Albertas Genick, das da unter seinen Händen knackend splitterte. Das verschaffte ihm nur ungenügend Erleichterung. Er sprang auf, wobei sein Stuhl polternd umkippte, und ging mit raschen Schritten auf und ab. Die Wut jagte ihm das Adrenalin in den Körper, und er hatte das Gefühl zu platzen, wenn er nicht hin und her rannte. In seiner Phantasie prügelte er auf Alberta ein, bis sie auf die Knie fiel und um Gnade winselte, aber er hielt lediglich inne, um sich an ihrer Todesangst zu ergötzen, die ihre Qualen noch verlängerte. Als er sie gedanklich endgültig hingemetzelt hatte, wurde er etwas ruhiger und setzte sich wieder. Das war das erste, was er zu erledigen hatte. Nach Albertas Tod würde alles einfacher sein. Damit nahm er Rache für Mona und alles andere. Das mit dem Selbstmord konnte er jetzt natürlich vergessen, es mußte ein Unfall werden. Unfälle passierten täglich und zahlreich, das war kein Problem. Sogar bei der Hausarbeit kamen Frauen ums Leben. Er lachte laut auf. Die Weiber waren sogar so blöd, daß sie beim Fensterputzen von der Leiter stürzten oder beim Bügeln einen Schlag bekamen. Das fiel leider bei Alberta flach, weil sie ja zu faul war, irgend etwas anzufassen. Das machte alles die Putzfrau. Vielleicht waren zwei Tote in demselben Haus auch ein bißchen viel. Ein Autounfall, das war's. Er sah bereits ihre total zerschmetterte, blutüberströmte Leiche vor sich, die man aus dem Wrack ihres

Autos, das eine Böschung hinuntergestürzt war, geborgen hatte. Ihre Glieder waren seltsam verrenkt, und ihre toten offenen Augen starrten ins Leere. Tränen traten bei ihrem Anblick in seine Augen, Freudentränen wohlgemerkt.

Wo war sie überhaupt? Ihr Wagen war weder gestern abend noch heute morgen in der Garage gewesen, und sie war auch nicht im Haus. Hatte sie sich vielleicht bei ihrer Mutter verkrochen? Sie würde es bestimmt nicht wagen, die Scheidung einzureichen, solange sie noch mit ihm im selben Haus wohnte. Er wählte die Nummer ihrer Mutter.

»Hallo, Hermann«, grüßte sie fröhlich, »willst du mich über den Stand meiner Aktien informieren?«

»Seit wann hast du Aktien?«

»Mach keine Scherze. Bin ich schon eine stinkreiche Frau?«

»Von was sprichst du eigentlich?« fragte Hermann gereizt, dem die Alte zusehends auf den Wecker fiel.

»Von den Aktien, die du von meinem Geld gekauft hast«, erwiderte sie jetzt streng.

»Ich habe keine Aktien gekauft.«

»Aber ich habe doch Alberta das Geld gegeben.«

»Wofür?«

»Sie hat gesagt, du hättest die Möglichkeit, so tolle Papiere zu kaufen, ein todsicherer Tip.« Sie stockte.

»Alle Achtung, so viel kriminelle Energie hätte ich deiner Tochter gar nicht zugetraut. Sie hat dich über den Tisch gezogen.«

»Was meinst du?« fragte sie blöde.

»Sie hat dich um dein Geld erleichtert. Wo ist sie überhaupt?«
»Ich habe sie nicht mehr gesprochen, seit ich ihr die zehntausend Mark gegeben habe.«
»Zehn Riesen, nicht schlecht. Dann siehst du sie sicher so schnell nicht wieder.«
Sie fing an herumzujammern, und Hermann legte einfach auf. Er würde sie schon aufstöbern. Vielleicht ging es sogar ganz legal über ihren Anwalt. Ein paar Tage spielten jetzt auch keine Rolle mehr. Da konnte er sich wenigstens in der Zwischenzeit auf etwas freuen. Er lachte wieder.

Keine Chance.« Staatsanwalt Wildhauser schüttelte den Kopf. »Da müssen Sie schon etwas mehr bringen. Daß der Mann Fingerabdrücke auf seiner eigenen Badewanne hinterläßt, ist kein ausreichender Beweis.«
»Er hat eine Ehefrau und eine Putzfrau, eine Badewanne wird doch geputzt, nachdem sie benutzt worden ist, und außer seinen haben wir keine Fingerabdrücke gefunden.«
»Vielleicht hat der Täter Handschuhe getragen?«
»Was für ein Täter denn? Kassner hat sich mit dem Mädchen in seinem Haus verabredet. Sie war nach unseren Nachforschungen ungefähr dreißig bis sechzig Minuten dort, bis zum Eintritt ihres Todes. In der Zeit soll ein Fremder vorbeigekommen sein, dem sie auch noch bereitwillig die Tür geöffnet hat, und sie umge-

bracht haben? Was ist mit dem Streit und Kassners seltsamem Verschwinden? Die normale Reaktion wäre doch wohl, die Polizei oder wenigstens einen Arzt zu rufen. Ich tippe auf einen Mord aus Eifersucht. Er hat erfahren, daß sie ihn mit diesem Produzenten betrogen hat, und wollte sich rächen.«

»Natürlich ist er verdächtig«, räumte der Staatsanwalt ein, »aber das reicht doch nicht. Ein Mann wie Kassner nimmt sich einen cleveren Anwalt, und der hat ihn schneller wieder draußen, als Sie ihn einbuchten. Wir könnten niemals damit vor Gericht gehen. Was ist mit der Rasierklinge?«

»Die lag blutverschmiert am Badewannenrand. Es waren nur ihre Fingerabdrücke drauf. Die Gerichtsmedizin hat lediglich festgestellt, daß sie sich nie und nimmer so hätte selbst die Schnitte beibringen können. Er hat offensichtlich nur ihre Finger draufgedrückt. Es sollte ja wie ein Selbstmord aussehen.«

»Was ist mit dem Mord an dem Türken, sind wir da schon weiter?«

»Wir haben die Aussage von diesem Kerner. Es war Nikotinsulfat, was Ayaydin versprühen mußte, und ...«

»Das weiß ich doch alles. Ich meine die Tatwaffe, Indizien, Zeugen, irgend etwas Handfestes.«

Sammer zuckte mit den Schultern. Der Gedanke, Kassner vielleicht nichts nachweisen zu können, ließ einen resignierten Ausdruck auf seinem Gesicht erscheinen.

»Wir haben das Auto von Kassner noch nicht unter die Lupe nehmen können, weil er damit verschwunden ist. Höchstwahrscheinlich hat er den Schwerverletzten zu der Stelle an der Isar gefahren, wo er ihn dann über die Böschung geworfen hat. Wenn wir Glück haben, finden wir noch irgendwelche Spuren, Blut, Haare, Hautpartikel, obwohl der Wagen sicher gründlich gereinigt worden ist.«

»Das wäre gut. Wenn wir beweisen können, daß Ayaydin in seinem Kofferraum gelegen hat, sieht es schlecht für ihn aus.« Er lächelte aufmunternd. »Wir kriegen ihn schon.«

»Wenn er sich nicht abgesetzt hat.«

»So einer setzt sich nicht ab. Zumindest nicht auf diese Weise. Wenn, dann hätte er das vorbereitet, seinen Betrieb veräußert, Geld ins Ausland transferiert, für seine Zukunft gesorgt. Wir haben nichts, was darauf hinweist. Er war nicht mal auf der Bank. Glauben Sie mir, der kommt wieder.«

»Hoffen wir's«, sagte Sammer müde. »Kann ich dann wenigstens seinen Wagen beschlagnahmen?«

»Warum fragen Sie ihn nicht einfach? Wenn er es ablehnt, haben wir immer noch die Möglichkeit, massiv zu werden. Halten Sie mich auf dem laufenden.«

»Natürlich.« Sammer stand auf und ging zurück in sein Büro. Gott sei Dank näherte er sich der Pensionsgrenze. Der Job wurde immer deprimierender. Die miesen Typen schienen stets am längeren Hebel zu sitzen. Schaffte man es endlich, sie vor Gericht zu bringen, erschien irgendein smarter Anwalt und haute sie wieder raus. Oder sie kamen mit einer absolut lächerlichen Strafe davon, weil die Tat im Affekt oder Suff begangen wurde. Die ach so liberale Justiz, die mehr die Täter als

die Opfer schützte, das war ein beliebtes Thema der abendlichen Unterhaltungen mit seiner Frau gewesen, bis sie sich geweigert hatte, sein Lamento darüber noch weiter anzuhören. Seitdem wußte er gar nicht mehr, über was er mit ihr reden sollte, außer über den täglichen Kleinkram, mit dem sie ihn behelligte. Und er fühlte sich noch mehr als unverstandener Einzelkämpfer, der versuchte Verbrecher dingfest zu machen, die man nachher wieder laufenließ.
Dorbach kam ihm gleich entgegen, um ihm aufgeregt mitzuteilen, daß Kassner wieder da sei.
»Seine Sekretärin hat bei uns angerufen. Anscheinend verlassen seine Getreuen das sinkende Schiff.«
Sammers Jagdinstinkt war sofort wieder geweckt und verscheuchte die Müdigkeit. »Auf geht's, fahren wir hin. Ich bin gespannt, was er zu erzählen hat.«

Deinem Mann geht's endgültig an den Kragen.« Christian deutete auf einen kleinen Absatz in der Zeitung. »Die Staatsanwaltschaft hat die Ermittlungen gegen ihn aufgenommen. Du mußt dich wahrscheinlich beeilen, wenn du noch etwas von seinem Geld haben willst. Sicher verhängen sie saftige Bußgelder gegen ihn.«
»Ich habe auch ein schlechtes Gewissen, wenn ich es nehme, aber momentan sehe ich keine andere Möglichkeit«, sagte Alberta.
»Du solltest soviel davon nehmen, wie du kriegen

kannst. Es läßt sich doch positiv einsetzen. Es gibt so viele Projekte, die es wert wären, unterstützt zu werden, und bei denen du auch mitarbeiten kannst, wenn du dir erst mal überlegt hast, was du wirklich machen willst. Aber zuerst mußt du ihn loswerden, die Ehe ist sowieso die beschissenste Form des Zusammenlebens.«

»Welche Form des Zusammenlebens ist denn akzeptabel?« fragte sie, obwohl sie sich eigentlich vorgenommen hatte, nie ein derartiges Thema anzusprechen.

»Jede, die auf Freiwilligkeit basiert. Das ist doch eine absurde Idee, jemanden quasi durch die Unterschrift auf einem Papier oder den Segen eines Pfarrers besitzen zu wollen. Womöglich noch lebenslang, wie sich die Kirche das vorstellt. Eine moderne Form der Sklaverei, in der oft die Frauen wirtschaftlich abhängig sind und versuchen, durch das Einfordern von monogamem Verhalten ihren Partner zu knechten. Warum soll man heiraten? Damit einem der andere nicht davonläuft? Aus Gründen der Versorgung oder mehr Steuergerechtigkeit?«

»Vielleicht wegen der Kinder«, warf Alberta ein.

»Sicher eine schöne Idee. Nur hält die Wirklichkeit dem nicht stand. Die Kinder leiden doch am meisten, wenn die hehren Ideale scheitern, wenn die Eltern die Ansprüche, die sie an ihre Ehe gestellt haben, nicht mehr erfüllen können, wenn sich die Wunschvorstellung der sexuellen Treue als armselige Illusion herausstellt und man sich nur noch verletzen möchte, um der Enttäuschung irgendwie Herr zu werden.«

»Hör auf, ich bin schon überzeugt«, sagte Alberta und

lachte. »Du hörst dich an wie ein richtiger Ehekrüppel, der der Hölle noch einmal entkommen ist.«

»Es ist mir Gott sei Dank gelungen, immer vorher zu entkommen, aber die Ehe meiner Eltern war ein guter Anschauungsunterricht, und was ich bei meinen Freunden sehe, lädt nicht unbedingt zur Nachahmung ein.« Er faltete die Zeitung zusammen. »Hast du mit dem Kommissar gesprochen?«

»Ich habe zweimal angerufen, doch er war nicht da. Ich versuche es nachher noch mal.«

»Das solltest du wirklich tun.«

»Ja«, sagte Alberta. »Außerdem bin ich schon auf Wohnungssuche. Ich habe einen Makler beauftragt. Mein Anwalt ist zuversichtlich, daß wir das mit dem Vorschuß bald hinkriegen.« Sie wollte ihm nicht zu lange zur Last fallen, vor allem nachdem er seine Freiheit gerade so vehement verteidigt hatte.

Sie war sowieso total überrascht gewesen, als er ihr am Morgen, nachdem sie zusammen aufgewacht waren, einen Schlüssel in die Hand drückte und sagte, sie solle doch vorläufig hier blieben, anstatt in einem scheußlichen Hotel die Wände anzustarren. Alberta schaute ihn völlig verblüfft an. Sie hatte so fest damit gerechnet, daß nach dieser Nacht alles zu Ende sein würde, daß sie kurz mit den Tränen kämpfte. Sie hatte sich das aus Angst vor der Enttäuschung so fest eingeredet, daß es ihr schwerfiel, die veränderten Umstände zu akzeptieren. Sie war so rettungslos verliebt, daß sie zur Strafe sofort die Vertreibung aus dem Paradies erwartete. Nachdem es anders gekommen war, nahm sie sich fest vor, die Zeit, die sie mit ihm zusammen hatte, hemmungslos zu genießen, ohne an die Zukunft, die für sie gleichbedeutend war mit dem Ende, das irgendwann kommen würde, zu denken. Zu ihrer Überraschung stellte sie fest, daß es herrlich war, von einem Tag auf den anderen zu leben und die schönen Momente auszukosten. Ihre Leidenschaft erstreckte sich über die ekstatischen Nächte hinaus auf ihr ganzes Leben. Sie war wieder voller Lust und Neugier und Freude, eine Metamorphose, die sie selbst nie für möglich gehalten hätte.

Er nahm sie in die Arme. »Zieh nur nicht zu weit weg, ich bin gerade dabei, mich an dich zu gewöhnen.« Und er lächelte ein bißchen spöttisch, um die nötige Distanz zu seinen Worten herzustellen.

Und auf einmal liebte Alberta dieses Lächeln ganz besonders.

21

Kommissar Sammer ist hier«, flötete die Sekretärin durch die Sprechanlage, ohne eine Antwort abzuwarten. »Gehen Sie ruhig rein«, forderte sie die beiden Herren auf.

Sammer klopfte kurz und öffnete dann die Tür. »Wir haben ein paar Fragen zum Tod von Monika Krauser«, erklärte er und registrierte den gehetzten Ausdruck in Kassners Augen. Die grauen Bartstoppeln in dem unrasierten Gesicht ließen ihn überraschend alt und ungepflegt aussehen. Offenbar war es ihm egal, was er für einen Eindruck machte.

»Bitte«, sagte er gleichgültig, ohne einen Platz anzubieten.

»Dürfen wir uns setzen?« fragte Sammer und zog gleichzeitig zwei Stühle für sich und Dorbach heran. »Erzählen Sie uns, was am Abend des Sechsundzwanzigsten passiert ist. Dem Abend ihres Todes.«

»Wir waren im Haus verabredet ...«

»Um wieviel Uhr?« unterbrach ihn Sammer.

»Sie rief mich so gegen sieben von unterwegs an. Ich habe ihr gesagt, sie solle im Haus warten, ich würde gleich kommen. Ich habe nicht auf die Uhr gesehen, aber ich schätze, etwa gegen acht war ich daheim.«

Sammer nickte. Das deckte sich mit der Aussage von Kerner und dem Gerichtsmediziner über den mutmaßlichen Zeitpunkt ihres Todes.

»Weiter!« befahl er.

»Ich kam ins Haus und rief nach ihr, aber ich erhielt keine Antwort. Ich bin hinaufgegangen, da ich dachte, daß sie vielleicht im Schlafzimmer wartet. Ich glaube, ich habe ein Wasserplätschern gehört, und bin weiter ins Badezimmer gegangen.«

Sammer beobachtete ihn scharf.

»Da habe ich sie gesehen.« Hermann stockte und wurde blaß. »Sie hat friedlich ausgeschaut, bis auf das Blut.«

»Woher wußten Sie, daß es Blut war?«

»Was hätte es denn sonst sein sollen? Himbeersaft?«

fragte Hermann gereizt. »Außerdem habe ich sofort die Schnitte an ihren Handgelenken und die Rasierklinge bemerkt.«

Sammer wartete geduldig, bis er weitersprach.

»Wenn Sie mich jetzt fragen, warum sie das getan hat, ich habe keine Ahnung. Mit mir hatte es sicher nichts zu tun. Vielleicht war es die Enttäuschung über die entgangene Rolle. Tomani wollte sie in einer internationalen Fernsehserie groß rausbringen, aber seine Firma ist in Konkurs gegangen, und er hat sich umgebracht.«

»Sie wurde ermordet«, sagte Sammer und ließ ihn dabei nicht aus den Augen.

»Was?« fragte Hermann und bemühte sich um einen überraschten Gesichtsausdruck, der Sammer keineswegs überzeugte. »Wer sollte so etwas tun?«

»Gute Frage. Das versuchen wir herauszufinden. Erzählen Sie weiter. Was passierte dann, nachdem Sie sie gesehen haben?«

»Ich bin zu ihr hingegangen und habe geschaut, ob sie vielleicht noch lebt.«

»Warum haben Sie keinen Arzt gerufen?«

»Sie war eindeutig tot.«

»Wie können Sie als Laie eindeutig den Eintritt des Todes feststellen? Oder haben Sie eine medizinische Ausbildung?«

»Nein, aber sie war bestimmt tot.«

»Wie viele Leichen haben Sie schon gesehen?«

Hermann war ganz kurz aus dem Konzept gebracht. »Gar keine.«

»Wie haben Sie festgestellt, daß sie nicht mehr lebte?«

»Ich habe sie ein Stück aus der Wanne gezogen und ihren Puls gefühlt. Sie war tot.«

»Haben Sie die Badewanne berührt?«

»Das weiß ich nicht mehr, ich glaube nicht. Was spielt das für eine Rolle?«

»Ihre Fingerabdrücke waren an der Stelle neben den Wasserhähnen. Vielleicht haben Sie das Wasser eingelassen und vergessen, sie wieder abzuwischen.«

»Sind Sie verrückt? Wollen Sie mir einen Mord unterschieben?«

Sammer antwortete nicht auf seine Frage. »Was passierte weiter?«

»Mir wurde schlecht. Und dann bin ich aus dem Haus gelaufen. Ich habe mich einfach ins Auto gesetzt und bin davongefahren.«

»Weshalb haben Sie auf der Beerdigung mit ihr gestritten?«

»Was meinen Sie?«

»Ich meine den Streit mit Ihrer Freundin auf Markus Tomanis Beerdigung.« Stakkatoartig prasselten die Fragen auf Hermann ein und ließen ihm keine Zeit zu überlegen.

»Das war eine kleine Meinungsverschiedenheit, nichts weiter.«

»Sie haben sie als Nutte bezeichnet, und das nennen Sie eine Meinungsverschiedenheit?«

»Es war nicht so gemeint«, stotterte Hermann, sichtlich verwirrt über Sammers Informationen.

»War es nicht eher so, daß Sie eifersüchtig waren, weil Ihre Freundin mit Markus Tomani geschlafen hatte?«

Hermann sprang auf, hochrot im Gesicht. »Das ist eine dreckige Lüge!« schrie er.
»Keineswegs.« Sammer lächelte boshaft. »Wir haben jemanden, der es bezeugen kann.«
Hermann versuchte sich wieder zu fangen. »Ich sage kein Wort mehr ohne meinen Anwalt!«
»Natürlich«, entgegnete Sammer und nahm seinem Ton die schneidende Schärfe. »Wir setzen das Gespräch dann auf dem Revier fort. Ich mache Sie darauf aufmerksam, daß Sie sich weiter zur Verfügung halten müssen. Also keine plötzlichen Reisen ins Ausland.« Er grinste tückisch und stand auf. »Ach, fast hätte ich es vergessen. Wir müssen uns Ihr Auto für einige Untersuchungen ausleihen.«
Sammer beobachtete befriedigt, wie Hermann fieberhaft überlegte, was das zu bedeuten hatte und wie er reagieren sollte.
»Das lasse ich mir nicht gefallen!« sagte er schließlich.
»Es wird Ihnen nichts anderes übrigbleiben. Anderenfalls verfügt es der Staatsanwalt, aber wir sorgen dafür, daß der Wagen in der Zwischenzeit nicht angerührt wird.«
»Was wollen Sie denn da finden?« fragte er mit etwas unsicherer Stimme.
»Vielleicht Spuren von Hasan Ayaydins Blut.«
Hermann wurde eine Spur blasser. »Das ist ja lächerlich.«
Sammer hatte seine Reaktion genau beobachtet. »Sie würden sich wundern, über welche Methoden unsere Spezialisten mittlerweile verfügen«, sagte er leichthin.

»Ein winziger Spritzer Blut reicht schon aus oder ein ausgerissenes Haar.« Er stand auf. »Ich schicke dann zwei Männer von der Spurensicherung vorbei. Dorbach wartet so lange hier, bis die beiden da sind.« Er verabschiedete sich freundlich und ging.

Hermann schaute hinunter auf den Parkplatz, wo bis vor kurzem sein Mercedes stand, den die Beamten weggefahren hatten. Sie können nichts finden, dachte er immer wieder. Der Türke war schließlich fest in seinen Mantel eingewickelt gewesen, und sicherheitshalber hatte er auch noch den Kofferraum gründlich mit einem Teppichreinigungsschaum saubergemacht. Unmöglich, daß noch Blutspuren da waren. Die hätte er sonst doch sehen müssen.

Ein Krimi fiel ihm ein, den er sich einmal im Fernsehen angeschaut hatte. Ein Mann brachte seine Frau um und beseitigte danach alle Blutspuren. Man konnte ihm nichts nachweisen, weil er alles sorgfältig geschrubbt hatte. Das FBI sprühte Monate später die Innenräume des Hauses mit einer Flüssigkeit ein, die Blutspuren sichtbar machte. Sie hatten anschließend nachts in einem fluoreszierenden Grün geleuchtet und den Mörder entlarvt.

Natürlich war das nur ein blöder Film gewesen, und so was gab es in Wirklichkeit gar nicht, dachte Hermann. Trotzdem stellte er sich vor, wie auf einmal der Kofferraum seines Wagens grün zu leuchten anfing. Sie konn-

ten unmöglich etwas finden, beruhigte er sich noch einmal.
Und Monas Tod konnten sie ihm sowieso nicht nachweisen, weil er es gar nicht gewesen war. Mona, dachte er, Mona und Markus Tomani! Diese Nutte! Mit wem hatte sie es noch getrieben, um eine Rolle zu kriegen? Was ihn am meisten daran schmerzte, war der Ausdruck in ihren Augen bei der Beerdigung gewesen. Sie hatte um ihn getrauert, während sie sich zwei Tage später von Hermann ein Auto kaufen ließ. Sie jammerte noch, weil sie sich das kleine niedliche Cabrio von BMW in den Kopf gesetzt hatte und er nur einen Golf rausrückte. Jede Hure war ehrlicher. Aber sie hat gekriegt, was sie verdiente, dachte er, und der Schmerz ließ etwas nach. Jetzt war sie bei ihrem Markus, sollten sie doch in der Hölle weiterficken. Die Idee gefiel ihm, und er lachte laut.
Es war nur noch Alberta zu erledigen. Dann hatte er seinen Seelenfrieden wieder und war um fünfhunderttausend Mark reicher, in seiner momentanen Lage eine willkommene Finanzspritze. Er durchwühlte den Stapel Post auf seinem Schreibtisch, bis er den Brief des Anwalts mit der Telefonnummer gefunden hatte. Er ließ sich zu Amesmeier durchstellen und sagte, daß er mit der Scheidung einverstanden sei, wenn es ihn auch sehr schmerzte nach der langen glücklichen Zeit, und daß er prinzipiell auch nichts gegen den Vorschuß einzuwenden habe. Er würde sich nur gerne persönlich mit seiner Frau über einige Dinge verständigen, das verstehe Amesmeier bestimmt.

»Aber natürlich«, versicherte ihm der Anwalt. Frau Kassner sei sehr an einer schnellen und gütlichen Einigung gelegen, alles andere koste nur unnötig Geld und Nerven. Er würde deshalb gerne einen Termin in seiner Kanzlei vereinbaren, wo Hermann in Ruhe mit Alberta die offenen Fragen besprechen könne. Vielleicht sei es sinnvoll, seinen Rechtsvertreter gleich mitzubringen.

»Ich dachte an ein Gespräch unter vier Augen, ohne Anwälte«, sagte Hermann. »Meinetwegen auch telefonisch, nur weiß ich nicht, wo meine Frau augenblicklich zu erreichen ist.«

»Da kann ich Ihnen auch nicht weiterhelfen, ich weiß nur, daß sie sich bei Freunden aufhält.«

»Sie haben doch sicher eine Telefonnummer.« Hermann bemühte sich immer noch um einen verbindlichen Ton, was ihm zunehmend schwerer fiel.

»Sie hat mich nicht befugt, die Nummer weiterzugeben.«

»Machen Sie sich nicht lächerlich, ich bin ihr Mann!«

»Es tut mir leid, ich kann Ihnen nicht helfen«, sagte der Anwalt aalglatt und legte auf.

»Scheißtyp!« Das war eine Sackgasse, aber so schnell würde er nicht aufgeben. Er suchte aus seinem Telefonbuch Regines Nummer. Regine hatte das letzemal am Tag nach der Party mit Alberta gesprochen und jammerte ihm gleich die Ohren voll, welche Sorgen sie sich um ihre Freundin mache. Sie wollte wissen, ob Alberta mittlerweile in Behandlung sei und ob sie nach London gefahren seien, und ob sie das mit den Tabletten in den

Griff gekriegt habe. Hermann hatte Mühe, sie nach zwanzig Minuten loszuwerden. Mit ihren anderen Freunden ging es ihm ähnlich. Zwar quatschten nicht alle so lange wie Regine, aber niemand wußte, wo sich Alberta aufhielt, oder hatte in letzter Zeit mit ihr gesprochen. Als ob sie sich in Luft aufgelöst hätte. Er bestellte sich ein Taxi und fuhr nach Hause.
Dort ging er in das Gästezimmer und riß ihre Schränke auf. Sie waren voll. Es fehlten auch keine Koffer. Sie konnte nur eine Reisetasche mit ein paar Sachen mitgenommen haben. Sogar die meisten ihrer Kosmetikutensilien standen noch im Bad. Es war nicht aufgeräumt und sah so aus, als ob jemand ziemlich hastig aufgebrochen wäre. Er durchwühlte ihren Papierkram, fand aber keinen Hinweis auf ihren eventuellen Aufenthaltsort. Sie würde bestimmt wiederkommen, um weitere Sachen zu holen. Selbst eine uneitle und unscheinbare Person wie Alberta würde nicht wochenlang dieselben Klamotten anziehen wollen, und sicher wähnte sie ihn tagsüber in der Firma. Er mußte eigentlich nur hier sitzen bleiben und warten. In der Zwischenzeit kann die Spinne schon einmal ihr Netz auslegen, dachte er.

Dein Motiv ist im Eimer«, sagte Dorbach. »Er hat bestimmt nicht gewußt, daß sie ihn beschissen hat. Ich dachte wirklich, den trifft der Schlag, als du das gesagt hast.«
»Vielleicht war es nicht aus Eifersucht, aber er hat

etwas damit zu tun. Ich bin mir ganz sicher. Oder würdest du in so einer Situation vielleicht abhauen, statt Hilfe zu holen? Der ist nicht so zart besaitet, daß er gleich einen Schock kriegt, das kann er mir nicht erzählen. Den will ich wegen Doppelmordes drankriegen, und das wird mir auch gelingen.«

»Ich habe noch mal angerufen und Dampf gemacht wegen des Wagens.«

»Wann haben wir den Bericht?«

»Spätestens heute nachmittag.«

Es klopfte. »Das wird seine Frau sein«, sagte Dorbach mit einem Blick auf die Uhr. Er ging zur Tür und ließ Alberta herein.

Sammer bot ihr einen Stuhl an. Während sie ihm freundlich zulächelte und sich setzte, dachte er zum wiederholten Male, was wohl eine Frau wie sie bewogen hatte, Hermann Kassner zu heiraten. Sie trug Jeans und eine offene Hemdbluse und sah aus wie ein junges Mädchen mit ihrer schmalen Silhouette. Der Eindruck wurde durch ihre zu einem Pferdeschwanz zusammengefaßten Locken und die Sommersprossen in dem ungeschminkten Gesicht noch verstärkt. Und die Traurigkeit in ihren Augen, die ihn bei ihrer ersten Begegnung zu verschiedenen Vermutungen veranlaßt hatte, war einem Strahlen gewichen. Sie erinnerte ihn an eine Schauspielerin aus einem Film von Truffaut, deren Namen ihm nicht mehr einfiel, aber für die er früher ein bißchen geschwärmt hatte, als er noch ins Kino gegangen war.

»Was wollten Sie uns erzählen?« fragte er.

»Vielleicht ist es gar nicht wichtig, aber es kam mir dann doch komisch vor«, begann sie umständlich.
»Erzählen Sie einfach alles, was Ihnen einfällt«, forderte er sie auf. »Manchmal stellen sich Kleinigkeiten als wichtig heraus, denen man erst keine Beachtung schenkt.«
Sie berichtete von ihrem Entschluß, sich scheiden zu lassen und wie Hermann sie unter Druck gesetzt hatte und Robert auf einmal verschwunden war; von dem seltsamen Gespräch, in dem er eine komplette Kehrtwendung machte, und der anschließenden Party, an die sie sich nicht mehr erinnern konnte; und wie sie in der Garage bei laufendem Motor aufgewacht war und nicht wußte, wo sie hinfahren wollte.
Sammer hatte ihr aufmerksam zugehört und sie mit keinem Wort unterbrochen. Nun aber fragte er vorwurfsvoll: »Wieso ist Ihnen das jetzt erst eingefallen?«
»Ich dachte, es wäre nicht so wichtig, und es war mir auch peinlich. Alle taten so, als wäre ich total betrunken gewesen und hätte mich unmöglich benommen.«
»Wieviel hatten Sie getrunken?«
»Ich kann mich nur an einen einzigen Campari erinnern.«
»Neigen Sie denn zu Alkoholexzessen?«
»Eigentlich nicht«, sagte Alberta, »so etwas ist mir noch nie passiert.«
»Nehmen Sie Tabletten?«
»Nein, höchstens mal Aspirin bei Kopfschmerzen.«
»Ich möchte gerne eine Liste der Partygäste haben.« Er schob ihr ein Blatt Papier hinüber, und sie notierte die

Namen und Adressen. Nachdem sie gegangen war, drückte er Dorbach die Liste in die Hand.

»Schau doch mal, was du bei den Leuten über den ominösen Abend herausfinden kannst. Laß dir genau erzählen, was passiert ist und wie sich Frau Kassner verhalten hat.«

Er sah sich noch einmal die Notizen über das Gespräch an, obwohl er es Wort für Wort im Kopf hatte. Da paßte nichts zueinander. Vielleicht versuchte eine Ehefrau auch nur ihren Mann zu belasten, aber warum dann eine solche Räuberpistole, die man ganz einfach nachprüfen konnte? Hatte sie selbst den Motor angelassen und war dann eingeschlafen? Oder hatte sie jemand ins Auto gebracht? Aber wenn er wirklich seiner Frau nach dem Leben trachtete, wieso hatte er dann seine Freundin getötet?

Er würde das Puzzle schon zusammensetzen können. Im Moment wirbelten die Teile noch scheinbar zusammenhanglos durcheinander, aber sobald ein Anfang gefunden war, ließ sich ein Segment nach dem anderen aneinanderfügen, bis langsam das ganze Bild entstand.

Wann darf ich das neue Bild sehen?« fragte Alberta.

»Wie war es bei der Polizei?« stellte er eine Gegenfrage.

»Der Kommissar war äußerst interessiert an der Geschichte und wollte eine Liste der Partygäste haben, um sie zu befragen. Er hat sich beschwert, daß ich nicht früher etwas davon gesagt habe. Und wann darf ich das Bild ansehen?«

Er lachte. »Sobald es fertig ist. Dir zeige ich es sogar gerne, du hast durchaus Kunstverstand, und du bist so herrlich subjektiv.«

»Der Künstler ist nun einmal Objekt meiner Begierde.«

»Der Künstler muß leider arbeiten und seine Groupies auf später vertrösten.« Er stand auf und küßte sie auf den Mund. »Danke für den Kaffee, ich will noch zwei, drei Stunden das Tageslicht ausnützen, dann gehen wir essen oder machen sonst was Nettes.« Er grinste.

»Ich fahre inzwischen noch mal zum Haus und hole meine Sachen. Ich kann das Zeug langsam nicht mehr sehen, in dem ich dauernd herumlaufe.«

»Du schaust entzückend aus«, sagte er. »Außerdem fahre ich dich lieber hin, wenn du bis morgen wartest.«

»In deinem Wagen kann ich nicht einmal einen Koffer unterbringen«, lästerte Alberta.

»Wenn du einen größeren Umzug vorhast, dann nimm dein Auto, und ich fahre hinterher. Aber geh bitte nicht alleine in das Haus.«

»Ich wollte das nur jetzt erledigen, weil ich sicher annehme, daß er noch im Betrieb ist«, sagte Alberta, aber im Grunde war sie froh, daß sie das nicht alleine machen mußte. Die Vorstellung, vielleicht Hermann in die Arme zu laufen, jagte ihr eine Gänsehaut über den Rücken. Sie wollte ihm überhaupt nie mehr begegnen, und schon gar nicht alleine.

»Laß uns das morgen machen«, sagte er. »Du kannst inzwischen was von mir anziehen, steht dir sicher gut.«

Sammer hatte die Befunde der Gerichtsmediziner von Ayaydins und Monika Krausers Leiche vor sich ausgebreitet. Er las noch zweimal jedes Detail und sah sich die Fotos der Opfer an. »Zwei Leichen im Wasser«, murmelte er. Das Klingeln des Telefons riß ihn aus seinen Gedanken.

»Ich wollte dir nur schon Bescheid geben, weil es Dorbach so dringend gemacht hat«, sagte der Kollege aus dem Labor. »Der Bericht wird gerade getippt.«

»Habt ihr was gefunden?« fragte Sammer ungeduldig.

»Nein. Absolut nichts. Ich nehme an, er hat den Kofferraum gründlich gereinigt. Er war sogar ungewöhnlich sauber, aber vielleicht ist der Besitzer auch einfach ein Pedant. In meinem Auto sieht's jedenfalls anders aus.«

»Danke«, sagte Sammer, der nicht die geringste Lust hatte, sich anzuhören, wie es im Auto des Kollegen aussah. Er war bitter enttäuscht, hatte er doch so fest mit einem positiven Ergebnis gerechnet. Kassner hatte sein Opfer sicher in irgend etwas eingewickelt. Vielleicht war es ein Sack oder eine Plane. Hatte er es zufällig im Auto gehabt, oder beabsichtigte er den Arbeiter umzubringen und hatte alles sorgfältig vorbereitet? Er würde noch einmal alles absuchen lassen, sie mußten etwas finden. Wo hatte er das Messer hingeworfen? Das alles hatte er sich schon hundertmal überlegt, aber durch Kerners Aussage hatte er das Motiv für den Mord geliefert bekommen. Es war Kassner, das konnte er förmlich riechen.

Dorbach platzte zur Tür herein. »Jetzt halt dich fest, was ich herausgekriegt habe. Er hat den Leuten erzählt, daß seine Frau depressiv und schwer tablettensüchtig sei. Er wollte sie bei einem Psychiater anmelden und hat sich rührend um sie gekümmert, als sie bei der Party umgekippt ist. Sie war fast bewußtlos und hat nur wirres Zeug geredet, und er mußte sie ins Bett bringen. Alle Leute haben betont, wie liebevoll und geduldig er sich ihr gegenüber verhalten habe. Offensichtlich hatte er nicht ihren gesamten Tablettenvorrat finden und vernichten können, und sie hat vor der Party noch schnell was genommen, so seine Version.«

»Nur zu verständlich, wenn jemand voll mit Tabletten sich noch einmal ins Auto schleppt und aus Versehen den Motor anläßt«, ergänzte Sammer. »Oder es sollte wie ein Selbstmord aussehen.«

»Wie bei seiner Freundin«, murmelte Dorbach.

»Es muß einen Zusammenhang geben«, sagte Sammer und wiederholte: »Er stellt seine Frau als depressiv und tablettensüchtig hin, so daß ihr Tod, ob Selbstmord oder Unfall, logisch erscheint. Bis hierher ist es klar. Dann stirbt aber statt dessen seine Freundin, und es sieht aus wie Selbstmord, und seine Frau lebt.«

»Vielleicht hat er sich's anders überlegt.«

Sammer warf ihm einen strafenden Blick zu. »Wenn es nun seine Freundin statt seine Frau getroffen hat«, spann er den Faden weiter.

»Die zwei sind schwer zu verwechseln, schon wegen der Oberweite«, meinte Dorbach grinsend.

»Was ist, wenn er jemanden beauftragt hat, nachdem es das erstemal nicht geklappt hat?«

»Einen Killer? Und der hat die Frauen verwechselt?«

»Vielleicht weil sich Monika Krauser dort aufhielt, wo er nur die Ehefrau vermutete.«

»Ziemlich gewagte Theorie. Und warum hat sie ihn hereingelassen?«

»Möglicherweise hat er eine Ausrede gebraucht, gesagt, daß er mit Kassner verabredet ist, oder sie hat ihn sogar gekannt.«

»Die falsche Tote hat Kassner dann so aus dem Konzept gebracht, daß er Hals über Kopf abgehauen ist.«

»Weil er nicht wußte, wie er sich verhalten sollte. Es sollte zwar aussehen wie Selbstmord, aber der von seiner Frau. Es macht keinen Sinn, wenn sich seine Freundin in Kassners Haus umbringt, noch dazu, wenn nicht die geringsten Anzeichen dafür vorliegen, daß sie sich umbringen will. Im Gegenteil, alle beschreiben sie als äußerst lebenslustig.«

»Das würde tatsächlich Sinn machen«, erwiderte Dorbach. »Wenn er sie töten wollte, wäre es idiotisch, das gerade in seinem eignen Haus zu tun, zumal es Zeugen dafür gibt, daß sie dort verabredet waren.«

»Und daß er es im Affekt getan hat, scheidet aus. Es war ein sorgfältig vorbereiteter und ausgeführter Mord«, sagte Sammer. »Wenn es seine Frau gewesen wäre, wer weiß, ob nicht ein ahnungsloser Hausarzt den Totenschein ausgestellt hätte, noch dazu, wenn er erfahren hätte, daß sie depressiv war.«

»Und im Falle eines Zweifels hätte es immer noch die Gäste der Party gegeben, die bezeugen konnten, daß sie durch ihre Tabletten völlig von der Rolle war.«

»Bestimmt hätte niemand auf die kleine Schwellung am

Hinterkopf geachtet und auf die Schnitte, die ihr offensichtlich nur mit einer Hand zugefügt worden sind.«
»Langsam glaube ich, daß du auf der richtigen Spur bist«, sagte Dorbach.
»Zum erstenmal paßt alles zusammen. Jetzt müssen wir es dem Mistkerl nur nachweisen, und das wird nicht so einfach sein.«
»Wir können den Zeitpunkt ziemlich genau einkreisen, wann er Kontakt mit dem Killer aufgenommen haben muß. Vielleicht hat er ihn sogar irgendwo kennengelernt, und das hat ihn auf die Idee gebracht.«
»Er muß ihn bezahlt haben«, sagte Sammer. »Wir überprüfen jede Bewegung auf seinen Konten. Vielleicht war er sogar so blöd, mit einem Scheck zu bezahlen, oder er hat eine große Summe Bargeld abgehoben. Ich besorge sofort eine dementsprechende Verfügung vom Staatsanwalt, und du teilst ihm inzwischen mit, daß er seinen Wagen wiederhaben kann. Das wird ihn in Sicherheit wiegen und vielleicht unvorsichtig machen.«
Sammer spürte erneut diesen Adrenalinstoß im Körper, der ihn immer wieder zum Weitermachen zwang. So mußte den Jägern zumute sein, wenn die Hunde das Wild aufgestöbert hatten und kein Entkommen mehr möglich war. Aber bevor er diesen Fuchs zur Strecke bringen konnte, war noch unendlich viel mühselige Kleinarbeit zu verrichten. »Wohnt Frau Kassner noch in dem Haus?« fragte er.
»Nein«, sagte Dorbach, »sie ist bei einem Freund. Ich habe mir ihre Nummer geben lassen.«
»Es könnte ja immerhin sein, daß er es noch einmal ver-

sucht. Wir haben ihm bis jetzt nichts nachweisen können, und er denkt sicher, er ist uns weit überlegen.« Sammer griff nach der Nummer, die ihm Dorbach notiert hatte. »Besser, ich sage ihr noch einmal, daß sie vorsichtig sein soll.«

Er wählte die Nummer, aber es ertönte nur das Freizeichen. Er ließ es klingeln, bis die Verbindung durch das Besetztzeichen unterbrochen wurde.

Triumphierend legte Hermann den Hörer auf. Er hatte es ja gewußt, sie konnten ihm nichts nachweisen. Ganz kleinlaut hatte dieser blöde Dorbach geklungen, als er ihm eröffnete, daß er seinen Wagen wiederhaben könne. Jetzt war er endgültig aus dem Schneider. Schade, das dumme Gesicht von Sammer hätte er gerne gesehen, als ihm seine Experten, die auch den kleinsten Blutspritzer verwerten konnten, gesagt hatten, daß einfach nichts zu finden war. Er schenkte sich einen Cognac ein. Wenn das kein Grund zum Feiern war, es ging wieder aufwärts. »Auf alle unfähigen Polizisten!« sagte er laut und hob den Schwenker, um dem imaginären Kommissar zuzuprosten. Er trank das Glas aus und konzentrierte sich wieder auf seine kommende Aufgabe. Er hatte schon so viele Möglichkeiten durchgespielt und wieder verworfen und war dabei immer wütender geworden. Natürlich war ein Verkehrsunfall die beste Lösung, aber wie war das sicher zu bewerkstelligen? Dann hatte er endlich die geniale Idee. Er würde

sie zu einem einsamen Ort bringen und dort überfahren. Aber das war nur im ersten Moment genial, denn mit seinem Wagen konnte er das nicht machen, und ein Leihwagen war auch zu riskant. Wenn er daran dachte, was Sammer alles über Mona herausgefunden hatte, würde er sicher nicht die Mühe scheuen, alle Leihwagenfirmen in ganz Bayern zu überprüfen. Wüßten die Leute, wie ihre Steuergelder bei solch unnützen Recherchen verpulvert wurden, würden sie der Polizei sicher mal auf die Finger klopfen.
Letzten Endes hatte er sich dafür entschieden, daß sie in ihrem eigenen Auto verunglücken sollte. Alberta fuhr so beschissen, daß das durchaus im Bereich der Möglichkeiten lag. Sie mußte mit dem Wagen abstürzen, durch eine Leitplanke krachen und in die Tiefe fallen. Sicherheitshalber konnte er ihr vorher noch Cognac oder Schnaps einflößen. Wenn sie besoffen war, machte das die Sache noch wahrscheinlicher. Er hatte auch schon eine passende Stelle im Auge. Da mußte er zwar zwei Stunden Fahrt auf sich nehmen, aber es lohnte sich. Die Straße schlängelte sich dort in Serpentinen hoch hinauf und ging genauso steil wieder bergab. Und sie war so schlecht gesichert, daß er selbst bei Glatteis schon einmal fast hinuntergestürzt wäre. Die paar lächerlichen Begrenzungspflöcke vor der Böschung würden im Notfall kein Auto aufhalten. Der Aufprall von oben müßte eigentlich tödlich sein. Vorsichtshalber konnte er noch etwas Benzin im Auto verteilen, daß die Karre leichter explodierte. Besser, man ging auf Nummer Sicher, und eine verkohlte Leiche hinterließ noch

weniger Spuren. Vorher würde er Bremsspuren an der Stelle auf der Straße hinterlassen, wo sie anschließend die Herrschaft über das Fahrzeug verlieren sollte. Wozu hatte er denn bei Mercedes den schönen Schleuderkurs gemacht? Dann brauchte er nur noch die bewußtlose Alberta ins Auto zu setzen, die Automatik auf D zu stellen und den Wagen losrollen zu lassen. Es war todsicher.

Er war zufrieden mit seinem Plan und schenkte sich noch einen Cognac ein. »Auf dein Wohl, Alberta!« sagte er und verlieh seinen Worten einen geradezu innigen Ton.

22

Alberta stopfte ihre Unterwäsche und zwei ihrer drei T-Shirts in die Waschmaschine. Warum hatte sie bloß nicht mehr eingepackt, als sie so überstürzt das Haus verlassen hatte? Zu gerne hätte sie sich einfach neue Sachen gekauft, aber das wagte sie nicht. Sie hatte von dem Geld, das sie ihrer Mutter abgenommen hatte, schon den teuren Flug bezahlt, und sie wußte nicht, wann sie den Vorschuß erhalten würde. Bis dahin mußte sie auf jeden Fall mit ihren Finanzen auskommen. Sie wollte unter keinen Umständen etwas von Christian nehmen. Außerdem hatte sie zu Hause die Schränke voll, es wäre unsinnig, sich neu einzukleiden.

Christian hatte eigentlich versprochen, mit ihr heute

zum Haus zu fahren, aber momentan sah es nicht so aus, als ob er rechtzeitig zurück wäre. Er war zu einer Besprechung mit seinem Galeristen in die Stadt gefahren, und das war natürlich wichtiger. Sie überlegte, ob sie es nicht doch alleine wagen sollte. Sie könnte vorher anrufen und sich vergewissern, daß niemand zu Hause war. Außerdem würde sie sehen, ob sein Auto vor dem Haus oder in der Garage geparkt war. Dann konnte sie immer noch die Flucht ergreifen, ehe er sie bemerkte. In zwanzig Minuten wäre bestimmt alles erledigt. Sie würde einfach ihre Kosmetiksachen und eine Handvoll Kleider in einen Koffer werfen und gleich wieder den Rückzug antreten. Sie war bestimmt kein heldenhafter Typ, aber was sollte dabei schon passieren? Außerdem sparte Christian so Zeit, die er jetzt dringend für die Vorbereitung seiner Ausstellung benötigte. Sie hatte angefangen ihm ein bißchen bei der umfangreichen Organisation zu helfen, und es machte ihr großen Spaß. Sie war so voller Tatendrang, daß sie sich höchst ungläubig an die Zeit erinnerte, als sie lethargisch herumgesessen und ihr Schicksal bejammert hatte.
Sie nahm das Telefon und wählte die Nummer ihres ehemaligen Zuhauses. Es läutete sechsmal, dann schaltete sich der Anrufbeantworter mit ihrer Stimme ein, und sie legte auf. Natürlich war er jetzt in seinem Betrieb, es war ein ganz normaler Arbeitstag. Sie steckte den Schlüssel ein und erinnerte sich daran, wie Christian ihn ihr am Morgen nach ihrer gemeinsamen Nacht gegeben hatte. Sie blieb kurz stehen, während sie an ihn dachte, als könnte jede Bewegung die Intensität

dieses Moments abschwächen. Sie war glücklich, so unbeschreiblich glücklich, daß sie nicht einmal die bevorstehende Begegnung mit dem Haus schreckte, das so unangenehme Erinnerungen barg. Sie fühlte sich unverwundbar. Wie Siegfried nach seinem Bad in Drachenblut, dachte sie und lächelte.

Sie zog die Haustür zu und setzte sich ins Auto. Endlich kam nach einer anhaltenden Regenperiode wieder die Sonne zum Vorschein. Sie griff nach der Sonnenbrille in ihrer Handtasche und summte ein Lied im Radio mit. Eigentlich wollte sie Christian eine kurze Nachricht hinterlassen, aber das hatte sie jetzt doch vergessen. Wahrscheinlich war sie sowieso vor ihm zurück. Außerdem konnte sie ihn auch von unterwegs anrufen.

Sie bog in die Straße ein, in der sie so lange gelebt hatte, und konnte eine gewisse Unruhe nicht unterdrücken. Sie hatte die Geschehnisse der letzten Zeit und den schrecklichen Mord, der hier stattgefunden hatte, total verdrängt, aber nun holten sie die Bilder wieder ein. Vor dem Haus stand kein Auto, und sie fuhr vorsichtig in die Garage. Hermanns Abteil war leer. Sie sperrte die Verbindungstür zum Haus auf und ging in das Gästezimmer. Alles war noch genauso, wie sie es verlassen hatte. Anscheinend kam die Putzfrau nicht mehr, nachdem sie die Leiche hier gefunden hatte.

Alberta begann unverzüglich die Sachen, die sie mitnehmen wollte, aufs Bett zu legen. Es war ein beklemmendes Gefühl, wieder hier zu sein, und sie hatte Mühe, richtig durchzuatmen. Hektisch riß sie Hosen und Blazer von den Bügeln und schmiß Wäsche und Pullover dazu. Schweißtropfen erschienen auf ihrer Stirn, und sie bereute es, nicht auf Christian gewartet zu haben. In fünf Minuten war sie hier draußen, sie mußte nur noch die Sachen aus dem Bad holen und alles zusammen in einen Koffer werfen.

»Warum denn so eilig?« ertönte hinter ihr Hermanns Stimme.

Alberta fuhr herum und landete direkt vor seinen Füßen. Sie war so erschrocken, daß sie anfing zu zittern und die Farbe aus ihrem Gesicht wich.

»Hast du nicht mit mir gerechnet?« fragte Hermann. Sein Ton war freundlich, aber seine Augen straften ihn Lügen.

»Ich wollte nur noch ein paar Sachen holen, ich bin gleich wieder weg«, entgegnete sie so gleichgültig wie möglich. Sie wollte ihm keinen Anlaß bieten, sich aufzuregen.

»Das glaube ich nicht«, sagte er.

»O doch«, versicherte Alberta.

»Wo wohnst du überhaupt? Das interessiert viele Leute, unter anderem deine Mutter, die du um ihre Ersparnisse gebracht hast.«

Alberta mochte ihn nicht reizen und gab keine Antwort. Sie fing an ihre Sachen in den Koffer zu stopfen.

»Die Mühe machst du dir umsonst.«

Sie drehte sich um. »Laß uns fair auseinandergehen, Hermann. Nicht ich, du hast unsere Verbindung gelöst.«

»Ich habe mir ein bißchen Vergnügen gegönnt, weil ich

jahrelang eine frigide, frustrierte, heulende Frau ertragen mußte.«

»Jetzt bist du mich ja los.«

»Noch nicht, aber bald«, sagt er mit einem geheimnisvollen Lächeln. »Komm, wir wollen zum Abschied noch etwas zusammen trinken.« Er packte ihr Handgelenk und zog sie hinter sich die Treppe hoch. Mit einem Ruck schleuderte er sie auf die Couch. Alberta wagte nicht, sich zu rühren; es wäre auch zwecklos gewesen, er war so viel stärker. Sie hatte nur noch Angst. Er füllte ein Glas mit reichlich Cognac und ließ etwas hineinrieseln.

»Auf dein Wohl!« Er reichte ihr das Glas. Alberta führte es gehorsam zum Mund und tat so, als ob sie tränke.

»O nein, mein Schatz, du trinkst es aus!«

Sie nahm noch einen zweiten winzigen Schluck und stellte den Schwenker ab. »Ich vertrage nicht so viel Alkohol.«

Er machte drei Schritte, bis er dicht vor ihr stand, und sagte leise: »Trink es!«

»Bitte!« flehte Alberta voller Angst. »Laß mich gehen!«

Hermann packte ihre Haare und riß sie nach hinten. Sie schrie vor Schmerz und Furcht auf. Es war gespenstisch, ein völlig fremder Mensch stand vor ihr, nur diesen Blick kannte und fürchtete sie.

»Was hast du vor?« fragte sie und konnte nicht verhindern, daß ihre Stimme zitterte.

Er ignorierte ihre Frage und hielt ihr das Glas an die Lippen, während er mit der anderen Hand immer noch ihren Kopf an den Haaren nach hinten zog. »Trink!« befahl er noch einmal, und Alberta öffnete den Mund. Er schüttete ihr einen Schwall in die Kehle, und sie verschluckte sich fürchterlich. Sie hustete und spuckte, während er immer noch wie in einem Schraubstock ihren Kopf nach hinten preßte. Sie glaubte zu ersticken. Um Luft ringend öffnete sie wieder den Mund, und er goß ihr das brennende Getränk die Kehle hinunter. Von Hustenanfällen geschüttelt, schluckte sie, um nicht zu ersticken. Die Tränen liefen ihr über die Wangen, zum einen wegen des Hustens, zum anderen wegen der entwürdigenden Prozedur, hilflos wie eine Mastgans den Alkohol eingeflößt zu bekommen. Er goß den Schwenker noch einmal voll.

»Weil es dir so gut geschmeckt hat«, sagte er.

»Bitte!« Alberta weinte jetzt hemmungslos. »Bitte nicht!«

»Mach den Mund auf, oder du bist auf der Stelle tot!« zischte er.

Alberta gab ihren Widerstand auf. Die Angst verbreitete ihre lähmende Wirkung, und sie schluckte unter Tränen die ekelhafte Flüssigkeit.

Christian machte sich keine Gedanken, als Alberta bei seiner Rückkehr nicht zu Hause war. Sie hatte wahrscheinlich etwas zu erledigen oder kaufte ein. Er verschwand in seinem Atelier und vertiefte sich in die Arbeit. Als er das nächstemal auf die Uhr sah, war es fast neun. Er ging hinüber in die Wohnung. Wahrscheinlich wollte Alberta ihn nicht stören und wartete, bis er aufhörte zu arbeiten. Doch dort war keine Spur von ihr. Er wählte die Nummer ihres Handys, bekam aber nur die stereotype Ansage zu hören, daß der Teilnehmer nicht zu erreichen sei. Etwas stimmte nicht. Sie hatte nicht erwähnt, daß sie etwas vorhatte, was sie länger aufhalten würde. Weder wollte sie in die Stadt noch Besuche machen oder so was, sonst wäre sie heute morgen mit ihm gefahren. Ein unangenehmes Gefühl überfiel ihn. Vielleicht war sie doch alleine zum Haus gefahren, um ihre Sachen zu holen. Es war sinnlos, bei der Polizei anzurufen. Den Kommissar, der alles Kassner Betreffende bearbeitete, konnte er jetzt nicht mehr erreichen, und jemand anders würde wohl kaum davon zu überzeugen sein, daß man auf gut Glück nach Alberta suchen mußte.

Er sprang ins Auto und fuhr zu Kassners Haus. Möglicherweise fand er sie dort. Mit Vollgas jagte er über die Landstraße, bis er in den Weg zu dem Anwesen einbog. Er verlangsamte das Tempo und ließ den Wagen ausrollen. Das charakteristische Motorengeräusch erstarb. Christian ging bis zu der hohen Mauer, die das Haus umgab, und spähte hinüber. Es dämmerte, und er vermochte nicht mehr viel von dem schmalen Weg zu erkennen, der durch den Garten zum Haus führte. Die Fenster, die man von der Straßenseite aus sehen konnte, waren dunkel. In dem Moment flammte die Außenbeleuchtung auf, und er erschrak gewaltig. Sicher wurden die Lampen über eine Uhr geschaltet, und es war nur logisch, daß sie jetzt in der Dämmerung angingen. Sollte er versuchen über die Mauer zu klettern? Er entschied sich dafür zu läuten. Das Haus verfügte sicher über eine Alarmanlage, und er hatte keine Lust, als Einbrecher dingfest gemacht zu werden. Er hörte die melodische Glocke anschlagen und sah, wie sich die Kamera am Eingangstor einschaltete. Nichts rührte sich. Er läutete noch einmal, wieder ohne Erfolg. Jetzt blieb ihm keine Wahl. Er versuchte sich an der Mauer hochzuziehen, wobei er mehrmals abrutschte und sich die Hände aufschrammte. Er nahm sich fest vor, wieder regelmäßig zu trainieren, sobald die Vernissage vorbei war. Endlich hatte er es geschafft. Er schwang sich über die Mauer und sprang auf der anderen Seite ins Gras. Geduckt lief er bis zum Eingang des Hauses und kam sich vor wie in einem schlechten Film. Jeden Moment erwartete er das Aufheulen einer Sirene zu hören, aber alles blieb ruhig. Er schlich um das Gebäude herum, doch der Blick ins Innere wurde ihm verwehrt, weil die Jalousien vor den Fenstertüren heruntergelassen waren. Das einzige, was er feststellen konnte, war, daß nirgends Licht brannte. Er untersuchte, ob es irgendeinen Weg gab, ins Haus zu gelangen, aber natürlich war alles versperrt, und die Gitter vor den Kellerschächten ließen sich nicht anheben. Die Garagentore konnte man ebenfalls nicht von außen öffnen. Es war auch naiv zu glauben, er könne so einfach in das Haus spazieren. Beim Rückzug hatte er wieder größere Schwierigkeiten und holte sich noch mehr Schrammen, doch er achtete nicht darauf, da er seine Gedanken nur darauf konzentrierte, wo Kassner

mit Alberta sein könnte. Denn daß er mit ihrem Verschwinden zu tun hatte, das war für ihn mittlerweile sicher.
Der Bildschirm seines Navigationssystems schaltete sich ein, und er drückte auf die Zahlen seiner Telefonnummer. Vielleicht war sie mittlerweile nach Hause gekommen. Aber es ertönte nur das Freizeichen. Auch ihr Mobiltelefon gab dieselbe Auskunft wie zuvor. Der Teilnehmer war momentan nicht zu erreichen. Er schlug den Weg zu Kassners Hühnerfarm ein. Was er dort finden wollte, wußte er nicht, aber irgendwo mußte er ja anfangen zu suchen. Als er sich dem Parkplatz näherte, kamen zwei Hunde aus der Dunkelheit auf ihn zugeschossen und fingen laut zu kläffen an. Wütend warfen sie sich gegen den Maschendrahtzaun, und Christian konnte sich lebhaft vorstellen, was sie mit ihm machen würden, wenn er versuchte das Gelände zu betreten. Schilder, die vor den Hunden warnten und das Betreten verboten, waren überall am Zaun angebracht. Sicher eine Maßnahme, die Kassner nach dem Überfall der Tierschützer ergriffen hatte. Er blieb noch einen Moment bei laufendem Motor im Auto sitzen und beobachtete die Gebäude, die sich in seinem Blickfeld befanden, aber auch hier war alles dunkel.
Er legte den Rückwärtsgang ein, um dem bedrohlichen Hundegebell zu entkommen. Was nun? Einfach ziellos durch die Straßen zu fahren und nach ihr zu suchen war ähnlich erfolgversprechend, wie die berühmte Stecknadel im Heuhaufen zu finden. Er hielt auf einem Feldweg an und überlegte. Vielleicht wußte der Kommissar, was

zu tun war. Damals im Krankenhaus hatte er einen ziemlich kompetenten Eindruck gemacht und war auch überhaupt nicht überrascht gewesen, als Christian die Vermutung äußerte, Kassner stecke hinter dem Anschlag. Zumindest hatte er eine Ahnung, wie gefährlich Kassner war, und würde vielleicht eine Suche einleiten. Wenn ihm nur der Name noch einfallen würde. Alberta hatte ihn nach ihrem Besuch auf dem Kommissariat sogar noch erwähnt. Es war irgendwas mit A. Er murmelte alle Konsonanten vor sich hin und hängte ein A daran, aber der Name fiel ihm nicht ein. Er ließ sich von der Auskunft die Nummer der Polizei nennen und versuchte dann einen gelangweilten Beamten von der Notwendigkeit zu überzeugen, ihm die Privatnummer eines Kommissars zu geben, dessen Namen er nicht mehr wußte. Nach beharrlichem Nachfragen fand er dann heraus, daß der Kommissar Sammer hieß, aber weitere Informationen wollte sich der Polizist unter keinen Umständen entlocken lassen. Beinahe wäre Christian ausfallend geworden, als der Mann immer wieder mit stoischer Ruhe wiederholte, daß sie zum Schutz der Beamten überhaupt keine Privatadressen und Telefonnummern herausgeben würden. Erst als Christian schließlich mit Konsequenzen drohte, weil er, wie er behauptete, ganz wichtige Aussagen in der laufenden Ermittlung eines Mordfalls zu machen habe, ließ er sich erweichen und gab ihm, wirklich ausnahmsweise, wie er betonte, die ersehnte Nummer. Ungeduldig tippte Christian sie ein, während er betete, daß Sammer auch zu Hause sein möge.

Das Freizeichen ertönte, und dann meldete sich eine Stimme mit »Sammer«.
Er verspürte einen Anflug von Erleichterung, zumindest war er jetzt nicht mehr alleine. Er erklärte, wer er sei und daß er sich große Sorgen um Alberta mache, die spurlos verschwunden sei. Sammer war sofort alarmiert und berichtete ihm, daß er gestern abend versucht habe, Alberta vor Kassner zu warnen. Seiner Meinung nach habe er bereits damals geplant, sie umzubringen, und er könne sich durchaus vorstellen, daß er es noch einmal probiere. Er versprach eine Fahndung einzuleiten und ließ sich Typ und Farbe von Albertas Auto durchsagen. Die Autonummer wußte Christian natürlich nicht, aber die konnte Sammer mit Hilfe des Computers herausfinden. Er starrte auf den kleinen Bildschirm, auf dem die Außentemperatur und die Uhrzeit angezeigt wurden, während er sich mit Sammer über die Freisprechanlage unterhielt und immer noch verzweifelt überlegte, ob ihm nicht noch ein entscheidender Hinweis einfiel. Die mechanische Stimme des Verkehrsleitsystems ertönte: »Bitte das Ziel eingeben!« Das brachte ihn auf eine Idee.
»Sie hat ein Verkehrsleitsystem im Wagen! Sie hat es mir erzählt, weil ich mich immer über meines lustig gemacht habe. Kassner hat es ihr einmal zum Geburtstag geschenkt, weil sie so einen schlechten Orientierungssinn hat und nirgends hinfindet. Wenn das eingeschaltet ist, kann man doch das Auto orten!« Seine Stimme war vor Aufregung ganz hoch geworden.
»Ja«, sagte Sammer. »Wir werden alles versuchen. Ge-

ben Sie mir Ihre Nummer. Wenn ich etwas weiß, sage ich Ihnen Bescheid.«
Christian gab ihm die Nummer des Autotelefons. Wenn Sammer rausfand, wo Albertas Auto war, würde er mit Sicherheit am schnellsten dort sein.

Hermann starrte auf den Lichtkegel der Scheinwerfer, die sich durch die Dunkelheit fraßen. Jetzt hatte es auch noch angefangen zu regnen, und trotz des Fernlichts war die Sicht schlecht. Die Scheibenwischerblätter gehörten ausgetauscht, sie schmierten nur auf der Windschutzscheibe herum, statt sie richtig sauberzumachen. Er betätigte den Hebel für die Scheibenwaschanlage, und ein armseliges Rinnsal tröpfelte aus den Düsen. Gleichzeitig kündigte ein rotes Lämpchen an, daß kein Wasser mehr im Behälter war. Alberta war wirklich zu allem zu blöd, er hätte sie umbringen können. Als ihm einfiel, daß er genau das im Begriff war zu tun, lachte er laut. Wenn er nur nicht so müde wäre. Es war ein Fehler, die zwei Cognacs zu trinken, und nachdem Alberta das zweite Glas nicht ganz austrinken konnte, weil sie auf einmal weggesackt war, hatte er das auch noch schnell leer gemacht. Er hatte wieder zwei Valium in den ersten Cognac gemischt, sicher war sicher. Bloß schade, daß sie vielleicht gar nichts von ihrem Ende mitbekam, das hätte er ihr wirklich gegönnt.
Dieser Scheißdiesel war so langsam! Und er hatte noch einen großen Teil der Strecke vor sich. Er blinzelte, weil

seine Augenlider immer schwerer wurden. Angestrengt riß er die Augen wieder auf. Fast hätte er eine Abzweigung überfahren, wo er rechts abbiegen mußte. Es war ja auch der reinste Blindflug. Sein Blick fiel auf den kleinen Monitor. Das hatte er total vergessen, ihr Auto besaß ja ein Verkehrsleitsystem. Das hatte er Alberta mal geschenkt, weil sie zu blöd war, irgendwohin zu finden, und keinen Plan lesen konnte. Er hielt an und gab einen Ort, der nahe bei seinem Ziel lag, ein. Dann öffnete er das Fenster und ließ die kühle Nachtluft herein. Tief atmete er den Sauerstoff ein. Zumindest würde ihn die doofe Stimme jetzt wach halten, und er brauchte sich nicht mehr auf den Weg zu konzentrieren. »Dem Straßenverlauf folgen«, befahl sie ihm und kündigte an, daß er noch fünfundvierzig Minuten bis zum Ziel brauche.

Das Telefon läutete. Hektisch schaltete Christian die Sprechanlage ein und drückte seine Zigarette in dem übervollen Aschenbecher aus.
»Wir haben das Fahrzeug ausfindig gemacht«, sagte Sammer. »Auf einer Landstraße, hundertvierzig Kilometer von hier entfernt.«
Christian löste bereits die Handbremse, während er sich genau durchsagen ließ, wo das Auto gerade war. Er trat das Gaspedal durch, und sein Wagen machte einen Satz auf die Straße.
»Rätselhaft, was sie dort um die Zeit zu tun hat«, sagte Sammer.

»Vielleicht ist sie nicht freiwillig dort«, entgegnete Christian, während er die angegebene Richtung einschlug.
»Kann auch sein, daß sie überhaupt nicht im Auto ist. Kassner hat seinen Mercedes noch nicht abgeholt, möglicherweise ist er mit ihrem Auto unterwegs.«
»Und wo ist Alberta?« Vielleicht hat er sie schon umgebracht, dachte Christian voller Angst und erhöhte die Geschwindigkeit, als könnte er es dadurch ungeschehen machen.
»Wir werden es bald wissen. Wir haben einen Hubschrauber angefordert und die Kollegen von der Verkehrspolizei um Unterstützung gebeten«, sagte Sammer. »Sie können die Suche also getrost uns überlassen.«
»Wenn ich hierbleibe und warte, werde ich verrückt.«
»Unter Umständen ist alles ganz harmlos«, bemühte sich Sammer, ihn zu beruhigen, aber seine Stimme klang nicht sehr überzeugend.

Hermann versuchte noch einmal das Auto zu beschleunigen, aber es ging so steil bergauf, daß sich aus dem Motor nicht mehr herausholen ließ. Gleich hatte er es geschafft, nur noch eine Kurve, dann war er an der höchsten Stelle angelangt. Hier gab es sogar eine Parkbucht, damit man in Ruhe die schöne Aussicht bewundern konnte, ohne von der Straße abzukommen. Nach ein paar Metern ging es dann steil nach unten. Leuchtmarkierungen waren in regelmäßigen Abständen auf der abfallenden Seite der Serpentinen angebracht. Weit und breit war niemand auf der Straße, aber er hatte ja mit Bedacht diese gottverlassene Gegend ausgesucht. Er stieg aus, vertrat sich die Beine und atmete tief durch, um die Müdigkeit zu vertreiben. Dann öffnete er den Kofferraum und zerrte Alberta heraus. Sie stank durchdringend nach Alkohol. Die Sache mit dem Benzin konnte er sich sparen. Es war nur zu einleuchtend, daß jemand, der so besoffen war, die Kurve übersah und einfach geradeaus weiterfuhr. Sie rührte sich nicht und schien auch nicht mehr zu atmen. War sie schon erstickt? Er schüttelte sie, und ihr Kopf pendelte völlig widerstandslos hin und her. Was spielte das für eine Rolle, ob sie schon tot oder nur bewußtlos war. Gleich würde sie jedenfalls mausetot sein. Er legte sie neben das Auto. Wenn er die Bremsspuren gemacht hatte, würde er vorsichtig zurücksetzen und sie hinter das Steuer plazieren. Dann brauchte er den Wagen nur noch geradeaus hinunterrollen zu lassen. Die Straße führte scharf nach links, und geradeaus ging es direkt in die Hölle. Er stieg wieder ein und setzte ein Stück zurück, damit er für sein Bremsmanöver genügend Anlauf nehmen konnte. Das würde ein richtiger Spaß werden, die blöden Verkehrspolizisten anhand der Reifenspuren in die Irre zu führen. Sie würden glauben, daß die arme Alberta im letzten Augenblick ihren Irrtum erkannt und eine Vollbremsung versucht hatte. Leider zu spät, sie konnte das Fahrzeug nicht mehr herumreißen. Er erinnerte sich, wie der Leiter des Schleuderkurses damals zu ihm sagte, daß an ihm ein Rennfahrer verlorengegangen sei. Jetzt konnte er seine Kenntnisse gewinnbringend umsetzen.

Bis jemand zur Unfallstelle kam, war er längst über alle Berge. Wahrscheinlich war er zu dem Zeitpunkt schon wieder im Zug nach Hause. Dann brauchte er nur noch die halbe Million zu kassieren, und alles war in Butter.

Er schob den Hebel der Automatik nach unten und stieg aufs Gaspedal. Er wußte ganz genau, an welcher Stelle er die Breme durchtreten mußte. Aber erst mußte er ordentlich Gas geben, sonst würden die Spuren nicht deutlich genug ausfallen. Konzentriert umklammerte Hermann das Lenkrad. Jetzt! Mit aller Gewalt trat er auf das Bremspedal. Er spürte den Widerstand viel zu spät. Der Wagen schoß weiter geradeaus, notdürftig gebremst durch eine der beleuchteten Markierungen. Er rutschte noch weiter, und die Vorderräder drehten ins Leere. Die Motorhaube hing über dem Abgrund. Hermann schloß für einen Moment die Augen, während sich Schweißtropfen auf seiner Stirn sammelten. Die Scheißbremsen mußten naß geworden sein und hatten deshalb zu spät gegriffen. Er setzte den Hebel mit äußerster Vorsicht auf das R für rückwärts und berührte das Gaspedal, ohne nach unten zu sehen. Nichts passierte. Der Schweiß lief jetzt in kleinen Bächen in seinen Kragen, während er fester aufs Pedal trat. Außer dem Aufheulen des Motors hörte er noch ein unheimliches Knirschen, als sich das Auto noch etwas nach vorne neigte. Natürlich nützte der Vierradantrieb nichts, wenn nur zwei Räder auf dem Boden waren. Es war zu riskant. Er mußte aussteigen und dann versuchen, den Wagen zurückzuziehen. Ganz vorsichtig öffnete er die Tür. Sie hing halb in der Luft. Er mußte nach hinten klettern und dort aussteigen. Er versuchte nicht daran zu denken, was die kleinste Gewichtsverlagerung zur falschen Seite bewirken konnte. Sein Körper zitterte unkontrolliert, als er sich umdrehte. Er wagte nicht zu atmen, während er sich unendlich vorsichtig aufrichtete und versuchte, zwischen den Sitzen nach hinten zu klettern. Ein lautes Ächzen ertönte, als würde das Auto einen letzten Seufzer von sich geben, ehe es seine Nase in Zeitlupe weiter nach unten senkte und endgültig vornüberkippte.

23

Alberta entdeckte Sammer und schlenderte mit ihrem Glas in der Hand zu ihm hinüber.
»Scheint ein großer Erfolg zu sein«, sagte er mit einem Blick auf die vielen roten Punkte, die auf den Schildern neben den Bildern prangten.
»Schaut ganz so aus«, stimmte sie ihm zu.
»Sie sehen toll aus, wesentlich besser als das letztemal, als wir uns begegnet sind.«
Sie lachte, obwohl sie bei der Erinnerung an diesen Tag unwillkürlich zusammenzuckte. Damals war ihr bestimmt nicht nach Lachen zumute gewesen.
Sie hatte mit einer ungeheuerlichen Anstrengung die Augen geöffnet, weil sie feststellen wollte, was der ohrenbetäubende Lärm um sie herum bedeutete. Stim-

men, Sirenengeheul, Motorenlärm und die knatternden Rotorblätter eines Hubschraubers versuchte sie mühsam den Bildern zuzuordnen, die sie fragmentartig wahrnahm. Dann mußte sie die Augen wieder schließen, weil sie die vielen blinkenden Lichter nicht ertragen konnte und sich alles um sie herum zu drehen begann.

»Doch ein Hang zu Alkoholexzessen«, sagte die Stimme von Sammer. »Sie riecht wie ein ganzer Schnapsladen.«

»Wir bringen sie ins Krankenhaus und pumpen ihr vorsichtshalber den Magen aus«, sagte eine andere Stimme, die zu einem Mann in einer orangefarbenen Jacke gehörte, den sie nicht kannte. »Wir wissen ja nicht, was sie alles geschluckt hat.«

»Alberta!« sagte dann eine wiederum andere Stimme, und sie öffnete die Augen und versuchte ein Lächeln, obwohl ihr so schlecht war. Christian hielt ihre Hand und sah unendlich erleichtert aus. Sie wurde hochgehoben, und man schob etwas unter sie und trug sie zu dem Hubschrauber, und sie machte wieder die Augen zu, weil das alles so anstrengend war und sie so müde.

Als sie das nächstemal erwachte, lag sie in einem Krankenhaus, und Sammer kam an ihr Bett. »Sind Sie wieder okay?« fragte er.

Alberta nickte, obwohl sie sich noch immer ziemlich elend fühlte.

»Wo ist er?« fragte sie.

»Er ist tot. Den Abgrund hinuntergestürzt mit Ihrem Wagen. Ich nehme an, daß Sie da drinsitzen sollten,

aber was genau passiert ist, hoffe ich eigentlich von Ihnen zu erfahren.«
Alberta schüttelte den Kopf. Sie erzählte, wie er ihr die zwei Gläser Cognac, in denen irgendwelche Tabletten aufgelöst waren, eingeflößt hatte, und wie sie anschließend das Bewußtsein verlor. Ihre Erinnerung setzte erst in dem Moment wieder ein, in dem sie inmitten von Blinklichtern und Lärm aufgewacht war.

»Sie haben ja gar nichts zu trinken. Ich hole Ihnen etwas«, sagte Alberta und tauchte kurz in dem Gewühl von Menschen unter. Mit einem Glas Weißwein kämpfte sie sich wieder zu ihm durch. »Wissen Sie etwas Neues? Was hat die Spurensicherung ergeben?«
»Ganz genau werden wir es wohl nie erfahren«, antwortete er, »aber wir vermuten inzwischen, daß er Bremsspuren machen wollte und das Auto nicht mehr halten konnte.«
»Was für eine Ironie des Schicksals«, sagte sie nachdenklich.
»Was haben Sie denn mit den ganzen unglücklichen Hühnern vor?« fragte er.
»Die Farm wird aufgelöst, und die Tierschützer versuchen die Hühner auf Bauernhöfen oder in Ökobetrieben unterzubringen, soweit es möglich ist. Das Haus habe ich zum Verkauf angeboten. So nach und nach versuche ich alles zu ordnen, aber es ist unglaublich viel zu erledigen.«
»Das kann ich mir denken. Der Mercedes steht auch noch bei uns auf dem Parkplatz.«

»Den habe ich total vergessen, ich werde ihn abholen.«
Christian kam zu ihr und legte den Arm um sie. »Ich schaue mich noch ein bißchen um«, meinte Sammer und verschwand in der Menge.
»Ich wollte ihn noch so viel fragen. Er hat mir nicht einmal gesagt, ob sie in den zwei Mordfällen weiterermitteln.«
»Du wirst ihn sicher noch öfter sehen«, entgegnete Christian.
»Die Vernissage ist ein Riesenerfolg«, sagte sie und strahlte ihn an.
»Ja, darauf wollte ich mit dir anstoßen.« Er stieß sein Glas leicht gegen ihres.
Sie sah ihn an. »Stell dir vor, heute nachmittag hat Wolfgang Kleine angerufen. Er hat mich daran erinnert, daß Hermann eine Lebensversicherung hatte. Ich habe überhaupt nicht mehr daran gedacht, aber jeder von uns war zugunsten des anderen auf eine halbe Million versichert.«
»Wie schön«, sagte er, »ich liebe reiche Witwen!« Und er beugte sich zu ihr hinunter und küßte sie vor allen Leuten.

Phillip M. Margolin

Das Gift der Erinnerung

Ein Liebespaar wird überfallen und brutal ermordet. Die Ermittlungen bleiben ohne Erfolg. Jahre später trifft Kommissar Shindler die einzige Zeugin wieder. Dem Wahrheitsbesessenen ist nun jedes Mittel recht, um der einsamen jungen Frau das Geheimnis jener Mordnacht zu entlocken.

Ein Thriller um Korruption und verbotene Leidenschaft – von einem der hochkarätigsten Autoren des Spannungsgenres.

»Ein Autor, der es spielend mit Grisham und Turow aufnimmt.«
Publishing News

Knaur

Annemarie Schoenle

Frauen lügen besser

Die witzige Geschichte dreier Frauen, die mit ihren vermeintlich so fortschrittlichen Geschlechtsgenossinnen abrechnen und einen Weiber-Coup landen: Mit einer geschickt eingefädelten Kampagne produzieren sie einen Bestseller und schlagen so die erfolgsversessene Medienbranche mit deren eigenen Waffen.

»Intelligent und witzig erzählt ... Annemarie Schoenle vermag den drei Frauengenerationen ein glaubwürdiges Profil zu geben.«
Der Spiegel

Knaur

Bernd Steinhardt

Der Traum der steinernen Drachen

Dr. Samuel Tyme, Physiker aus Berlin, ist völlig verwirrt: Was wollen ihm die seltsamen Träume sagen, die ihn in letzter Zeit heimsuchen? Und was soll der chinesische Jadestempel bedeuten, der plötzlich vor ihm liegt? Dr. Tyme reist nach Hongkong, denn dort lebt ein Mann, der ihm helfen kann, das Geheimnis zu lüften. Doch auch andere wollen in den Besitz des Jadestempels kommen – um jeden Preis.

»Ein vielversprechender Erstling, der neugierig auf die weiteren Projekte des Autors macht!«
Radio Bremen

Knaur

Der Traum der steinernen Drachen

[illegible]

[illegible]

Craig Smith

Selbstjustiz

»Willkommen daheim« hat jemand mit rotem Lippenstift auf Josies Spiegel geschmiert. Die junge Frau ist entsetzt: Wer kann wissen, daß sie an den Ort zurückgekehrt ist, wo vor zwanzig Jahren ihre Mutter ermordet wurde? Einer hat auf sie gewartet ...

»Craig Smith erzählt diesen Psychokrimi wie Stephen King.«
Hessische Allgemeine

Knaur